AUTRES HORIZONS

LES SENTIERS OBSCURS DE KARACHI

DU MÊME AUTEUR

CHEZ LE MÊME ÉDITEUR

Le Cartographe des Indes boréales, 2019

Les enquêtes de la police des rennes :

Le Dernier Lapon, 2012
Prix Mystère de la critique, 2012
Prix des lecteurs Quai du polar-*20 minutes*, 2013
Trophée 813, 2013
Prix Thierry Jonquet, 2013
Prix du polar Michel Lebrun, 2013

Le Détroit du Loup, 2014

La Montagne rouge, 2016

Les Chiens de Pasvik, 2021

Olivier TRUC

LES SENTIERS OBSCURS DE KARACHI

Éditions Métailié
20, rue des Grands Augustins, 75006 Paris
www.editions-metailie.com
2022

Retrouvez-nous sur les réseaux sociaux :

ISBN : 979-10-226-1222-7

Les citations de poésie ourdoue reproduites dans le texte sont extraites des ouvrages :
Anthologie de la poésie ourdoue. Reflets du Ghazal (trad. par Alain Désoulières) © Éditions Buchet Chastel, Paris, 2006
et
Ce soir oppressant n'en finit pas de finir (trad. par Hidayat Hussain) © Éditions Bénévent, 2011

Avertissement

Ce livre est un roman librement inspiré de faits réels qui gravitent autour de l'attentat du 8 mai 2002 à Karachi, au Pakistan.

Au cours de cet attentat, onze techniciens français de la DCN (Direction des constructions navales) ont été tués, quatorze autres blessés, tandis que trois Pakistanais ont également trouvé la mort et six autres ont été blessés. L'attentat a été provoqué par l'explosion devant l'hôtel Sheraton d'une voiture piégée garée le long du bus Marco Polo de la marine pakistanaise qui effectuait tous les jours le ramassage des techniciens et ingénieurs français.

Avec le temps, cet attentat s'est transformé en scandale franco-français, sur fond de commissions et rétrocommissions destinées à financer la campagne électorale d'Édouard Balladur en 1995, évinçant petit à petit l'aspect pakistanais de l'affaire.

Ce livre repose en partie sur des documents, enquêtes judiciaires ou journalistiques, et des entretiens avec des survivants de l'attentat ou des personnes impliquées de près ou de loin dans les événements, de manière à "mentir en connaissance de cause", pour paraphraser Mario Vargas Llosa.

Ce qui veut dire que l'intrigue et les personnages sont fictifs, et que des libertés ont été prises.

Par exemple, des officiers enrôlés à titre civil (Sara et Nazia) ne sauraient évidemment défiler en grand uniforme, privilège réservé aux cadets diplômés de l'académie navale.

Ou encore, dans les mushairas, ce sont les poètes eux-mêmes qui récitent leurs poèmes (c'est dans les récitals de poésie que d'autres personnes déclament les poèmes de poètes connus). Il est par ailleurs peu vraisemblable que les Karachi Kings jouent un match de cricket en mai, période la plus chaude de l'année.

Et l'Eid-ul-Fitr, qui marque la fin du ramadan, tombant le 3 mai 2022 au Pakistan, les rideaux du Urdu Bazar auraient dû être baissés.

Lorsque ce roman débute, un certain nombre d'événements factuels sont connus.

Ainsi, en 2001 et 2002, on compte une soixantaine d'attentats majeurs par an au Pakistan, pays à majorité sunnite d'alors 150 millions d'habitants (230 millions en 2022). Attentats antichiites pour la plupart, parfois antichrétiens, suivis à l'occasion de vengeances antisunnites. En 2022, on ne ramasse plus une dizaine de cadavres tous les matins dans les ruelles de Karachi comme dix ans plus tôt, et les paramilitaires, les Rangers, sont bien plus discrets au bord des routes que lors de mon premier séjour en 2016.

Karachi, ville portuaire de quelques centaines de milliers d'habitants à l'époque coloniale britannique, a été submergée par les migrants à partir de la partition des Indes en 1947. En un rien de temps, des centaines de milliers de musulmans fuyant l'Inde hindoue ont rejoint Karachi, eldorado du Pakistan musulman naissant. Aujourd'hui, près de 17 millions d'habitants s'y entassent (10 millions au moment de l'attentat de 2002), sans plan d'urbanisme. Capitale économique du pays, principal port du Pakistan, porte d'entrée du commerce avec l'Afghanistan, groupes islamistes, gangs criminels et tueurs à gages des partis politiques s'y croisent aux côtés de personnes étonnantes, femmes et hommes lumineux, qui par millions vivent avec un euro par jour ou qui pour certains contestent au péril de leur vie l'écrasante mainmise de ce qu'ils appellent "un État prédateur" dont les autorités françaises semblent avoir accepté – au grand dam des survivants, des parents de victimes et des orphelins – qu'elles n'en obtiendraient rien.

Quelques repères sur "l'affaire Karachi", connue au Pakistan comme "le scandale des sous-marins" :

- Le contrat d'acquisition par le Pakistan de trois sous-marins Agosta 90B de la DCN a été signé le 21 septembre 1994. Benazir Bhutto (assassinée en 2007) est alors Première ministre. La DCN, dont le siège est à Cherbourg, est quant à elle sous tutelle du ministère français de la Défense. En France, Édouard Balladur est Premier ministre, François Léotard ministre de la Défense et Nicolas Sarkozy ministre du Budget.
- Des commissions sont versées à des intermédiaires. Une partie de cet argent, les rétrocommissions, revient en France et aurait servi à financer la campagne présidentielle d'Édouard Balladur, en 1995.
- Dans les années qui suivent, de nombreux officiers de la marine pakistanaise sont arrêtés pour avoir touché des pots-de-vin de la part des Français.
- Le 8 mai 2002, l'attentat de l'hôtel Sheraton fait 14 morts (dont 11 Français) et 18 blessés (dont 12 Français). L'explosion fut aussitôt qualifiée d'attentat-suicide et attribuée très vite à Al-Qaida. Les autorités pakistanaises et françaises mirent en avant le corps du soi-disant kamikaze pour étayer leur thèse. L'autopsie de cet homme, pourtant, montrera clairement qu'il ne pouvait s'agir du conducteur, mais plus vraisemblablement d'un passant soufflé par l'explosion, déclenchée à distance.
- Le 5 mai 2009, plus de six ans après leur arrestation, deux des islamistes pakistanais condamnés à mort sont acquittés par la Haute Cour de la province du Sindh, dont Karachi est la capitale. Un troisième accusé, condamné par contumace, est acquitté un peu plus tard.

– En juin 2020, Nicolas Bazire, ancien directeur de cabinet d'Édouard Balladur, et Renaud Donnedieu de Vabres, ancien directeur de cabinet de François Léotard, ont été condamnés en première instance par le tribunal correctionnel de Paris pour complicité et recel d'abus de biens sociaux à des peines de cinq ans de prison dont trois fermes et 300 000 euros d'amende dans l'affaire des rétrocommissions. Thierry Gaubert, ancien collaborateur et ami de Nicolas Sarkozy, a été condamné à quatre ans de prison dont deux avec sursis. Dominique Castellan, ancien PDG de la branche internationale de la DCN, a été condamné à trois ans d'emprisonnement, dont deux avec sursis. Ziad Takieddine et Abdul-Rahman El-Assir, les fameux intermédiaires dans l'affaire des rétrocommissions, ont tous deux été condamnés à cinq ans de prison ferme. Le procès en appel devrait se tenir en 2023.
– En mars 2021, la Cour de justice de la République condamne François Léotard, ex-ministre de la Défense entre 1993 et 1995, à deux ans de prison avec sursis et 100 000 euros d'amende pour "complicité d'abus de biens sociaux" dans l'affaire Karachi, sur des accusations de financement occulte de la campagne présidentielle en 1995 de l'ex-Premier ministre Édouard Balladur qui, poursuivi pour "complicité" et "recel" d'abus de biens sociaux, a quant à lui été relaxé.
– En dépit de nombreuses spéculations, rien dans le dossier d'instruction n'établit de lien formel entre le scandale des rétrocommissions et l'attentat lui-même.
– D'autres ont évoqué des dissensions au sein de l'armée pakistanaise, partagée entre une mouvance traditionnelle et religieuse très importante dans l'armée de terre et une frange plus favorable à l'Occident dans la marine ou l'aviation. Ou encore la vente par la France de sous-marins à l'Inde, ennemi juré du Pakistan.

– Le 8 mai 2022, vingt ans après l'attentat, deux commémorations se sont tenues à Cherbourg. Plusieurs blessés et proches de victimes ont boycotté la cérémonie organisée par Naval Group (ex-DCN), convaincus que la compagnie et l'État mettent des "bâtons dans les roues" à cette enquête.

Dans leur livre *On nous appelle "les Karachi"*, publié en 2010 (Éditions Fleuve noir), Magali Drouet et Sandrine Leclerc, filles de victimes de l'attentat, réclament de connaître le nom des terroristes et des commanditaires, ainsi que ceux de tous les responsables pakistanais et/ou français qui, de près ou de loin, sont à l'origine, de par leurs activités, de l'attentat.

Un constat : dix ans après leur livre, vingt ans après l'attentat, les coupables au Pakistan n'ont été ni identifiés ni arrêtés. Le temps, peut-être, de relancer l'enquête.

PRINCIPAUX PERSONNAGES

Au Pakistan

(Les grades entre parenthèses sont les équivalents français de ceux de la marine pakistanaise.)

SHAHEEN GHAZALI, lieutenant commander (capitaine de corvette), officier ingénieur dans la marine pakistanaise, ami et collègue de Marc Dacian

SARA ZAFAR, lieutenant (lieutenante de vaisseau), interprète dans la marine pakistanaise, fille du docteur Firaq Zafar

FIRAQ ZAFAR, surgeon captain (capitaine de vaisseau), médecin de la marine pakistanaise au PNS Shifa Hospital

PERVEZ MANSUR, captain (capitaine de vaisseau, puis colonel), officier des services secrets pakistanais

ABDUL SATTAR, lieutenant commander SD (capitaine de corvette), officier marinier, sorti du rang, de la marine pakistanaise

NAZIA SATTAR, lieutenant (lieutenante de vaisseau), service informatique dans la marine pakistanaise, amie de Sara et fille d'Abdul Sattar

GULZAR UMRANI, pêcheur et tenancier d'échoppe à Mubarak village

En France

(La DCN, Direction des constructions navales, est devenue Naval Group en 2017. Par commodité, nous avons conservé l'appellation DCN tout au long du roman.)

JEF KERRAL, journaliste à Cherbourg

MARC DACIAN, technicien de la DCN, survivant de l'attentat de Karachi, ami et collègue de Shaheen Ghazali

GREG DACIAN, ami d'enfance de Jef et fils de Marc
CLAUDE KERRAL, père de Jef, technicien à la DCN
ALEX POINVOT, cadre dirigeant de la DCN

Nous qui fûmes exécutés sur des sentiers obscurs
Hum Jo Tārik Rāhoñ Meiñ Māre Gaye

(Titre d'un poème de Faiz Ahmed Faiz,
traduit de l'ourdou par Hidayat Hussain)

To my comrade A

PROLOGUE

Karachi, Pakistan.
8 mai 2002. 7 h 45.

La chaleur l'avait pris de court, son intensité, ce qui était absurde, une boule de feu, ça ne pouvait être que ça, une chaleur intense. La douleur était arrivée, il ne savait plus quand. Avant que la boule de feu le frappe peut-être, savoir que ça allait faire mal, la trouille de voir la mort le viser tel un cavalier de l'apocalypse, ou quand, sournoise, alors qu'il l'attendait en pleine figure, elle s'était glissée sous les sièges, l'attrapant par les pieds, lui dévorant les chevilles, les jambes. Ou après, les secondes après, ou quand il s'était réveillé, quoi, quelques secondes, ou peut-être des minutes, après le passage de la boule de feu. Ses yeux brûlés, il ne voyait rien, non pas brûlés, pas la boule de feu, les yeux, c'était quoi, l'onde de choc, souffle coupé, poumons enfoncés. Est-ce qu'il respirait encore ? Ou plutôt il voyait la boule de feu qui lui arrivait dessus, de l'avant du bus, qui ravageait tout sur son passage. Il ne comprenait rien. Il ne la voyait pas, elle passait en dessous, sournoise, sous les sièges. Il criait, se débattait sans bouger, hurlait, mais aucun son ne sortait, ou peut-être c'était qu'il ne s'entendait pas. Les paupières brûlées, non pas brûlées, mais tout comme, corps de douleur, il essaya d'ouvrir les yeux, un mince filet de lumière, la boule de feu avait disparu. Pas la douleur. Comme si la boule de feu avait pénétré son corps et le dévorait. La violence de l'explosion l'avait paralysé. Il n'osait plus bouger. Ne savait plus s'il était toujours évanoui ou conscient. Conscient de quoi ? La chaleur écrasante de Karachi, elle paraissait douce après le passage de la boule de feu. Il avait peur, maintenant. Sortir de la douleur. Il essaya de s'extraire du siège du bus, il devrait ramper, son regard s'arrêta sur un bras arraché, là, à côté, sur son chemin pour s'extraire de ce tas de ferraille jonché de sang et de chair. Ce n'est que plus tard qu'il se demanderait à qui était ce bras. Pour le moment, seule certitude, il était incapable de toucher à ce bras, et ça le condamnait à rester bloqué dans le bus qui allait peut-être se mettre à brûler, la boule de feu, elle traînait encore si ça se trouve, elle allait revenir, se nourrir, finir les restes, le finir. Il essaya de se retourner. Voir si la boule de feu était là, quelque part. Sur le siège d'à côté, un copain. Une moitié de copain. Visage à moitié arraché. Il voyait tout ce qu'il n'aurait jamais voulu voir de l'intérieur de cette moitié restante. Le gars bougeait. Des soubresauts. Des choses bougeaient dans sa tête ouverte, prise de sursauts, des petits sursauts. Un mort qui bougeait. Qui protestait. Bordanier ? Ou Bertrand ? Il se rappelait des noms, ne savait plus y associer de visage, moitié de visage. Il tendit la main vers lui, vers son bras qui pendait, vers sa main qui semblait tendue vers la sienne. Retint son geste, il n'arrivait pas, des douleurs dans le dos. Il n'entendait toujours rien, mais il voyait maintenant des types en civil et en uniforme s'approcher. Il n'avait qu'un œil qui voyait, un entrefilet de vision. La tête du copain ne bougeait plus. Est-ce que j'aurais dû lui tenir la main ? Son corps le brûlait, la douleur enflait, il n'entendait rien, ou juste un filet, des visages, entiers, se penchaient vers lui, il montra le bras arraché qui le tétanisait, on le prit par les épaules, par les jambes, il hurla, à travers son œil à moitié fermé, il capta un flash de la scène, pas de boule de feu, le bus tordu, la foule autour, les copains, autour, carbonisés, déchiquetés, il essayait de ne pas voir, que ça se plante pas dans son crâne pour le restant de ses jours. Ses poumons le brûlaient, ses pieds étaient en bouillie, ne pas voir, ne pas voir, ne pas voir.

Il pleura. Il vivait.

1

Cherbourg, France.
13 avril 2022. Quatre semaines avant la commémoration des vingt ans de l'attentat.

Les années passaient et Jef Kerral se sentait toujours emprunté au moment d'appuyer sur la sonnette de chez Marc. Il jeta un œil sur la une de l'exemplaire du jour de *La Presse de la Manche*. Les élections présidentielles, avec l'interview de l'ex-candidat écologiste, de nouvelles révélations sur des fosses communes découvertes à Butcha, l'ouverture d'une entreprise britannique à capitaux chinois de semi-conducteurs, celle qui avait tant fait polémique depuis deux ans, la grève de la faim de demandeurs d'asile afghans, un reportage sur l'entraînement de l'AS Cherbourg avant la rencontre en Coupe de France du week-end contre le PSG. Rien sur la sixième vague et le nouveau variant upsilon signalé en Suède. Trois semaines sans Covid en première page, un record. L'invasion de l'Ukraine par la Russie écrasait tout.

Jef replia le journal. Toujours cette appréhension. Qu'en penserait-il ? Jef savait comment Marc réagirait, avec un mot sympa sans doute. Mais qu'en penserait-il *vraiment* ?

Grégoire ouvrit la porte. Son ami d'enfance attrapa le journal.

– Vingt-deux, v'là le fouille-merde du quartier !

Grégoire déplia le journal.

– Laisse-moi deviner... Ah, donne-moi un indice quand même. Est-ce que tu as un article de une ?

– Gagné, bourricot.

– Évidemment, sinon tu n'aurais pas osé te montrer… Alors voyons… Tu es nul en sport, tes interviews politiques sont chiantes, l'économie, t'y piges rien. Allez, je mise un apéro sur les Afghans, vu que là, y a rien à comprendre.

– Pour une fois, tu me dois l'apéro.

– Oh, sérieux ? Ne me dis pas que c'est toi, le sujet foot ?

– Les Chinois.

– Oh là là ! Un sujet éco ! Et tu ne m'as pas demandé conseil ? Je te rappelle, c'est moi qui ai fait une école de commerce ici.

– On n'avait pas besoin de l'avis d'un marchand d'aspirateurs qui se prend pour Jeff Bezos.

– Avec un *f* qui fait toute la différence avec toi, mon pote !

– Tu peux te le garder, ton *f* comme fric.

Jef écarta son ami et rentra dans le salon. Marc était assis à sa place habituelle, face à la baie vitrée qui donnait sur le jardin. Le père de Grégoire leva la main en le voyant venir. Il sourit au jeune journaliste.

– Salut, Jef, tu supportes encore les sarcasmes de Greg ? C'est beau, l'amitié…

– C'est mon côté samaritain. Je sais bien que personne d'autre ne le supporte… Greg, amène le journal.

Grégoire tendit le quotidien à son père en se bouchant le nez. Comme à chaque fois. De toute façon, Greg n'était pas du genre à se renouveler. Ils avaient vingt-sept ans, se connaissaient depuis toujours, et Greg avait toujours été… le même. Claude, le père de Jef, travaillait aussi à la DCN, la Direction des constructions navales, comme Marc l'avait fait jusqu'à l'attentat. Les familles avaient grandi ensemble, comme tous les ouvriers et techniciens de Cherbourg qui vivaient pour l'arsenal. Greg et Jef se fréquentaient par habitude. De l'amitié ? Jef n'en était pas sûr. Une forme d'amitié sans doute. De tendresse. C'était pareil, paraît-il, dans les histoires d'amour, ça pouvait virer à la tendresse.

Marc se souleva sur les accoudoirs avec une grimace. Furtive, mais elle n'échappa pas à Jef.

– Ça va?

Marc lui répondit d'un sourire fatigué. Il souleva sa jambe gauche et la déplaça de côté, il se massa un peu la cuisse. Il respirait profondément. La douleur sembla s'estomper. Il prit enfin le journal et s'attarda sur la première page.

– Alors, ça dit quoi aujourd'hui? Le papier sur la boîte chinoise, tu disais?

– Oui, c'était intéressant en fait, il y a des implications qui changent un peu de ce qu'on a souvent dans le coin.

– Ah les Chinois, ça, ouais...

– Les gars minimisent le fait que c'est une boîte chinoise la principale actionnaire, mais quand tu regardes leur site Internet, les communiqués de presse, en anglais ou en chinois, ça ne dit pas la même chose.

– Tu parles chinois, toi, maintenant?

– Logiciel de traduction en ligne, ça fonctionne très bien. Les communiqués en anglais de la boîte chinoise ne parlent que du côté business. Mais on trouve deux ou trois fois plus de documents sur la version chinoise du site, et ça parle des efforts à faire pour appliquer les objectifs de la politique de Xi Jinping, tu as les comptes rendus des réunions de la cellule du parti communiste au sein de la boîte et tout ça.

Marc déplia le journal.

– Dis donc, tu t'attaques à du gros...

– Si on veut. Ça reste une petite boîte du coin, même avec des investisseurs chinois. On ne m'a pas vraiment envoyé en Chine pour enquêter. Mon chef n'était pas très chaud d'ailleurs, ça risque de nous mettre la société à dos, mais le projet est soutenu par un type de l'agglo que le chef des pages région a dans le nez, alors... Mais, demain, je dois faire un papier pour annoncer la programmation du festival du cidre, tu vois le genre...

Jef s'assit sur le canapé. Greg, dans l'entrebâillement de la porte du salon, lui fit signe.

– Allez, magne, on a pas que ça à foutre, si on veut s'échauffer un peu.

– J'arrive, c'est bon, on a cinq minutes quand même...

Greg soupira et disparut.

– Vous jouez contre qui ?

Jef haussa les épaules.

– Aucune idée.

Marc reposa le journal.

– Et toi, ça va ?

Ce fut à Jef de sourire, avec un rictus. Il écarta les mains.

– Le festival du cidre...

– Tu t'emmerdes ?

Jef évita le regard de Marc. La fixité de son œil de verre le mettait mal à l'aise. Seul souvenir vraiment visible des dégâts que l'explosion avait infligés à son visage. La chirurgie esthétique avait permis des miracles. Jef savait aussi que, derrière la façade, Marc ne s'était jamais remis de l'attentat.

Oui, Jef s'emmerdait. Mais que pouvait-il dire ? Pouvait-il avouer aussi que son amitié avec Grégoire n'en était plus une ? Jef rêvait d'en découdre dans des reportages à l'étranger et se morfondait dans un journal local, brandissant comme un trophée un sujet sur une boîte à capitaux chinois avant de retomber dans le cidre, quand Grégoire ne pensait qu'à se faire du fric en se servant sans scrupules – il le savait – du statut de victime héroïque de son père. Il restait le foot. Et Marc. Si Jef se l'avouait, il venait, depuis des années déjà, bien plus pour Marc que pour Grégoire. Ce n'était pas facile à expliquer. Marc et le Pakistan, cette histoire d'attentat dont il avait été victime, son courage au retour, quand il avait voulu obtenir des explications de la DCN, les pressions qu'il avait subies, alors que son propre père, loyal employé, était partisan de ne pas faire de vagues. Il trouvait son père veule, soumis. Ne lui avait jamais dit. Drôle de journaliste, qui s'évertuait à vouloir faire parler les autres mais s'avérait incapable de parler lui-même.

Auprès de Marc, Jef respirait cet air dramatique qu'il aspirait de ses vœux. Marc parlait peu, et cette réserve attisait plus encore l'envie de Jef. Le Pakistan concentrait tous les interdits et défis qui le brûlaient. Peut-être parce qu'il avait beaucoup lu sur ce pays qui n'intéressait personne et qu'il en connaissait les aspects délirants, aller sur place ne le tentait pas. D'autres pays, oui, le Pakistan, non. Pas ce pays vicieux et sournois qui avait ravagé l'homme qu'il admirait en secret. S'il était silencieux à propos de l'attentat, Marc ne pouvait dissimuler le lien de haine et d'amour qui le liait au Pakistan. Il ne tirait aucune gloire d'avoir été victime d'un attentat commis à des milliers de kilomètres de là par des hommes invisibles dans un combat qui n'était pas le sien. Mais la DCN et certaines autorités, pour des raisons obscures, avaient bâti un récit qui, Jef le voyait bien, mettait Marc mal à l'aise.

– Bah, ça passera. On a un nouveau chef de service, j'essayerai de lui proposer des sujets un peu différents. Je pensais à une série sur les émigrés célèbres partis de Cherbourg pour les Amériques il y a un siècle.

Grégoire revint, sac de sport en bandoulière.

– Tiens, c'est vrai, tu pourrais écrire sur le festival du calva à la place…

– T'es con. Prête-moi une gourde plutôt, j'ai oublié la mienne.

Il suivit Grégoire à la cuisine.

Son ami profita du bruit de l'eau qui coulait pour se pencher vers Jef.

– La commémoration approche, tu sais dans quel état ça le met, évite de lui en parler, d'accord ?

Jef ne répondit pas. Ils repassèrent par le salon. Le journal était replié. Pas sûr que Marc ait lu l'article.

Son téléphone sonna. Greg s'impatienta. Jef écoutait. Son chef de service. Il hochait la tête.

– Entendu, j'arrive tout de suite, je suis au journal dans vingt minutes.

– Quoi au journal ? Dans vingt minutes, t'es sur le terrain, mon pote.

– C'est l'attaque au couteau dans un supermarché de Heidelberg, ce matin.

Jef regarda Marc. Pourquoi fallait-il qu'il ramène tout ce que le monde réservait d'extraordinaire à l'ami de son père ? Peut-être, derrière ce que Marc avait enduré, soupçonnait-il une porte vers ces récits humains, ces combats perdus qui le fascinaient depuis l'adolescence.

– Apparemment, un des blessés est de Cherbourg, il faut que je fasse un papier sur lui. Tu courras pour deux, ça te changera.

2

Karachi, Cité navale.
13 avril 2022. Quatre semaines avant la commémoration des vingt ans de l'attentat à Cherbourg.

Comme chaque fois qu'elle quittait sa chambre du mess de la Cité navale, Sara Zafar ignora le miroir posé contre le portemanteau. Son rituel. Elle préférait imaginer son allure. Plutôt soucieuse, ou enjouée ? Ses yeux, qu'exprimaient-ils ? La froideur, la colère ou la chaleur ? Au passage du miroir, sans lui jeter un œil, elle devait savoir quelle Sara franchirait la porte pour affronter le monde, la fausseté, la chaleur, la puanteur, l'injustice, la démesure, la misère, le danger, en un mot, Karachi. Certains jours, elle rajoutait poésie, espoir, dahl, partage, curry, embruns, famille, devoir. Ces jours-là étaient plus rares.

Le *Naval Officers Residential Estate-1* (NORE-1), le principal complexe résidentiel d'officiers de la marine pakistanaise à Karachi, plus connu sous le nom de Cité navale, était un microcosme et, à sa façon, un modèle de coexistence sociale pacifique. En apparence du moins.

Il constituait une ville dans la ville, sur la route qui menait vers le port de Karachi. Un vaste complexe d'une soixantaine d'immeubles à l'identique de quatre étages et huit appartements chacun.

La cité était ceinturée d'une muraille avec une grande entrée flanquée d'un poste de contrôle tenu par des agents de la police navale. Deux routes principales à deux voies, bordées d'eucalyptus, la parcouraient de long en large. Au milieu couraient des plates-bandes, où fleurissaient selon les saisons des œillets, des chrysanthèmes et des roses.

La cité était en outre parsemée de pelouses manucurées où s'affairaient des dizaines de jardiniers pour arroser et tondre le gazon. Tous les deux ou trois immeubles, il y avait des espaces verts pour les enfants avec des balançoires et des toboggans que Sara et son amie Nazia s'étaient disputés dans leur jeunesse.

Le centre commercial se trouvait à l'une des extrémités de la cité. On y trouvait des épiceries, une laiterie, une laverie-repassage, un coiffeur, une papeterie-librairie, une boucherie, des étalages de fruits et de légumes.

Si les officiers provenaient de toutes origines sociales, ils se distinguaient d'abord par leur rapport à la religion. Les dévots fréquentaient assidûment la mosquée, derrière le centre commercial, surtout pour la prière suivant le coucher du soleil. On reconnaissait les plus convaincus à leur shalwar kameez et à leur barbe, plus ou moins longue. Les Tablighi, calotte sur la tête et shalwar relevé au-dessus de la cheville, faisaient même du porte-à-porte en groupe pour exhorter à fréquenter la mosquée, ce dont sa condition de femme la préservait.

En rentrant chez elle, la veille dans l'après-midi, elle avait vu certains officiers rester causer en petits groupes aux alentours de la mosquée après la prière, attendant celle de la tombée du jour. Souvent les mêmes.

Les militaires sortis du rang et promus officiers, les officiers SD, pour *Special Duty*, constituaient le contingent le plus important parmi ces dévots. Le père de Nazia, officier marinier, en était. Ils occupaient un statut inférieur dans la hiérarchie sociale de la cité. On pouvait les côtoyer à la mosquée, mais pas les inviter chez soi. Sara avait connu tout cet étrange ballet du temps de sa jeunesse. Les SD connaissaient leur place, ne prenaient pas l'initiative de nouer des rapports sociaux en dehors de leur caste, sauf pour proposer leurs services et effectuer des commissions personnelles. Ils étaient souvent originaires des régions rurales du Pendjab, principales pourvoyeuses de militaires. On les appelait les *paindu*.

Sara, sous l'influence de ses parents, avait de tout temps vu la mosquée et ceux qui la fréquentaient avec une certaine réserve, et elle avait toujours tenté de suivre les conseils de son père. "Ne parle pas de ces questions, même avec ton amie Nazia."

Sara obéissait, essayait en tout cas, mais observait, beaucoup.

Elle tira sur sa chemise blanche aux épaulettes de lieutenant, ajusta le foulard également blanc qui enveloppait son visage ovale et doux aux grands yeux sombres, ajusta sa casquette blanche à visière noire laquée. Elle aimait cet uniforme d'officier de la marine pakistanaise qu'elle portait depuis cinq ans. Elle savait qu'elle le portait bien, le voyait aux regards de certains hommes. Même si elle savait aussi que, dans son pays, le regard d'un homme ne s'attardait jamais longtemps sur une femme. Trop peur de s'attirer les foudres dans ce "pays pur" – la signification de Pakistan, une des premières choses que Sara devait expliquer à ses interlocuteurs étrangers – et si prude. Son amie d'enfance, de promotion et voisine de chambre, Nazia, officier recrutée grâce à ses talents d'informaticienne et affectée au dépôt qui centralisait tous les achats de la marine hors munitions et nourriture, s'en énervait souvent quand elles traversaient la Cité navale. Elle prenait un malin plaisir à sermonner les militaires qui avaient le malheur de jeter un regard trop insistant sur Sara. Toujours sur Sara. Les hommes ne regardaient pas Nazia, en tout cas pas quand elle se trouvait à côté de Sara.

– Avec tes grands yeux de biche, tu pourrais déjà être lieutenant commander, ou même commander !

– Mais tu me dénoncerais, sûrement, à perdre ces pauvres hommes en abusant honteusement de mon physique…

– C'est possible…

Ce jour-là, Nazia sortit en même temps qu'elle de sa chambre. Les deux officiers se saluèrent. À cette heure-ci, le seul homme qu'elles croisèrent dans le carré était le steward venu faire le ménage et emporter leur linge. Il osa à peine regarder Sara dans les yeux, encore moins Nazia, et Sara en fut gênée.

– Finalement, quand on dit que l'armée est l'institution pakistanaise où les hommes et les femmes sont le moins inégaux, ce n'est peut-être pas faux. Pas si mal avec le patriarcat qui bouffe ce pays, même si on n'est pas autorisées à servir dans des unités de combat.

– Tu blasphèmes, Sara, notre pays doit être fier de ses traditions !

– Nazia, tu es vraiment obligée de faire ta police de la charia si tôt le matin ?

Nazia haussa les épaules.

– Tu ne prends jamais rien au sérieux.

– Vraiment ?

Elles quittèrent le mess des officiers où les femmes officiers célibataires logeaient dans des chambres situées à l'arrière du bâtiment au style colonial, passèrent le porche et se séparèrent. Nazia, mariée, y logeait encore en célibataire, faute d'avoir trouvé un appartement satisfaisant avec son mari, Imran, également officier, mais que Sara connaissait à peine.

Elle s'engagea le long de la pelouse bordée de palmiers pour rejoindre la vieille Volkswagen que son père lui avait léguée avant de s'exiler au village. Et comme chaque fois qu'elle s'installait au volant, elle se demandait quel Shaheen elle allait retrouver.

Sara n'était pas de service aujourd'hui, mais son rituel exigeait de rendre visite à Shaheen en uniforme, même pour le thé. Question de respect. Lui, plus qu'un autre, incarnait l'honneur de son uniforme, de l'institution. Le problème est que la plupart des militaires ne le voyaient pas comme ça.

Depuis l'attentat de 2002 – elle disait l'attentat, comme s'il n'y en avait qu'un qui comptait –, elle s'était toujours demandé, en grandissant, pourquoi celui-ci, plus qu'un autre, devait retenir son attention. Pourquoi il avait à ce point brouillé son entendement, perturbé son éducation, sa vie ? Elle était devenue officier interprète du français pour cette raison. Pour faire honneur aux hommes de sa vie, Firaq, son père, et Shaheen, qui tous deux avaient porté l'uniforme et tous deux avaient vu leur destin basculer avec cet attentat de 2002 où onze Français avaient trouvé la mort.

Elle repoussa à nouveau l'idée que Shaheen avait payé un prix plus lourd. Que c'est lui, et non son père, qu'elle admirait plus. Était-ce sur lui qu'elle devait s'apitoyer davantage ?

Du temps où ils n'étaient pas que l'ombre d'eux-mêmes comme aujourd'hui, les deux hommes partageaient l'amitié, la parole donnée, la solidarité ouvrière. Ça ne disait rien à Sara. Des mots surannés. Elle ne voyait que des entraves, des silences, des regards contraints, devinait des contractions de la gorge, des maux d'estomac, des nuits agitées, des renoncements qui les hantaient.

Après avoir acheté les journaux à la librairie du centre commercial de la Cité navale, elle démarra sa voiture et s'engagea sur les grands axes qui la faisaient passer devant l'ex-hôtel Sheraton pour se rendre chez Shaheen qui habitait un modeste appartement donnant sur le parc Aram Bagh. Elle tira un peu plus sur le foulard qui lui serrait la gorge, sa casquette bougea. Elle l'ajusta à nouveau, et frappa à la porte avant d'entrer.

Shaheen la regarda avancer en silence, un bref sourire dans les yeux.

Elle posa sur la table près de lui les journaux. Cela faisait des années qu'il ne se faisait plus livrer *Jang*, le principal quotidien en ourdou, ni même *Dawn* ou *The News*, les journaux en anglais qui bénéficiaient de plus de liberté de ton que ceux publiés en ourdou

Sara fit semblant de ne pas remarquer la pile de journaux qu'elle continuait à lui amener une fois par semaine. La pile du mois n'avait pas bougé. Il ne les avait pas ouverts.

Elle était trop jeune, à l'époque de l'attentat, pour se souvenir quel type d'homme Shaheen était, auparavant. Après l'attentat, elle l'avait vu effondré, honteux, puis, avec le temps, combatif, rageur. Et maintenant ? Ces yeux…

Les yeux de Shaheen. À croire qu'il était devenu muet, que ses yeux seuls portaient ses pensées. Non, il avait honte. La honte était demeurée. Mais une autre honte. Il savait que Sara l'avait toujours vu comme un combattant. Et qu'il n'était plus qu'une loque. Alors Sara maintenait les apparences. Lui amenait les journaux pour voir si l'enquête sur l'attentat de 2002 progressait, si les vrais coupables étaient enfin arrêtés. Le rituel. Sur la table basse près du fauteuil, la paire de ciseaux l'attendait. Au pied de la table, un classeur prêt à engranger les coupures de presse. Shaheen avait arrêté de les découper il y a des années déjà, en 2009, quand les trois Pakistanais liés à Al-Qaida, condamnés à mort en 2003, avaient été remis en liberté. Une claque à la face des victimes, même si Shaheen n'avait jamais cru à la piste Al-Qaida.

Il remercia Sara d'un sourire las. Il passait ses journées assis, dos à la fenêtre, dos au parc. Il avait cessé de lire les journaux le jour où il avait tourné son fauteuil. Il n'attendait plus rien de l'extérieur.

Moins il voyait le monde, moins il en entendait parler, mieux il se portait. Pourtant, il allait mal. Sara le voyait. Elle resta quelques minutes, le temps de partager une tasse de thé, et repartit, avec soulagement.

Dans sa Volkswagen, elle se contorsionna pour se changer avec les vêtements civils qu'elle avait emportés, mieux à même de résister au sel et à la poussière de sa prochaine destination.

Honteuse de cette comédie de l'uniforme, de croire que Shaheen était dupe.

Elle se lança dans la circulation de Karachi, pensées vagabondantes. Grouillantes comme l'était l'enchevêtrement des voitures, des rickshaws, des petites motos japonaises ou chinoises. Sans se soucier des piétons qui tentaient la traversée des avenues embouteillées, sans voir les mendiants estropiés, les marchands apathiques, les policiers aux aguets. Seul le survol des milans la tirait de sa rêverie. On ne trouvait plus qu'eux et des corbeaux pour survivre dans le ciel de Karachi, portés par la chape de puanteur et de pollution qui enveloppait la ville. Poubelles brûlantes, poussière agressive, air en suspens, parfois un vent de mer qui donnait une respiration de répit, mais la mer elle-même n'osait pas s'imposer à Karachi la tentaculaire, l'oppressante, à Karachi sa ville. Et Sara, pour rien au monde, ne l'aurait quittée. On ne trahissait pas Karachi.

Depuis des mois, la tension était remontée. Le départ des Américains d'Afghanistan, leur débâcle l'été précédent, avaient donné des ailes aux groupes talibans de Karachi, là où le mouvement avait en partie prospéré dans des madrassas au cours des années 1980. Sara ne le savait que trop bien. Les éléments islamistes au sein de l'armée pakistanaise reprenaient du poil de la bête. Ils voyaient d'un sale œil des femmes comme Sara, qui portaient l'uniforme avec arrogance. Sara les connaissait tous. Ils détournaient le regard plus ostensiblement qu'avant quand ils la croisaient. L'armée avait toujours été traversée par ces courants contradictoires. La cohabitation tenait du miracle.

Les milans tournoyaient dans le ciel, slalomant entre les colonnes de fumée de décharges sauvages qui brûlaient sur les terrains vagues ou au coin des carrefours.

Peu après son départ, elle s'arrêta, comme chaque semaine, à la clinique privée Wazir, gérée par la fondation Mawaz. Deux hommes attendaient. Tout semblait normal. Ils chargèrent à l'arrière de sa voiture un sac. Sara vérifia la liste que lui tendit un homme. Il manquait des anti-inflammatoires, comme la semaine passée.

Elle reprit le fil de Mauripur Road, suivie par les regards des hommes, refoulant son inquiétude. Elle n'aimait pas l'atmosphère qui régnait depuis la débandade américaine. Les yeux se durcissaient. Un jour, à force, ils se fossiliseraient. Serait-ce la fin de Karachi ? Quand les yeux de pierre se fissureraient ?

Quand elle prenait la route de Mubarak village, une fois par semaine, toujours à la même heure, même route, même jour, Sara se récitait des ghazals, puisant dans le répertoire poétique que Shaheen lui avait enseigné.

La récitation silencieuse d'un poème d'Habib Jalib – *La terre de mon pays est assoiffée d'amour. Pourquoi ne reçoit-elle que des pluies de pierres ?* – la rendit triste, comme souvent, mais cette mélancolie lui tenait lieu de compagne, elle s'en accommodait. Sa façon de refuser de se laisser fossiliser. La mélancolie, plutôt que l'indifférence. Son regard vaquait d'un bord à l'autre de la route. Shaheen contre Firaq. Et si c'était Firaq, son père, qui avait fait le juste choix en renonçant à se battre dès le début ?

En vivant reclus depuis vingt ans ? Depuis que cet homme aux yeux de corbeau était entré dans sa vie.

3

Karachi.
17 avril 2002. Trois semaines avant l'attentat.

Le premier visage que Marc Dacian aperçut à la descente de l'avion n'était pas celui qu'il avait espéré et, après coup, il le prendrait comme un présage. Le technicien français chercha encore. Fouillant à travers la lumière agressive qui l'obligeait à cligner des yeux. Les silhouettes se multipliaient, se croisaient, pressées, inquiètes. Elles en donnaient l'impression. Il se trompait peut-être. La chaleur et l'humidité l'accablèrent. Chemise collée au torse. Il en oublia un moment sa déception. L'aéroport de Karachi fourmillait. Une fourmilière. L'image n'était pas bien choisie, il s'en voulut, pour ce contact – il avait instinctivement pensé premier contact, ce qui n'était pas vrai – avec la terre pakistanaise, d'assimiler ses habitants à des insectes. Le capitaine Shaheen Ghazali était tout sauf un insecte. Il le chercha encore, avant de se résigner. Pas de Shaheen.

Lors de leurs adieux en France quelques semaines plus tôt, des adieux pleins d'émotion contenue, l'officier pakistanais avait promis qu'il l'attendrait à la descente de l'avion à Karachi. Marc avait espéré. Son visage à la fois sérieux et serein l'aurait rassuré.

On les avait tant mis en garde, au départ de Cherbourg, lui et ses collègues de la DCN, fleuron de l'industrie française avec ses sous-marins de pointe. Tout était sous contrôle, mais vigilance et prudence devaient être de mise.

Maintenant, ses collègues le poussaient, pressés de sortir de cette fournaise, de cette tension qu'eux aussi devaient bien ressentir. Les nouveaux, du moins.

Un militaire pakistanais brandissait un panneau "Direction des constructions navales, DCN". Il les avait repérés et leur faisait de grands signes, sûrement le type du service *Liaison and Protocol*, d'après leur feuille de route.

Pour quelqu'un du protocole, le gars ne s'embarrassait pas de salamalecs. Il passait au milieu des Français et exigeait le passeport de chacun. Une escorte les attendait. Toujours pas de Shaheen. Il tendit à son tour son passeport, sans croiser le regard de l'autre qui fila régler pour eux les démarches avec le service de l'immigration. Les yeux de Marc s'accoutumèrent aux visages qui l'entouraient, le frôlaient, l'observaient. Beaucoup d'uniformes. Beaucoup d'armes.

Maintenant qu'il se concentrait sur les visages présents, et non sur les absents, la tension grandissait. Ces mouvements rapides, cette foule d'hommes aux traits creusés, aux yeux brillants, vêtus de chemises longues sur des pantalons de même couleur dont il ne se rappelait plus le nom sur le moment, ces hommes encore et encore. Pas une fourmilière donc, mais une masse grouillante, bruyante.

Marc s'engouffra dans un des bus de la marine, poussé par les autres, chemise trempée. La chaleur ? Ou bien ce qu'il avait lu sur Karachi ? Les morts violentes, les gangs qui s'étripaient, les partis politiques qui s'envoyaient leurs tueurs à gages, les talibans qui recrutaient dans les madrassas, la proximité de l'Afghanistan, de la Chine, de l'Iran, de l'Inde, les influences saoudiennes, américaines ? Les deux peut-être. Il eut à peine le temps de se retourner. D'autres hommes du même service du protocole enfournaient les bagages qu'ils avaient déjà récupérés, au nez des autres passagers. Le temps que la portière claque, l'air froid de la climatisation lui martela la poitrine. Son chef d'atelier, Bordanier, sixième séjour à Karachi, affichait sa mine bougonne habituelle.

– Tiens, ils l'avaient oublié dans leur liste à Cherbourg celui-là, le danger de la clim !

L'histoire de la clim, Bordanier la racontait à chaque fois, à ce qu'il paraît.

– T'as raison, renchérit Bertrand, un jeune spécialiste torpilles qui effectuait aussi, comme Marc, sa première mission à Karachi. Ça doit être ça, l'arme secrète d'Al-Qaida !

Marc sourit. Il aimait ses collègues, la plupart en tout cas, comme il avait appris à aimer Shaheen. Le Pakistanais avait beau porter l'uniforme, être officier de marine, avec une allure un peu coincée parfois, quasi britannique, c'était avant tout un homme de l'art, un mécanicien de haut vol, infatigable dès qu'il s'agissait de découvrir les innombrables finesses des sous-marins Agosta 90B sur lesquels ils travaillaient. Mais pas sûr que la blague sur Al-Qaida l'aurait fait rire. Shaheen, avec son sourire bienveillant, était sans doute le gars le plus sérieux qu'il eût jamais connu.

Les responsables de la sécurité de la DCN les avaient briefés avant le départ. Depuis les attentats du 11 septembre dernier, la situation sécuritaire était plus tendue. Mais les gars avaient paru sûrs d'eux. La DCN s'occupait de tout, et question sécurité, ils étaient au top. Avec l'escorte pakistanaise, il y avait d'ailleurs un cadre de la DCN qui les avait accueillis, il s'était présenté comme le responsable de leur sécurité ici, et leur contact avec les autorités pakistanaises pour tout ce qui avait trait à ces questions. Tout semblait bien. Et pourtant, Marc Dacian aurait préféré avoir Shaheen à ses côtés pour ses premiers pas ici.

Ils avaient fait connaissance six ou sept mois plus tôt, quand Shaheen Ghazali était arrivé à Cherbourg avec une délégation de techniciens de la marine pakistanaise, les six ouvriers, le chef d'équipe, Shaheen – l'homologue de Marc, lui-même chef mécanicien-monteur –, et un cadre, venu avec femme et enfants. Shaheen et les ouvriers étaient arrivés seuls en France, pour ce séjour de six mois, et Marc avait trouvé ça dur pour eux.

Le convoi avait remonté à vive allure l'avenue Shah-rah-e-Faisal sur une quinzaine de kilomètres jusqu'à l'hôtel Sheraton. Les bus ne ralentissaient jamais, frôlant des dizaines de piétons qui marchaient le long de la route, indifférents au danger, traversant les carrefours par miracle, sous l'œil apparemment placide de militaires doigt sur la gâchette. Loin, si loin de Cherbourg. Marc captait parfois un regard, qui semblait le transpercer. Pour aller où ?

Ils arrivèrent à l'hôtel Sheraton, retrouvant un instant la fournaise collante avant de pénétrer dans le hall climatisé envahi de dizaines d'employés qui se jetèrent sur leurs bagages.

Il retrouva Shaheen cinq jours plus tard au PN Dockyard. Les chantiers navals de la marine pakistanaise occupaient la pointe méridionale du West Wharf, une fine péninsule artificielle de quelques kilomètres gagnée un siècle plus tôt sur la mer d'Arabie. La zone militarisée était gardée par des dizaines de sentinelles plantées sur des véhicules blindés. On le conduisit dans l'immense hangar qui serait son lieu de travail pour les mois à venir. Plusieurs dizaines de techniciens français qui étaient arrivés en même temps que lui, comme Bordanier, avaient déjà entamé leur mission au PN Dockyard. Marc avait été retenu avec Bertrand par des travaux de traduction de consignes techniques.

Lors de son premier passage à Karachi, l'année d'avant, il n'avait jamais eu le temps de venir jusqu'à ce hangar.

À l'escale de Dubai, il avait assisté, comme ses collègues, interloqués, à la bagarre entre deux Pakistanais, sans comprendre de quoi il s'agissait. Ils avaient atterri à

3 ou 4 heures du matin à Karachi, avaient rejoint le Sheraton pour découvrir à la télé que les deux tours du World Trade Center de New York venaient d'être percutées par des avions-suicide. Avion-suicide, l'expression d'un de ses collègues – Bordanier dans son souvenir – l'avait frappé. Personne dans l'équipe n'avait dormi. Tous, obnubilés par les images des tours qui s'écroulaient, des caméras qui vagabondaient dans les rues voilées d'une poussière que l'on imaginait épaisse d'où émergeaient parfois des silhouettes hagardes. Sa femme l'avait appelé, suppliante. Elle était enceinte. Marc n'avait pas hésité. Sans attendre que la DCN réagisse, il avait réservé de lui-même un billet et était reparti aussitôt pour Cherbourg. Le monde s'écroulait. Il devait être aux côtés de sa femme. Pour lui, le choix avait été simple. Ses collègues, certains avec leur famille, qui n'avaient pas osé braver la discipline de l'entreprise, avaient poireauté durant de longs jours inquiets à Karachi, cloîtrés dans l'hôtel, mission suspendue. Les compagnies régulières aériennes ne voulaient plus atterrir à Karachi. Ils étaient revenus un peu plus tard.

Mais la mission Agosta devait se poursuivre. La France avait promis de livrer trois sous-marins au Pakistan, en remplacement de ceux de type Daphné qui atteignaient l'obsolescence. Le gouvernement pakistanais avait mené depuis des années des négociations avec trois pays européens, dont la France, pour acquérir de nouveaux bâtiments plus modernes. Ce projet soulevait beaucoup d'enthousiasme et d'attente chez les officiers pakistanais, les sous-mariniers en premier lieu. On parlait d'une plus grande autonomie en plongée. Les plus avisés parlaient de la propulsion anaérobique qui permettrait aux sous-marins de charger leurs batteries sans refaire surface. C'était une technologie très pointue, et ça étonnait même un peu certains Français qu'on donne ça aux

Pakistanais, mais le secret des contrats, ça n'était pas de leur ressort.

En tout cas, la préférence était allée aux sous-marins français. L'excellence de la technologie tricolore restait gravée dans les esprits par le souvenir du torpillage d'une frégate indienne, lors de la guerre de 1971 avec l'Inde, par le premier sous-marin pakistanais de type Daphné. Cet exploit, dans une guerre perdue et face aux destructions opérées par la marine indienne sur le port militaire et les chantiers navals de Karachi, restait une source de grande fierté pour le capitaine Ghazali et les autres officiers. Les négociations s'étaient accélérées après l'arrivée du gouvernement Benazir Bhutto au pouvoir en octobre 1993. Les Britanniques puis les Allemands avaient été écartés. En septembre 1994, l'annonce dans les journaux de la signature du contrat pour trois sous-marins français type Agosta 90B avait été accueillie avec un soulagement général.

En ce printemps 2002, le premier, assemblé à Cherbourg, le *PNS/M Khalid*, avait déjà été livré et intégré à la flotte pakistanaise depuis deux ans et demi. Le suivant, le *PNS/M Saad*, commencé à Cherbourg et terminé à Karachi, reposait sur cale sèche en attendant sa mise à l'eau qui devait intervenir quelques semaines plus tard. Marc et les autres venaient travailler sur le dernier, le *PNS/M Hamza*, dont l'infrastructure incomplète emplissait maintenant le hall d'assemblage du PN Dockyard.

Le *PNS/M Hamza* incarnait la phase la plus concrète du transfert de technologie que la France avait promis en signant le contrat huit ans plus tôt. Non seulement il serait construit entièrement au Pakistan, mais il serait le premier sous-marin à avoir été équipé du système de propulsion anaérobie, lui permettant de rester plus longtemps à couvert sous l'eau. Le système était alors encore expérimental, mais les Pakistanais comptaient beaucoup dessus pour dominer leurs ennemis jurés indiens.

Et la France respectait ses engagements. La DCN respectait ses engagements. Marc et son équipe respecteraient leurs engagements.

C'est peu de temps après le 11 septembre qu'il avait fait connaissance de Shaheen Ghazali.

L'officier mécanicien pakistanais était arrivé avec son groupe en avance sur le calendrier prévu. La DCN ne voulait pas renvoyer de techniciens français trop vite au Pakistan. On attendait de voir comment la situation sécuritaire allait évoluer. Trop de gens à Karachi s'étaient réjouis de voir les tours new-yorkaises s'effondrer. Il fallait de toute façon former des Pakistanais à Cherbourg. Cela faisait partie du contrat. Shaheen et son équipe avaient débarqué à l'arsenal normand début octobre, pour leur premier séjour en France, en Europe même.

Maintenant, dans ce hall d'assemblage du West Wharf qui neutralisait les pulsions de Karachi et où régnait une température relativement douce par contraste avec celle de l'extérieur, Shaheen Ghazali s'avançait vers lui, sourire retenu, mais sourire. Pas tout à fait celui qu'il avait connu à Cherbourg. Une esquisse. Marc n'essaya pas de l'interpréter. Mais plus tard, il aurait souvent l'occasion d'y repenser. De penser qu'il aurait dû comprendre. Sur le moment, il se dit qu'il n'avait jamais vu Shaheen sourire "avec les dents", comme disait Bertrand. Idem maintenant. Pas de dents, mais un regard chaleureux lui suffisait bien. En cet instant, Marc cherchait la chaleur dans le regard de Shaheen, et il n'était pas sûr de la trouver. Mais peut-être se trompait-il. Peut-être le Pakistanais adoptait-il une attitude plus sévère à cause du regard des autres officiers en uniforme qui traînaient partout. Qu'importe, Marc était content de le voir, et ils sauraient bien assez vite retrouver l'esprit d'amitié de Cherbourg. Pour l'instant, Marc s'imprégnait des lieux. Le hall était aussi grand que haut. Assez pour contenir tous les tronçons placés sur des cales du *Hamza*. Shaheen était fier, Marc pouvait le voir. Il lui avait dit un jour, à Cherbourg :

– Vous savez, monsieur Dacian, c'est vraiment important pour nous, ce sous-marin.

Il s'était arrêté un bref instant, pour s'assurer de l'attention de Marc, avant de poursuivre.

– Vous pouvez être rassurés, nous nous en occuperons bien là-bas, au pays.

Marc Dacian maîtrisait mal l'anglais, mais suffisamment pour avoir été touché par les mots de l'officier-ingénieur, autant que par son regard, étincelant de conviction et de fierté. Qu'importe ce qui les séparait, les milliers de kilomètres, la religion, les cultures, ces montagnes ne pesaient rien face à cette coque d'acier qui sortait de leurs tripes.

D'un geste de la main, Shaheen sembla lui présenter l'Agosta 90B, comme si le Français le découvrait pour la première fois. Ou comme pour lui prouver que oui, l'Agosta 90B était entre de bonnes mains ici, comme il le lui avait promis à Cherbourg six mois plus tôt.

Et c'est vrai, le sous-marin resplendissait, à croire que des armées de petites mains avaient passé la nuit à le faire reluire pour honorer l'arrivée des Français.

Shaheen, sans un mot, prit Marc par le bras. Il appela un des cinq ouvriers en combinaison bleue qui poussaient un chariot chargé d'un rotor et débarrassa Marc de ses affaires. Il ordonna à l'ouvrier de les porter dans les bureaux des Français, qui, là-haut, sous le toit, dominaient le hall.

Shaheen parut gêné en montrant le chariot qui s'éloignait, mollement poussé par les quatre ouvriers restants.

– Ils ne seraient que deux, ça n'irait pas moins vite.

Shaheen leur tourna le dos, l'air sérieux, un sourcil soucieux, lèvres serrées. Ils déambulèrent dans le hall. Le Pakistanais voulait lui montrer le sous-marin sous tous ses angles. Marc appréciait. Il s'arrêta, le nez en l'air, une odeur de curry et d'huile qu'il reconnaissait. Dans un coin, des ouvriers pakistanais finissaient de déjeuner, alanguis sur des caisses.

– Vous vous rappelez, Shaheen, cette odeur ?

Marc venait de poser sa main sur l'épaule de Shaheen, en ce même geste amical qu'il avait eu souvent pour son homologue lorsque ce dernier venait partager ses repas le dimanche dans le jardin, à faire des grillades. Mais cette main, dans ce hangar, sembla gêner Shaheen. Il regardait autour de lui, comme s'il craignait d'être surpris. Marc enleva sa main, choisit de sourire.

– Cette odeur de curry, le dernier méchoui qu'on a fait à Cherbourg, inoubliable ! Pas vrai ?! Quelle fiesta ! Et vos poèmes ! Les gars en parlent encore.

Marc fronça les sourcils et se lança, sans faute, tant il s'était répété celui-ci.

Lumière qui ne brille que dans les palais,
Qui ne réjouit que peu de monde ;
Ceux-là mêmes qui ont grandi à l'ombre d'expédients…

Shaheen prit le relais.

… Cette constitution,
Cette aube sans lumière,
Je ne l'accepte pas,
Je ne l'accepte point.

Marc rayonnait.

– Pourtant on peut pas dire que c'est leur genre, hein. Et puis…

Marc s'arrêta. Shaheen, qui avait prononcé les derniers vers en chuchotant, le regardait sans sourire, sans chaleur, sans rien. Ses yeux scrutaient les alentours. S'attardaient une seconde parfois sur des hommes en uniforme. Des techniciens ? Marc allait l'interroger, Shaheen, d'un regard sans équivoque, l'entraîna.

– Venez, continuons, j'ai encore tant à vous montrer, et nous avons beaucoup de travail.

Marc garda ses questions pour lui. Shaheen se remit en route, se dirigeant vers la sortie du hall. Il s'engagea dans les escaliers qui montaient vers les bureaux situés sous le plafond du hangar. Ouvriers, techniciens, ingénieurs, en combinaison ou en uniforme, les hommes passaient, s'effaçaient, parfois avec un regard pour eux. Marc commençait à s'impatienter. Pourquoi cette attitude ? Son ami pakistanais dut sentir son trouble. Il se retourna.

– Vous parliez poésie ? Écoutez ça : "*Douce brise, ces roses, pour nous, à quoi bon ? À peine sommes-nous venus, que déjà nous partons*"...

Que voulait Shaheen ? Il regardait autour de lui, tendu. Il profita d'un répit dans le va-et-vient des hommes et chuchota.

– Vendredi, nous nous retrouverons au Urdu Bazar, chez les poètes. Nous parlerons. Maintenant, travaillons.

Ils étaient arrivés en haut des escaliers, se tenaient dans le couloir qui desservait les bureaux des Français et, plus loin, ceux des Pakistanais. Un officier sortit la tête, regardait vers eux. Ses yeux d'un noir mat, envahissants et fixes, mettaient mal à l'aise.

– Monsieur Dacian, croyez que j'en suis désolé, mais je ne pourrai vous rendre cette invitation pour le méchoui. Je ne peux pas vous recevoir chez moi. Nos instructions nous interdisent les contacts familiers avec les Français, et je vous demanderai de respecter cette consigne.

Marc n'en revenait pas. Shaheen se moquait de lui ? Il affichait son air sérieux, guindé même, impénétrable. Là-bas, l'officier regardait toujours dans leur direction.

– C'est la règle qui vaut pour tout contact avec des étrangers, je vous prie de ne pas le prendre personnellement. Tenez, le bureau des Français est ici, vos affaires sont là. Nous sommes à côté.

Marc comprit qu'il ne servait à rien de discuter. Il regarda l'officier pakistanais qui les observait. Ce dernier rentra dans son bureau. Shaheen resta un instant devant le bureau des Français. Il parla, vite.

– Vendredi, Urdu Bazar. Après la prière.

Il fit demi-tour, deux pas, se retourna, fixant Marc dont il devait sentir la déception.

– Je suis désolé.

Puis il disparut.

4

Karachi, Cité navale.
Automne 2001. Le soir de l'homme aux yeux de corbeau.

L'école avait repris depuis quelques semaines, Sara Zafar entamait sa deuxième année à l'école primaire de la Cité navale.

C'était un jour d'automne spécial où sa mère Asma l'emmenait dans le quartier du vieux Clifton au mausolée d'Abdullah Shah Ghazi, le saint soufi de Karachi, qui l'accompagnait dans les moments importants de sa vie. Elles s'y rendaient le jour de la mort de la grand-mère maternelle de Sara, peu après les célébrations festives d'août.

Sara, pourtant, s'en rappellerait désormais comme le soir de l'homme aux yeux de corbeau.

La section primaire se situait à l'autre bout de la cité. Elle y allait seule, cartable au dos et bouteille d'eau en main. Elle trouvait d'autres enfants en chemin, Nazia, tout le temps, devenue sa meilleure amie. Certains venaient d'établissements navals éparpillés à travers la ville et ses environs. À partir du primaire, des enfants de civils étaient également admis. Ils étaient nombreux et en général mal disciplinés. Ils venaient aussi bien de familles très aisées que de familles moyennes. Sara ne les aimait pas. On y trouvait le pire de la société pakistanaise, disait sa mère, des islamistes pédants aux dépravés qui ne s'assumaient pas.

Comme tous les matins, Sara avait quitté l'appartement en disant au revoir à sa mère à leur façon, en se tenant l'index droit, souvenir du temps où Asma accompagnait Sara à la Junior section, en la tenant ainsi.

C'est à son retour le soir que l'homme aux yeux de corbeau était venu voir son père et que celui-ci avait été changé à jamais. Pour Sara – elle ne s'en rendait pas compte alors – c'est en tout cas là que son monde, imperceptiblement, avait commencé à chanceler.

Alors que maman était grande et très regardante sur sa mise, cheveux tirés en arrière, kameez de couleurs vives, shalwar blanc, papa, médecin spécialiste, était frêle et plutôt petit, à l'air grave. Elle ne le voyait que les dimanches et les soirs en semaine quand il rentrait dans son uniforme blanc, chaussures blanches et casquette blanche à ruban noir avec au centre l'armoirie de la marine en fils dorés.

À l'école, Sara, en dépit de son âge, avait vite compris qu'elle était la fille du médecin. De même que d'autres élèves, filles et garçons, étaient fils ou filles de capitaine de vaisseau, d'officier – ingénieur au PN Dockyard, de commandant de sous-marin ou de dépôt de munitions. Chacun avait droit aux égards et à l'attention de la part des institutrices et des surveillantes selon le rang et l'importance du poste de son père. Pour peu qu'un enfant de commodore s'égratignât le coude en jouant dans la cour, l'infirmière du poste médical de la Cité navale était convoquée. Elle accourait aussitôt pour nettoyer à l'éthyle le semblant d'écorchure. Un enfant d'officier junior, pour une blessure bien plus réelle, devait être emmené à pied par une surveillante au poste médical à l'autre bout de la cité.

Les amitiés entre enfants à l'école s'affermissaient ou s'affaiblissaient à mesure qu'elles étaient épaulées ou non par leurs parents. Ces amitiés servaient de prétexte pour approcher un père bien placé à la veille des commissions qui décidaient des promotions ou des sélections pour les affectations et les cours à l'étranger. Dans d'autres cas, les amitiés n'étaient pas encouragées si l'écart des galons était trop important ou si un rapprochement représentait peu d'intérêt du point de vue de l'avancement dans la carrière.

Les femmes de la cité se conduisaient selon le grade de leurs époux. Leurs tenues étaient aussi variables que celles de leurs époux : certaines portaient leur *dupatta* jeté négligemment autour du cou alors que d'autres se couvraient la tête de tchador. Mais jamais de voile intégral. Il aurait mieux valu parfois, disait sa mère, tant certaines étaient des commères acharnées.

Leurs commérages tournaient surtout autour des mœurs : les affaires d'amour supposées ou réelles de tel ou tel officier ou le caractère du fils ou de la fille d'un tel. Les femmes des SD étaient en général peu éduquées, plus rustres, et restaient entre elles, n'osant pas venir chez les Zafar.

Les parents de Sara étaient pourtant des contacts très recherchés. Firaq Zafar supervisait les résultats des examens médicaux réglementaires pour les candidats aux postes ou aux stages à l'étranger : détachement auprès des forces armées de l'Arabie saoudite et des États du Golfe, affectations dans les ambassades, missions d'acquisition de navires, etc. Les mères qui attendaient leurs enfants à côté de maman à la sortie de l'école ne manquaient pas de la saluer et de caresser affectueusement les joues de Sara lorsqu'elle la rejoignait. Sara l'ignorait alors, mais c'est ainsi que Nazia était devenue son amie, lorsque son père, un officier marinier subalterne originaire du Pendjab, s'était mis en tête d'être envoyé à Cherbourg. Devenir l'amie de Sara, la fille du médecin qui signait les certificats d'aptitude médicale, devenait une nécessité afin de mettre toutes les chances de son côté.

Les deux jeunes filles n'avaient pas d'accointance particulière, mais la mère de Nazia insistait, couvrait Sara de friandises, tandis qu'Asma, la mère de Sara, sans être dupe de la manœuvre, ne se sentait pas de rejeter la fillette.

Sur le coup d'une heure de l'après-midi ce jour-là, l'institutrice avait aligné les enfants en file indienne avant de les emmener dans l'espace vert devant l'école où les mères ou les domestiques attendaient les petits de la Junior section, là où Asma, sa mère, venait encore l'attendre l'an passé. Sara regrettait ce temps, quand elle repartait avec Asma qui la tenait par un doigt, distraitement, et qu'elle se laissait guider en rêvassant, ou en comptant les milans qui survolaient cette Cité navale où elle avait ouvert ses yeux.

Comme souvent, Nazia partait la première, sa mère ne voulait pas qu'elle s'attarde. Cela ne dérangeait pas Sara, qui aimait traîner dehors avant de retrouver l'appartement. Ces derniers temps, c'était moins drôle. Papa était tendu, souvent énervé, alors que ça ne lui était jamais arrivé auparavant.

Sara avait tout de suite remarqué l'homme aux yeux de corbeau à la sortie de la mosquée, à discuter avec d'autres, notamment Abdul Sattar, le père de Nazia. C'était un endroit que Sara évitait pourtant, sans se poser plus de questions. Mais, cet après-midi-là, les yeux charbon l'avaient suivie, et ce regard intense la fit presser le pas. Firaq, le père de Sara, et Shaheen, qui tous deux menaient une vie austère, sans alcool ni cigarette, ne fréquentaient jamais la mosquée, à l'instar d'autres officiers qui pour certains adoptaient une attitude désinvolte envers les pratiques religieuses. Inutilement désinvolte, disait Firaq Zafar. On trouvait parmi eux les buveurs qui réussissaient à se procurer auprès de leurs collègues des garde-côtes du whisky prélevé sur les saisies de contrebande en provenance de Dubai ou d'Oman.

Firaq Zafar, lui, n'avait jamais goûté à l'alcool même quand il faisait sa spécialisation de médecin en Angleterre. Il n'avait pas l'habitude de dévisager les femmes alors qu'il travaillait entouré de jeunes infirmières. Il vivait d'une foi qui ne souffrait aucune étiquette. L'affichage en matière de religion et de croyance lui répugnait. Il parlait peu et écoutait attentivement toutes les doléances de nécessiteux de toutes sortes qui passaient en frappant très doucement à la porte, se retirant respectueusement quelques pas en arrière en attendant une réponse. Ils demandaient un emploi de factotum à l'hôpital de la marine pour le fils de l'un, une embauche comme apprenti au PN Dockyard pour celui d'un autre, des soins de cataracte par l'ophtalmologue de la marine pour la mère d'un tel.

Firaq Zafar s'employait à répondre aux attentes de chacun en passant des coups de fil aux responsables concernés après s'être assuré de ne pas avoir en retour des demandes délicates susceptibles de le mettre en porte-à-faux par rapport aux règles de conduite professionnelle auxquelles il s'était astreint. Sara aimait écouter ces gens-là, au lieu des officiers qui débarquaient avec leurs épouses bien toilettées, tenant des deux mains un gros carton de pâtisseries ou de sucreries qu'elles posaient avec soin sur la table du milieu au salon.

Après les nouvelles et les éloges flattant les compétences de son père, les époux se relayaient pour orienter la conversation vers les affectations, les promotions ou la nécessité de prévoir des ressources supplémentaires au bénéfice d'un détachement à l'étranger avant que les enfants ne grandissent. Et quand les uns et les autres se levaient pour partir, entre les offres de services pour tout et rien et les éclats de rire forcés, ils laissaient tomber l'inévitable tant redouté par Firaq : "Ne nous oubliez pas le moment venu."

L'annonce des promotions était ainsi un événement aussi attendu que craint à la Cité navale. Les officiers qui avaient déjà reçu des indices positifs de la part de leurs supérieurs attendaient sereinement l'annonce. Les autres vivaient dans les limbes. Cet état, serein ou inquiet, déteignait sur les femmes et les enfants.

La fréquentation de la mosquée augmentait radicalement de la part des inquiets dans les jours et les semaines précédant l'annonce. Le père de Nazia, Abdul, appartenait à cette catégorie des visiteurs de la mosquée. Jamais serein.

De l'avis de maman, il la fréquentait par opportunisme, un mot que Sara ne comprenait pas alors, tout comme elle ne comprenait pas les manœuvres des parents de Nazia jouant sur l'amitié des fillettes.

Dès l'annonce des promotions, les élus recevaient en famille la visite de leurs pairs et de subalternes accompagnés de leurs épouses. Il y avait des accolades et de grosses tapes sur l'épaule sans oublier les calculs à demi-mot de l'augmentation afférente du salaire. Dans les pièces à côté, les enfants recevaient leurs copains ou copines de classe. La promotion du père se traduisant par une augmentation proportionnelle du prestige de la progéniture. Les officiers ayant raté leur chance évitaient de se montrer dans la cité pour quelque temps. On entendait leurs femmes maugréer contre la non-reconnaissance des mérites de leurs époux ou les préjugés de tel ou tel officier supérieur qui leur barrait la route. Mais certains avaient de la ressource. Qui prenait parfois l'apparence de l'homme aux yeux de corbeau.

5

Karachi.
13 avril 2022. Quelques secondes avant le pont de la rivière Lyari.

La bombe explosa au moment où Sara se récitait le poème de Muhammad Shams ud Din Vali, juste avant de traverser le pont qui enjambait la rivière Lyari.

> *… le ciel est à mes yeux une demeure obscure, à moins que je te voie, source de la lumière de la vie…*

Sa voiture fut soufflée, tout ce qui l'entourait fut dans l'instant noyé dans le chaos, la poussière encore, comme enragée, criante. Les cris, tout de suite. La voiture avait été soulevée, était retombée sur elle-même. Le moteur cala. Sara resta immobile. Elle n'avait rien. Façon de parler. À en juger par la provenance des cris, leur force, par l'endroit vers lequel les gens couraient, vers où les regards convergeaient, l'explosion avait eu lieu derrière elle, sur sa droite. Elle ne se retourna pas. Ne voulait pas voir. Son front s'abaissa contre le volant. Elle ferma les yeux. Vit. Les cris s'étouffaient, les hurlements disparaissaient dans la poussière, les gémissements déclinaient en sourdine, comme si une main baissait le son de cette nouvelle tragédie. Le silence se fit dans sa tête. Sara luttait pour ne pas entendre. Mais les yeux fermés, le front contre le volant, elle voyait. Savait qu'elle avait passé quelques instants auparavant seulement la cour de récréation de l'école Haji Naeem située juste à côté d'un poste de police gardé par des Rangers. Derrière, à droite, 150 mètres. Un parc où jouaient les enfants avant de se séparer, sous l'œil de mères et de domestiques qui attendaient la fin de la récréation en discutant. À deux pas d'une dizaine de Rangers doigt sur la gâchette, derrière leurs sacs de sable et sur le mirador. Sara voyait. Cet instantané capté d'un bref coup d'œil quelques secondes auparavant.

Son cerveau mettait à jour la scène, sans qu'elle ait besoin de voir. Les balançoires tordues, les enfants déchiquetés, les mères éventrées, le poste de Rangers désintégré. Qui était la cible ? Les paramilitaires, l'école de filles ou les deux ? Sara essaya de ne pas voir. De ne pas se rappeler le moindre visage. Elle préféra penser aux talibans. Ou à n'importe quel autre groupe terroriste. Se concentrer pour oublier les lambeaux de chair fumante. Ce n'était pas son premier attentat. C'était Karachi. Karachi réclamait son dû. Karachi avait faim.

Elle ne pouvait rien faire de plus. Des ambulances arrivaient. Des policiers et des militaires couraient à travers les files de véhicules. Ils criaient, hurlaient. Sara ne les entendait pas. Fallait-il craindre une seconde explosion ? Ils faisaient des signes. Ils avaient peur. Les hommes savaient donc encore faire preuve d'empathie ? Il en fallait pour avoir peur dans une ville comme Karachi.

Elle démarra. La voiture répondit au quart de tour. Elle avança, freina, cala. Les médicaments, ceux qu'on lui avait remis. Pouvait-elle aider les blessés ? Elle écoutait, mais les sons ne parvenaient pas à ses oreilles. Les policiers s'agitaient. Elle démarra à nouveau. Reprit le poème là où elle l'avait laissé.

> *… une tulipe couleur de sang a surgi du linceul où je suis…*

Elle accéléra. S'éloigner du camp de morts. Le son revint d'un coup, les cris, la douleur hurlée, les corps disloqués qui se lamentaient, tout la poursuivait maintenant, elle accéléra encore. Elle se concentra sur la route. Par où devait-elle passer maintenant ? Le café Al Murad, attentat en septembre 2009, puis le long du terminal containers Pak Pacific, attentat en février ou mars 2006. Ensuite le quartier de Jamali Goth, attentat à l'automne 2012. La géographie noire de Karachi. Le portrait en creux de sa ville où vingt millions d'habitants en étaient réduits comme elle à perdre pied dans leur cité, toute compréhension du monde dévorée par cette litanie macabre. Comment Sara pourrait-elle un jour avoir des enfants et leur raconter sa ville ? En suivant ce fil rouge sang ? Pour la première fois depuis l'explosion du parc, elle entendit le cri des enfants meurtris. Pour la première fois, elle tourna la tête vers la droite, vit les vitres maculées de sang. Les sirènes hurlèrent. Elle roulait sur un champ de mort, insensible, hallucinée. Un autre poète prit le relais. Encore un de ceux que Shaheen lui avait fait découvrir au Urdu Bazar. Elle ne se souvenait plus de son nom. Elle pensait qu'il était contemporain. Il faudrait vérifier.

> *… Karachi n'est plus une ville. Mais un cri de détresse. Qui résonne. Des quatre côtés. On ne tire plus en l'air à Karachi. Les balles atteignent désormais les rêves des habitants…*

Pourquoi Shaheen lui avait-il appris de tels poèmes ? Karachi ne pouvait donc produire que de l'obscurité ? Là où Shaheen était tombé depuis si longtemps. Allait-il l'y entraîner ? Elle voulait se raccrocher à un espoir. Se reprit. Baissa les fenêtres côté droit. La vision du sang disparut.

Il restait une quarantaine de kilomètres jusqu'à Mubarak village.

À vingt-sept ans, à Karachi, on a tout vu.

6

Cherbourg.
13 avril 2022. Neuf heures après l'attaque de Heidelberg.

Jef révisait pour la quatrième fois le surtitre et le titre de son article. Il savait que le secrétaire de rédaction les changerait de toute façon, mais le titre qu'il se donnait marquerait la tonalité de l'article qu'il s'apprêtait à écrire. Et il connaissait assez le secrétaire de permanence pour savoir que celui-ci n'irait pas s'embêter à reprendre l'article au-delà des fautes d'orthographe. Laisser sa marque sur le titre lui suffisait. Comme un chien qui pisse sur un lampadaire, pensa Jef.

"*Attentat au supermarché de Heidelberg : la blessée cherbourgeoise, une graphiste qui rêve de croquer le monde.*"

Jef voulait que la personnalité de la jeune femme ressorte, que l'article ne joue pas sur la peur et le repli identitaire dont la plupart des médias s'empiffraient en pleines élections présidentielles.

Jef rédigea son article. Il avait réussi à interviewer la mère de la jeune fille, en pleurs, à obtenir confirmation de son état, stationnaire. Il relut, corrigea, envoya. Il jeta un œil sur la photo qui accompagnerait le portrait, une fille de son âge, pleine de vie, souriante, jolies fossettes, frange rebelle, yeux malicieux. Elle avait été blessée au visage et aux mains. On déplorait deux morts et quatre autres blessés. La tour Eiffel s'était éclairée aux couleurs de l'Allemagne. L'auteur de l'attentat avait été abattu par un policier en civil. Jef se demandait si elle pourrait encore croquer le monde, au propre ou au figuré. Dessiner, voyager. Sortir de son microcosme. Comme lui-même en rêvait. Sans jamais sortir du département.

Jef Kerral allait partir quand son rédacteur en chef l'interpella de l'autre bout de la salle de rédaction.

– Je viens de t'envoyer un mail. Avec Jérôme, Natacha et Céline, vous allez couvrir les cérémonies des vingt ans de l'attentat à l'arsenal et à la mairie. Ça va se bousculer de Paris pour se montrer. Tout le gratin politique depuis l'époque.

– Tout le monde ? Après le dernier procès de l'an dernier qui a fait un flop, Balladur relaxé, Léotard avec du sursis et une simple amende. On ne parle même plus de Sarkozy, aux abonnés absents...

– La Cour de justice de la République ne l'avait pas incriminé. Et puis le principal, c'est quand même qu'on ait parlé de ce système de rétrocommissions illégales qu'ils avaient mis en place sur les contrats d'armement pour financer leur campagne électorale, non ? Et on a bien écrit dessus, non ?

– Et alors ? Tu avais bien vu la réaction des familles de victimes à l'annonce du jugement ?

– Justement, raison de plus pour y mettre le paquet de notre côté, la DCN est sur les dents, la préfecture aussi, ça pourrait partir en vrille. En attendant, tu n'oublies pas l'annonce du festival du cidre demain, hein ?

Une fois dehors, Jef regarda sa montre. Greg devait encore cracher ses poumons sur le terrain, milieu de seconde mi-temps. Trop tard pour Jef. Il mit le cap vers la villa de ses parents. Sans entrain. Mais il le devait à sa mère. Dix minutes plus tard, il trouva ses parents dans leur salon devant une série télévisée.

Sa mère l'accueillit d'un large sourire et se leva pour l'embrasser. Son père restait assis, plongé dans l'action qui défilait sur l'écran. On entendait des cris, des ordres peut-être, en arabe apparemment, ça pétaradait. Pas le genre de spectacle que goûtait sa mère. Elle se tourna vers son mari.

– Claude, je te signale que ton fils est là.

Elle se tourna vers Jef, passa la main dans ses cheveux et leva les yeux au ciel. Le son s'arrêta enfin.

– Tiens, ça faisait longtemps, lança son père.

Les gestes barrières les dispensaient de s'embrasser. Ça les arrangeait tous les deux.

– Je passais juste vous faire coucou.

– Tu n'avais pas un match ?

– Le journal m'a appelé. Un article sur cet attentat au couteau.

– Ah oui, mon Dieu, quelle horreur ! dit sa mère. Il paraît qu'il y a une petite d'ici.

– Je devais écrire son portrait. J'ai parlé avec sa mère.

– La pauvre, elle doit être dévastée.

– Oui, c'est dur pour elle.

– Et toi, ça a dû être difficile pour toi aussi.

– Moi, c'est rien.

– Exactement, c'est rien, surenchérit son père. Et même sa mère, c'est rien. Crois-moi, sa fille aussi, tout ce qu'il faut lui souhaiter, c'est de passer l'éponge vite fait, pas se laisser aller à la victimisation, sinon elle le traînera toute sa vie.

– Claude, quand même, ce que tu es brutal, ça vient d'arriver !

– Peut-être, mais on entend déjà la petite musique.

Elle secoua la tête et ébouriffa à nouveau les cheveux de son fils.

– Viens t'asseoir, je suis sûre que tu n'as rien mangé.

– Juste un café. Je dois retrouver Greg après la fin du match.

– C'est Greg que tu vas voir, ou Marc ? lâcha son père d'une voix sèche.

– Claude, quand même ! Tu ne peux pas arrêter un peu avec ça ? Il est là depuis deux minutes, et tu l'embêtes déjà.

– Laisse, maman, c'est bon, j'ai l'habitude. Tu sais bien que papa en veut toujours à Marc d'écorner l'image de la DCN avec son combat, et que toutes les occasions lui sont bonnes pour le rappeler.

– Pas toutes les occasions, mais pour Marc, c'est vrai, il n'existe plus que grâce à ça !

– Disons plutôt que ça t'arrange de le penser, ça t'évite de te remettre en question.

– Allez, la morale, maintenant, ça faisait longtemps, tiens…

Jef se tourna vers sa mère.

– Dis-moi plutôt ce que vous regardiez.

– Demande à ton père, c'était à lui de choisir aujourd'hui.

Claude Kerral prit sur lui pour les rejoindre autour de la table de la cuisine.

– Une série anglo-norvégienne sur la prise d'otages d'In Amenas, en Algérie, là où l'armée algérienne avait tué autant d'otages que de terroristes.

– Je me demande bien comment on peut faire des fictions sur des horreurs pareilles, soupira la mère de Jef en remplissant trois tasses de café. Et quel intérêt en plus ? La réalité dépasse toujours bien la fiction, non ?

– Peut-être. Mon rédacteur en chef nous répète tout le temps que l'imagination est l'ennemi du journaliste. J'ai tendance à le croire. Et alors, cette série ?

– C'est plutôt à charge contre les compagnies occidentales qui ont fait profil bas après l'attentat vis-à-vis des autorités algériennes, malgré leurs employés tués par l'armée, pour ne pas mettre en danger leurs contrats à venir. Sans preuve bien sûr, mais au nom de la fiction, on se permet tout.

– Et si seule la fiction permet de panser les plaies des victimes, faute de justice, c'est peut-être pas si mal ?

– Un peu facile de voir les choses comme ça, mais ça passe bien dans les chaumières.

– Ah oui, reprit Jef, je sais, tu vas dire que c'est plus compliqué…

– Oh vous deux, vous n'allez pas recommencer !

– Et c'est bien ça le problème, maman, c'est qu'on ne fait que commencer, et on ne va jamais plus loin !

– Ah oui, et où tu veux aller, hein, dis-moi, le grand journaliste ?

– Claude, ne parle pas comme ça à ton fils !

– Donc j'accepte juste qu'il me fasse la morale ?

– Il ne t'a rien dit.

– Comme si je ne connaissais pas la suite. Que Marc n'a jamais baissé les bras, qu'il se bat, sous-entendu, moi, je suis une carpette, juste bon à ramener du fric.

– Arrête, Claude, tu es injuste.

– Mais non, il a raison, dit Jef, fatigué de ces discussions stériles.

Il se leva.

– Le problème, continua Jef, c'est que tu ramènes tout à toi. C'est ma faute, si tu te compares à ton ancien pote ? Il a été au Pakistan, pas toi, il a été victime d'un attentat, pas toi.

Ses parents se regardèrent. Son père encaissait, sa mère paraissait au désespoir.

– Maintenant, c'est toi qui es injuste, Jef, ton père a…

– Ta gueule, Séverine !

La violence soudaine de Claude Kerral imposa le silence. Jef lui-même était sonné. D'habitude, le fiel de son père ne touchait que lui. Les minutes suivantes furent parmi les plus étranges et les plus lourdes qu'il ait connues. Plus personne n'ouvrait la bouche. Les tasses étaient vides, mais son père n'arrêtait pas de porter la sienne à ses lèvres. Des larmes coulaient le long des joues de sa mère. Elle n'émettait pas un son. Son père se broyait les mâchoires, regard noir planté sur Jef. Ce regard qui ne l'impressionnait plus. Il l'ignora, se reporta sur les photos posées sur la commode, près de la télé. Il les connaissait par cœur. Sa mère disait que la réalité dépassait toujours la fiction ? Ces photos avaient été sa réalité depuis vingt ans. Il était enfant quand l'attentat avait eu lieu. La photo au fond, à droite, au format A4, montrait la foule rassemblée sur la Plage Verte, le jour où les corps des victimes de l'attentat de Karachi avaient été rapatriés à Cherbourg. Sur le cliché, on voyait Jef juché sur les épaules de son père, la foule, les cercueils, les drapeaux, les mines sombres, les traces de larmes luisantes. Jef s'était souvent demandé si cette scène était vraiment son premier souvenir, ou si la photo le lui avait fabriqué. Une chose était sûre, cet immense rassemblement sur la Plage Verte l'avait marqué à jamais, au point d'effacer les souvenirs antérieurs. L'arsenal était en ébullition. Des dizaines de techniciens avaient déjà effectué des missions à Karachi. Beaucoup pouvaient s'imaginer les lieux, l'atmosphère, la chaleur, les mendiants sur le trottoir, presque jusqu'à leur visage brûlant et émacié. Tous étaient en état de choc. La mort de camarades techniciens ou ingénieurs renforçait la solidarité ouvrière. Dix mille personnes s'étaient entassées sur cette plage, dans un silence plombant. Il devait y avoir du bruit quand même, le vent, les vagues, les mouettes, les gréements des voiliers, Jef ne s'en souvenait pas. C'étaient les visages. Et puis ça avait été si long, si long, et quand il y pensait, ça ne pouvait pas être la photo qui lui avait ancré ça en mémoire, des heures sur les épaules de son père. Toujours juché là-haut, il l'avait vu faire la queue jusqu'à un chapiteau où les familles des victimes recevaient les accolades. Marc était à l'hôpital, mais sa femme et Greg étaient là. Greg et lui étaient aussi paumés l'un que l'autre, il ne se rappelait pas bien, mais ça devait être flippant, tous ces adultes serrés comme des sardines, avec leurs têtes tristes, les larmes, les poignées de mains trop rapides, les accolades maladroites, et puis ce silence, uniquement brisé par le roulement des tambours. À moins qu'il s'en rappelle pour avoir vu et revu la vidéo de la cérémonie. Pareil, Jef n'était plus sûr d'avoir vraiment vu les onze cercueils avec les photos des tués dessus, qui avaient été rapatriés la veille du Pakistan, ou de voir les photos des journaux.

Il se rappelait mieux, dans sa chair, jusqu'aux émotions, les premières commémorations. La deuxième surtout, en 2004, il avait dix ans tout juste. Avec Greg, ils s'étaient préparés pour l'événement, longtemps à l'avance. Toute la classe d'ailleurs, toute l'école même. L'attentat avait touché toute la cité, d'une manière ou d'une autre.

– Tu parais bien rêveur, mon fils.

Sa mère finissait de sécher ses larmes et lui resservit du café.

– C'est cette série sur la prise d'otages, ou la petite blessée au couteau ? Ou… ?

Elle fit un signe vers son mari.

D'un coup de menton, Jef indiqua la commode.

– Notre attentat, c'est à lui que je pensais. Je me revois avec Greg, en 2004, la première fois où Marc a pu venir y assister en se tenant debout. C'était tellement important pour lui. Debout. Et Greg était si fier…

– Oh c'est vrai, qu'il était fier !

Jef remarqua le coup d'œil que sa mère jeta vers son père, comme pour s'assurer qu'il ne prenait pas mal l'évocation de Marc. Claude restait indifférent, le nez plongé dans sa tasse. Sa mère continua.

– Je le vois encore, il bombait le torse pour tenir bon quand Marc s'appuyait sur lui pour se tenir debout sans ses cannes, il tenait bon, Greg.

– Peut-être, mais Greg, au moins, il a su avancer dans la vie ! Il n'est pas resté coincé dans cette histoire, comme son père.

Claude Kerral reposa brutalement sa tasse, se leva et remit la télé en marche.

Jef se leva à son tour. Il caressa les cheveux de sa mère, qui avait l'air désolée, l'embrassa et partit.

En démarrant, il se dit qu'il aurait dû partir depuis longtemps déjà.

7

Cherbourg.
13 avril 2022. Neuf heures trente après l'attaque de Heidelberg.

Une demi-heure plus tard, Jef Kerral poussa la porte de chez Marc. Greg n'était pas revenu. Il devait se trouver en pleine troisième mi-temps, que le match se soit soldé par une victoire ou une défaite, comme d'habitude.

Jef vint s'asseoir en face du père de son ami. Ils gardèrent le silence quelques instants.

– Alors, mon cher fils t'a encore dit de ne pas me parler de la commémoration ?

Jef haussa les épaules.

– Tu y penses ?

Marc ne répondit pas. Il y pensait.

– Je songeais à cette fille de Heidelberg, reprit Jef. Tu es chez toi, dans ton pays, en paix, en vacances, insouciante, et puis ça…

– Et puis ça…

– Je ne sais pas ce qui est pire, être blessée dans ces conditions, être une victime par hasard, sans pouvoir comprendre quoi que ce soit, ou…

La phrase resta en suspens quelques secondes.

– Ou comme un fabricant d'armes dans une ville violente d'un pays lointain et mystérieux en état de guerre larvé où le danger est partout, où les services secrets et les gangs menacent à tous les instants, où tu prends des risques en connaissance de cause, comme le soldat d'une guerre sans nom ? C'est plus exotique, c'est ça ?

– Non, non, je… je veux dire, qu'est-ce qu'elle va raconter ? Toi, au moins, tu étais à Karachi en mission, elle, elle était là par hasard, c'est…

– Ce qu'elle va raconter ? Elle fermera sa gueule ! Parce qu'à Karachi ou à Heidelberg, il n'y a rien à raconter ! Que tu te retrouves avec un coup de couteau dans la gueule à Heidelberg ou un éclat de bombe dans le crâne à Karachi, il n'y a rien à raconter ! T'es aussi con et démuni dans les deux cas ! Et puis il y aura quand même tous les journalistes qui se chargent de raconter à ta place…

Jef encaissa. Marc allait continuer, mais il s'abstint. Les deux hommes restèrent face à face. L'un et l'autre empêtrés dans leurs pensées. L'un et l'autre, Jef le savait, regrettant les paroles prononcées. Qui avaient blessé. Jef par sa comparaison étriquée – quel con je fais, mais quel con ! –, Marc parce qu'il soutenait les aspirations de Jef, ce dernier le savait. Ce n'est que lorsqu'ils étaient tous les deux qu'ils abordaient certains sujets, qui touchaient au monde, aux êtres, sans se soucier justement de leur identité, de leur lieu de résidence. Des discussions que Marc ne pouvait pas tenir avec son propre fils, absorbé par son quotidien et la mesure de son succès.

Jef bataillait souvent sur sa conception du journalisme, avec des lecteurs, des amis, des collègues même. Il ne voulait pas avoir à la défendre avec Marc. Il n'avait pas à le faire. Le père de Greg le connaissait trop bien. Lui faisait confiance. Il savait, mieux que quiconque, mieux que le père de Jef lui-même, combien Jef se morfondait dans son quotidien régional alors qu'il voulait courir la planète. Croquer le monde et la vie.

– Oublie ce que j'ai dit.

– Non, tu as raison, tu…

Marc leva la main. Jef arrêta.

– Ils m'ont mis sur la couverture des commémorations.

Marc secoua la tête.

– Ça me dégoûte à l'avance.

– Je m'en doute.

– Plus que d'habitude.

– À cause du procès de l'an dernier? Tout le monde paraît craindre que la cérémonie tourne au pugilat, que les familles de victimes profitent de l'occasion pour...

– Et on aura raison! Bon Dieu! Quelle mascarade! Quand tu penses que tout le monde ressort libre... Quelle claque pour ceux qui sont morts, pour les blessés, pour les familles! S'ils pouvaient juste tous rester chez eux tous ces politicards, et pareil pour les faux culs de la DCN. S'ils pouvaient juste, je ne sais pas, nous oublier, oublier les chrysanthèmes, les larmes de circonstance, les regards éplorés. Nous laisser entre nous, être nous, pour une fois...

La respiration de Marc était plus saccadée. Il retrouvait le tic du pied gauche heurtant le sol, comme une brebis voulant éloigner un intrus. La proximité du 8 mai rendait toujours Marc nerveux. Il posa ses mains sur son genou gauche. Se força à respirer plus calmement.

– Et comme toujours, on oubliera les autres là-bas, les Pakistanais, ceux qui ont tout donné pour nous, parce qu'ils croyaient à... je ne sais pas, bon Dieu, à ce qu'on leur disait. Toutes ces trahisons, toute cette saleté...

Marc s'enfonçait dans son trou noir. Jef savait le moment venu de le laisser tranquille. Il posa sa main sur les siennes. Ils se regardèrent sans un mot. Les deux hommes se comprenaient. Ce que son père n'acceptait pas.

Jef hésita à reprendre le chemin de la rédaction. Ou à rejoindre Greg et les autres au restaurant. Il roula un moment. Comment pourrait-il raconter ce que Marc n'arrivait pas à raconter autrement que par ses regards? C'était pour ça que Jef était devenu journaliste après tout. Raconter ce que les autres ne pouvaient pas ou ne savaient pas raconter. Ou ne voulaient pas. Marc, qui ne trouvait jamais les mots pour exprimer sa propre souffrance. Qui renvoyait toujours à ceux restés au Pakistan quand on l'interrogeait, comme une façon de ne pas tomber dans l'introspection.

Jef s'arrêta devant le parking du journal où il était arrivé sans y penser. Il regarda son téléphone mobile. Son article avait été publié en ligne. Le secrétaire de rédaction avait en gros gardé le surtitre. "*Attentat de Heidelberg.*" Changé le titre, sur trois lignes, donnant plus de place encore au papier. "*Le djihad frappe Cherbourg. Une des nôtres blessée, sa mère raconte.*" Comme prévu, le secrétaire de rédaction n'avait pas touché au texte, à part les deux fautes d'orthographe que Jef avait plantées à dessein afin de satisfaire son ego.

Il regarda l'immeuble du journal. Redémarra. Plus envie de passer à la rédaction. Autant rejoindre les footeux. Arrivé devant le restaurant, il resta dans sa voiture. Observant les autres à travers les fenêtres. Qu'est-ce qu'il foutait là ? Est-ce qu'il allait continuer à laisser filer sa vie ? Il pensa à Marc, à Karachi, au cidre.

À vingt-sept ans, à Cherbourg, on n'a rien vu.

8

Mubarak village.
13 avril 2022. 50 minutes après le pont de la rivière Lyari.

Le chien famélique qui traînait devant la cahute releva à peine la tête quand Firaq Zafar entra. Le père de Sara n'avait qu'un vieux téléphone à clapet, dépourvu d'applications qui l'auraient en continu averti des remous du monde, mais il venait parfois écouter la radio dans la cabane vermoulue où Gulzar Umrani tenait une échoppe en peu en retrait de la plage, quand lui-même ne pêchait pas.

La plupart des barques étroites et pointues étaient en mer depuis des semaines pour la dernière pêche de la saison. Quelques vieux dormaient, à l'ombre, fuyant la chaleur qui déjà écrasait Mubarak village, à la frontière du Sindh et du Baloutchistan.

La cabane consistait en une petite pièce au sol en terre battue séparée en deux par une planche à mi-hauteur derrière laquelle Gulzar se tenait avec ses rares marchandises. Les murs étaient faits de planches disjointes comme toutes les baraques du village, le toit tenait grâce à un mélange de toiles et de roseaux attachés par des cordes usées. Sur la façade, une pancarte en contreplaqué écaillé peinte à la main indiquait “Coca-Cola” en lettres latines maladroites, et, en ourdou, Gulzar Umrani avait inscrit son nom suivi de “boissons fraîches”, encadrés, dans les coins, des inscriptions “Ya Allah” à droite et “Ya Muhammad” à gauche.

Comme presque tous les habitants de Mubarak village, Gulzar appartenait à la secte musulmane des Zikri, régulièrement prise pour cible par les fondamentalistes sunnites. Gulzar et les autres ne fréquentaient pas la mosquée, mais une maison de récitation, et c'est la raison qui avait poussé Firaq Zafar à choisir Mubarak village quand il s'était décidé, des années plus tôt, à s'exiler de Karachi pour sauver son âme. Et peut-être sa vie.

De l'autre côté de l'entrée, une affiche du PPP, le parti dominant dans cette région pakistanaise du Sindh, rappelait qu'ici, il était de bon ton de voter pour le parti de Benazir Bhutto, si l'on voulait plaire au notable local. La cabane elle-même était surmontée d'un drapeau rouge, noir et vert du PPP.

Firaq Zafar s'assit à droite sur une planche étroite qui courait le long de la cabane. Il observa un moment deux adolescents qui jouaient au vieux baby-foot dans le coin opposé. Gulzar contourna son étal où s'alignaient des bocaux en plastique remplis de sucreries et apporta un thé au médecin.

Les informations de Radio 1 Karachi allaient démarrer dans quelques instants, la musique en sourdine emplissait le petit espace. Firaq Zafar buvait son thé en silence. Il s'autorisait deux fois par jour de telles pauses du dispensaire installé à une centaine de mètres de là, au milieu d'autres cabanes en planches. Gulzar monta le son pour le journal. Le présentateur évoquait un attentat qui avait eu lieu à Karachi à peine une heure plus tôt. Il évoquait des dizaines de morts, au moins une cinquantaine, parmi lesquels sans doute une trentaine d'enfants qui jouaient dans la cour d'une école. Plusieurs Rangers avaient également été tués. Le journaliste précisait qu'aucune revendication n'avait encore eu lieu, qu'on ne savait pas si c'était l'école ou le poste des paramilitaires qui avait été visé. Il indiqua encore qu'il s'agissait du douzième attentat depuis le début de l'année dans le pays, et le deuxième le plus mortel après l'attaque par un groupe dissident des talibans pakistanais à Quetta qui avait frappé un hôtel et visé l'ambassadeur chinois fin février.

Firaq ferma juste les yeux, le nez penché sur les effluves de thé. Gulzar ne savait pas masquer ses émotions comme le médecin.

– L'école Haji Naeem ? C'est sur Mauripur Road, qu'il faut emprunter pour venir ici ! Docteur ! Sara, c'est l'heure où elle doit passer ! Quel malheur ! Tous ces enfants ! Quel malheur !

Gulzar se tapait le crâne, bouleversé par la nouvelle. Firaq Zafar se concentrait sur sa tasse, faisant le vide, attentif aux bruits. D'un geste, il demanda à Gulzar d'éteindre la radio. Il resta les cris de quelques mouettes, le ressac discret. D'un autre geste, Firaq intima aux garçons de cesser de jouer au baby-foot. Ils arrêtèrent aussitôt et s'accroupirent sur la terre battue en face du médecin, ne le quittant plus des yeux. Les minutes s'écoulèrent. Ils se levèrent en même temps que Firaq relevait le regard, en reconnaissant le bruit du moteur de la voiture de Sara qui forçait en remontant la ruelle de terre parallèle à la plage.

Firaq posa sa tasse dans les mains de Gulzar qui la laissa sur le banc et tous remontèrent le chemin de terre et de sable jusqu'à l'entrée du dispensaire. Ils s'arrêtèrent en même temps en découvrant le côté droit de la voiture, maculé de traces rouge sombre séchées. Tout le flanc de la petite Volkswagen en était marqué. Sara, demeurée les mains sur le volant, absente, sembla découvrir les regards posés sur elle. Elle descendit et son père l'accueillit, bras ouverts. Elle y reposa un instant la tête, et se redressa.

– Il manque encore les anti-inflammatoires.

Firaq ne répondit pas, tint sa fille à bout de bras, l'obligeant à le regarder dans les yeux. Gulzar et les deux garçons parlaient à voix basse de l'autre côté de la voiture, côté sang.

– Comment tu vas ?

Sara eut un sourire fatigué.

– Ça va. Je suis désolé pour la femme de Gulzar, ces anti-inflammatoires, c'est…

Gulzar, qui venait de s'approcher, s'offusqua.

– Sara, il y a eu une attaque tout à l'heure à la sortie de Karachi. Des dizaines d'enfants sont morts ! Et tu nous parles d'anti-inflammatoires !

Sara baissa les yeux au sol.

– Des dizaines...

Elle paraissait absorbée ailleurs, sans quitter le sol des yeux, tandis que Firaq la tenait toujours à bout de bras.

– Oui, j'ai entendu des cris, je crois...

Firaq tira Sara vers l'intérieur du modeste dispensaire et la fit s'asseoir dans son bureau. Une femme lui apporta un verre d'eau, Sara la remercia, son regard retrouvait sa rigueur et son intensité.

Dans ces grands yeux en apparence doux, un tel regard déconcertait souvent ceux sur qui il se portait. Elle se reprenait vite. Elle tenait de sa mère.

Il se demandait souvent si lors de l'attentat, l'autre, les cris avaient surgi tout de suite. Si les Français criaient comme les Pakistanais. S'ils gémissaient pareil. Si la douleur surgissait de la même façon, aussi rapidement. S'ils réagissaient à la même peine.

– À quoi penses-tu ?

Sara venait de se lever et c'est elle qui l'interrogeait maintenant. Elle était belle, sa fille. Toujours pas mariée. Son beau visage, tout son être exprimait à nouveau la droiture, l'intégrité. La combativité. Il baissa les yeux, les releva, c'est lui maintenant qui hésitait.

– Ne me dis pas. L'attentat des Français.

Il hocha la tête.

– Encore et toujours cet attentat des Français. Comme si c'était le seul attentat qui avait traversé ta vie. C'était en 2002 ! Il y a vingt ans. Combien il y en a eu depuis au Pakistan ? Cent, deux cents ? Combien de morts ? Des milliers, des dizaines de milliers ! Pourquoi tu es resté là-bas ? Pourquoi celui-là ?

Firaq se recroquevillait. Sara avait tellement vite repris du poil de la bête. Sa mère, heureusement, elle avait pris d'elle, et pas de lui. Il fallait sa hargne pour survivre dans ce pays.

– L'attentat des Français, tu n'as pas été blessé, tu n'y étais même pas ! Tu n'y as pas assisté ! Pourquoi, pourquoi eux ! ?

Elle criait presque maintenant. La nurse qui aidait au dispensaire entra et prit doucement Sara par le bras pour l'éloigner. Dehors, les deux garçons finissaient de laver la voiture à l'eau de mer.

Firaq durcit son visage.

– La blessure de la chair n'est pas la seule.

– Comme si je ne le savais pas !

– Alors pourquoi ces questions, toujours les mêmes ? Comme des reproches…

– Parce que tu t'es reclus. Parce que tu es resté figé dans cet attentat qui n'était pas le tien.

– Pas le mien ? Qu'est-ce que tu veux dire ?

– Si au moins tu t'étais battu, comme Shaheen ! Lui au moins a essayé de savoir, il a pris des risques, il ne s'est pas enfui.

Firaq encaissa.

– Et vois là où il est maintenant… Des mois qu'il s'est enfermé dans le silence.

Sara ne répondit pas. Firaq la connaissait assez pour voir à ses traits qu'elle se sentait coupable d'avoir poussé le bouchon trop loin. Mais elle le pensait. Elle avait honte de la lâcheté de son père, Firaq en était sûr. Elle aurait préféré peut-être avoir Shaheen comme père. L'idée lui tordit le ventre. Shaheen, le chevalier blanc, l'intrépide, lui qui s'était attaqué au système, en dépit des risques, pour sa carrière et sa vie. Mais Firaq n'était pas Shaheen.

– Il faudra que je pense aux médicaments de Nazia aussi, elle fait une rechute…

Voix soudain dure de sa fille.

– Je te parle de Nazia, ça n'a pas l'air de t'intéresser. À croire que tu lui en veux.

Firaq n'écoutait pas sa fille. Il ne voulait pas entendre parler de Nazia, la fille d'Abdul Sattar. Nazia lui rappelait trop de mauvais souvenirs, trop de compromissions, dont il voulait protéger sa fille. Il ne voulait pas écorner l'image qu'elle avait de Shaheen. Pourquoi ? Pour elle. Parce que ça la blesserait de savoir. Parce qu'elle s'était construite comme ça. Comme disaient les chrétiens, c'était à lui de porter sa croix. Il assumait ses choix. Il savait pourquoi il avait accepté le marché de Shaheen, voilà une dizaine d'années. Plus tard Sara saurait, mieux ce serait. Et que le destin fasse qu'elle ne sache jamais…

9

Cherbourg.
13 avril 2022. Deux heures après l'attentat de l'école de Karachi.

La troisième mi-temps s'était prolongée au-delà du raisonnable. Greg Dacian vomissait sur le trottoir, insensible à la pluie, mais il arrivait encore à crier victoire, victoire sans importance puisque la même bande de copains constituait les deux équipes. Les gars chantaient sur le parking du restaurant, l'après-midi était bien entamée, et la plupart devaient encore se retrouver le soir pour une quatrième mi-temps à regarder au pub un match de la Ligue des champions. Jef Kerral attendit que Greg ait fini de vomir et le tira dans la voiture.

– Tu récupéreras ta caisse plus tard. Les flics sont de sortie aujourd'hui. Je te ramène chez toi.

– Eh, eh, j'ai failli marquer, hein, t'aurais été fier, hein.

– Sûr… T'es ma plus grande fierté dans la vie, surtout quand tu la fermes.

Greg voulait répondre, mais un hoquet l'en empêcha. Il essaya de reprendre le contrôle sur la tempête qui secouait son estomac et son crâne. Il se redressa enfin.

– C'est vrai, j'oubliais, Jef Kerral, le grand journaliste si raisonnable, que je n'ai jamais vu bourré, le regard fixé sur l'horizon, au-delà de nos minables contingences.

– Tu la ramènes beaucoup pour un mec qui baigne dans son vomi.

– Je t'emmerde, Jef, avec ta morale à deux balles et tes grands airs, t'étais moins chiant quand t'avais pas ta carte de presse.

– Sûrement, Greg, sûrement, ou peut-être que tu te fichais seulement de ce qui m'intéressait vraiment.

– Putain, tu vas me ressortir toute notre adolescence maintenant ! Que t'es un incompris qui a toujours aspiré à sortir de notre trou ? J'ai vraiment pas la tête à ça, je me rends, voilà, tu gagnes… je suis un plouc et t'es un chevalier blanc.

– T'es surtout un connard. Et tu pues la gerbe et la sueur.

Greg s'enfonça dans le siège passager.

– Passe chez mon vieux d'abord, j'ai des fringues à récupérer.

Marc Dacian releva à peine la tête quand il les entendit entrer. L'état de Greg ne l'étonnait pas. Habitué aux frasques de son fils.

Greg monta à l'étage. Vu son état, il risquait de rester un moment dans son ancienne chambre.

Marc n'était pas sorti de son trou noir. Sale gueule. Descendu plus profond encore. Si Jef avait pensé que Marc avait le cœur à plaisanter, il aurait lancé que les grandes profondeurs devaient être l'élément naturel d'un spécialiste des sous-marins, qu'il devait s'y sentir bien.

Ce n'était pas la première fois que Jef le voyait dans cet état. D'habitude, ça le touchait, l'intimidait, mais ne l'impressionnait pas plus. Là, il y avait autre chose. La proximité des commémorations de l'attentat le rendait toujours nerveux. Mal à l'aise. Retrouver des politiques à qui il reprochait de n'avoir rien fait pour lever le voile sur le fond du scandale des rétrocommissions, même quand ils étaient aux affaires. Affronter les regards et les silences des veuves et des enfants des collègues qui avaient été tués dans l'attentat, alors qu'eux avaient survécu. Avec les années, des tensions étaient nées. Entre des survivants, entre des veuves, entre tout le monde. Jef savait tout cela.

– C'est plus dur cette année, on dirait ?

Marc haussa les épaules.

– Je pensais que c'était les vingt ans et tout ce cirque, mais c'est pas tant ça en fait. Je me suis fait une raison depuis longtemps. Il faut y être, c'est tout. On doit ça aux copains.

Marc regarda longuement Jef.

– C'est quoi, alors ?

Jef s'en voulait un peu d'insister, Marc n'était pas du genre à s'épancher, mais il voulait savoir. Parce que c'était Marc. Parce qu'il savait que Greg ne poserait jamais ce genre de question à son père.

– C'est peut-être les vingt ans quand même. Mais pas ce que tu crois. Pas ce que tu sais.

Jef s'assit. Il fallait prendre le temps. En donner.

– Il y avait un gars, là-bas.

– À Karachi ?

– C'était comme qui dirait mon binôme, le gars que j'étais chargé de former. Il s'appelait Shaheen, Shaheen Ghazali, un officier mécanicien, un sacrément bon. Un mec différent aussi, amateur de poésie.

– Tu m'en as déjà parlé, je crois.

– Possible.

– Oui, l'album de photos, le méchoui que vous aviez fait dans le jardin, c'est lui ?

– Lui et quelques autres. J'avais invité les gars avant qu'ils repartent au Pakistan, c'était fin mars, en 2002 donc, il faisait pas vraiment chaud, mais il y avait du soleil, un coup de chance. On se serrait autour de la braise. Il y avait l'ingénieur pakistanais avec sa famille, les six ouvriers et puis Shaheen. Et bien sûr les gars de mon équipe, les épouses, les gamins, ça en faisait du monde, on était une bonne vingtaine, il y avait même ton père.

– Je crois me rappeler. Je les ai vues il y a longtemps, Greg m'avait montré l'album. J'avais été frappé par un des gars qui avait une longue barbe, habillé avec la tenue de là-bas, c'était le seul comme ça.

– Wasim, le seul religieux du groupe. Le plus fainéant au boulot, mais le plus instruit aussi.

Marc sourit.

– Alors Greg t'a montré l'album ? Il devait aller le piquer dans mon dos.

– Ça l'impressionnait tout ça, le Pakistan, l'attentat. On n'osait pas t'en parler.

– Il n'ose toujours pas.

Jef ne répliqua pas. Marc non plus n'en parlait pas avec son fils. À qui la faute ?

– Tiens, va le chercher, il est…

– Je sais où il est.

Jef revint avec l'album. Marc l'ouvrit aux pages du méchoui.

– C'était drôle, les autres Pakistanais avaient la trouille de Wasim. Qu'il les voie en train de boire de l'alcool. L'ingénieur était assis à côté de lui, c'était le chef pourtant, et il n'a pas osé ingurgiter la moindre goutte alors qu'il en crevait d'envie. Les ouvriers, ils étaient à l'autre bout de la tablée, avec les enfants et mes gars, planqués derrière les bouquets de fleurs, ils picolaient en se cachant. T'aurais vu dans quel état ils étaient le lendemain, un surtout, Abdul quelque chose, qui m'avait inquiété parce qu'il avait une santé fragile, et en plus, c'était le moins qualifié de tous, je me demandais bien comment il était arrivé là…

– Et Shaheen, à côté de toi, comment il faisait ?

– Shaheen ? Il ne buvait pas, jamais. Rien à voir avec la religion ou la présence de Wasim, il était plus laïcard que nous. Shaheen, c'était… différent.

– Pourquoi tu penses à lui maintenant ? Tu l'as revu ?

– Personne n'est retourné au Pakistan, personne parmi les blessés. Il y a eu d'autres missions de la DCN à Karachi, ensuite, pour finir le *Hamza*. Le contrat, c'est le contrat.

Mais les gars n'étaient plus à l'hôtel, ils logeaient à la base navale, n'avaient plus le droit de sortir. Et Shaheen n'est jamais revenu ici. J'ai eu des nouvelles parfois, au début, par des gars de la DCN qui l'avaient croisé, de loin en loin. Je savais qu'il était toujours dans le coup. Mais bon, c'est vrai qu'on communiquait en anglais, et les langues, c'était pas mon fort, mais… c'était Shaheen, quoi.

– Tu ne me dis pas pourquoi tu y repenses maintenant.

– Il y a quelques années, j'ai reçu une lettre, écrite en français. Une écriture appliquée. C'était une Pakistanaise, elle connaissait Shaheen, qui était un ami de son père, un gars qui s'appelait Firaq quelque chose, un médecin de la marine. Pas connu. M'en rappelle pas en tout cas. Apparemment, Shaheen avait parlé de moi à cette fille. Il lui avait dicté des choses. La lettre était un peu mystérieuse, je dois dire. Elle disait que Shaheen ne laissait pas tomber, qu'il cherchait la vérité. Mais pas plus de détails.

Marc feuilleta jusqu'à la fin de l'album. Une enveloppe contenait plusieurs lettres.

– Sara, elle s'appelle Sara, la fille, dit-il après avoir déplié l'une d'elles. Elles sont spéciales, ses lettres, elle y fourgue toujours des bouts de poésie de là-bas. C'est pas que je sois spécialiste du genre, on peut pas dire, mais ça me touche, parfois. Tiens, écoute celle-là :

… Ce soir oppressant n'en finit pas de finir,
Cette nuit noire ne recule point.
Qu'en disent les étoiles,
Quant au sort que les temps réservent à nos gens ?
Assurez-vous seulement que l'orgueil reste intact !
Peu importe que la chair parte en morceaux
Que le cœur se réduise en débris…

– Il y en a comme ça, dans chaque lettre. On peut pas dire que ce soit gai… C'est bizarre, d'ailleurs, quand j'y pense, que je tombe sur celle-ci, maintenant. Y a peut-être pas de hasard. C'est ce que disait Shaheen souvent.

– Pourquoi bizarre ?

– Tu n'as pas lu ? Un nouvel attentat, à Karachi, aujourd'hui, des dizaines de morts, beaucoup d'enfants.

Jef se sentit bête, avec son festival du cidre en tête, demain. Pas entendu parler d'un attentat à Karachi. Ça n'allait pas faire la une de son journal normand. Il regarda son mobile, sur l'application du *Monde*. Ça évoquait un attentat-suicide devant une école de filles à l'heure où elles sortaient de classe, le journal parlait d'une recrudescence des menaces liée au retour des talibans au pouvoir en Afghanistan, qui pourraient tenter de déstabiliser le Pakistan voisin, ou peut-être de groupes djihadistes concurrents des talibans, pour embarrasser le gouvernement pakistanais qui avait toujours été un soutien fidèle des talibans, l'affaire n'était pas claire, c'était le moins qu'on puisse dire.

– Putain…

Marc était plongé dans la lettre de Sara, il relisait apparemment la poésie.

– C'est pour ça que tu repensais à Shaheen ? L'attentat de ce matin ?

– Ça fait trop longtemps maintenant que je n'ai plus de nouvelles de lui. Sara, cette fille, m'a écrit une fois, en direct si je puis dire, sans tenir la plume pour Shaheen, et c'était pour m'annoncer qu'il allait de plus en plus mal. Elle n'entrait pas dans les détails. Mais il parlait apparemment de se retirer dans un petit village de pêcheurs, auprès de son ami le médecin. Silence radio depuis cette dernière lettre. Et là, les vingt ans qui approchent, cet attentat aujourd'hui, je sais pas, appelle ça un pressentiment. Ou c'est juste, bah, rien peut-être.

– Mais tu as Shaheen dans le crâne.

– Lui, et les autres. Car tu vois, cet attentat, et ben on se fout des victimes. Nous, on nous a balancé la raison d'État pour écraser les enquêtes, il y a eu un juge complice du pouvoir d'abord, Bruguière, et ensuite Trévidic, lui rien à dire, il a essayé de faire le boulot, mais là c'est les politiques ou les services de renseignements, et la DCN même, qui ont refusé de collaborer, de fournir certains documents. Mais, d'eux, au Pakistan, là où il y a les vrais meurtriers, ceux qui ont posé la bombe qui a tué mes onze collègues, qu'est-ce qu'on sait ? Ici, les journalistes se sont enfoncés dans ces histoires de rétrocommissions, ils ont fouillé la merde française. Le motif, c'est une chose. Mais les vrais coupables, ça les intéresse pas ? Et ça, Shaheen, il l'acceptait pas. Qu'ici, en France, on ne s'intéresse pas aux vrais coupables. C'était comme nous trahir, nous les victimes. Et quand j'y pense, c'est ça qui fout la rogne. C'est que ce soit lui, Shaheen, un officier pakistanais, qui s'intéresse à nous plus que nous-mêmes. C'est quand même fou, non, que ce soit Shaheen qui soit le plus mortifié par la mort de Français, plus mortifié que les responsables français...

Jef comprenait la colère de Marc. Il la partageait, à sa façon.

– Alors oui, cet attentat avec ces gamins, ça réveille des trucs pas chouettes, mais ça rappelle surtout que les coupables, ils courent toujours, il y a vingt ans comme demain sûrement.

– Ça n'en finit jamais là-bas.

Greg réapparut à ce moment-là. La tête fatiguée, malgré une douche.

– C'est tout ce que tu as à dire ? Et j'imagine que ton grand journal va en faire des tartines sur cet attentat de Karachi ?

– Greg, fous la paix à ton copain, c'est pas lui qui décide.

– Et alors, de toute façon, c'est pas des blancs qui ont été tués, cette fois. Ils vont un peu parler des gamins, parce que ça fait pleurer dans les chaumières, et puis hop, on passe vite fait à autre chose.

Jef allait se lever, il se retint, ça dramatiserait la situation. Mais Greg le gonflait. Il resta assis.

– Depuis quand tu te mêles de ce type d'histoire, toi ? Tu lis les journaux maintenant ? Première nouvelle… Allez, dis-moi, qu'est-ce que tu as lu comme médias depuis hier, depuis la semaine dernière ? T'as regardé BFM TV, c'est ça, ou ce que nos potes balancent sur Facebook ou dans notre groupe WhatsApp ? Parce que j'imagine que tu lis les articles quand il y a un attentat à Bagdad ou en Afghanistan ?

– Allez, le donneur de leçons qui remet ça ! Fais gaffe à pas te noyer dans un tonneau de cidre demain, hein…

Jef regarda Marc. Il ne voulait pas intervenir entre son fils et lui, il avait raison. Ils étaient adultes. Mais son visage parlait pour lui. Et Greg devait le sentir. Et ça devait alimenter sa hargne. Et Jef devait bien se l'avouer : il trouvait son pote insipide, mais le fréquentait toujours, par respect pour Marc.

Il se retira, rentra chez lui, moral en berne. Il se servit un fond de scotch, alluma la télé, l'éteint, ouvrit son ordinateur, chercha des infos sur l'attentat du matin. Il bascula ensuite sur les réseaux sociaux. Ça s'enflammait. Les adeptes des bons sentiments et les connards s'étripaient. Que les musulmans se massacrent entre eux, ça faisait l'affaire de certains. Que près d'une moitié des victimes soient des enfants secouait beaucoup de gens. Plus difficile de dire que ceux-là avaient mérité leur sort. Ça ne décourageait pas les connards, loin s'en faut. Les questions fusaient. La tour Eiffel allait-elle s'éclairer aux couleurs du Pakistan, comme elle l'avait été aux couleurs de l'Allemagne ? Ça n'avait pas l'air d'être le cas. Les procès en double morale le disputaient aux commentaires cyniques.

Jef regardait le fond de son verre. De quel côté penchait-il ? Celui du cynisme, sûrement pas. Ce n'est pas pour ça qu'il avait choisi ce métier. Alors pour quoi tu penches ? Est-ce que tu penches, au moins ? Il se parlait tout seul. Tu vas continuer à observer ça à distance ? À te morfondre ? À t'apitoyersur ton sort, à faire tes grands reportages dans ta tête ? Il se leva d'un bond. Décision prise. Ne plus réfléchir, surtout pas réfléchir. Il irait à Karachi. Je t'emmerde Greg ! Il irait à Karachi, il trouverait ce Shaheen, il tenterait de comprendre et de raconter ce qui rongeait les deux anciens amis. Pourquoi, il ne savait pas, parce qu'il n'avait rien d'autre à quoi se raccrocher. Mais il irait à Karachi, et il ferait un putain de reportage sur les vingt ans de l'attentat.

10

Karachi.
29 avril 2022. Neuf jours avant la commémoration.

Le chauffeur de taxi avait brusquement arrêté sa Nissan devant un terrain vague jonché de déchets plastique et de tas fumants. Il avait claqué la portière, relevé sa tunique longue sur ses cuisses et couru dans une boutique de tissus où il avait disparu.

Une odeur écœurante envahissait la voiture et les narines de Jef Kerral. La radio du véhicule diffusait un lancinant chant a capella en arabe ou en ourdou, un chant musulman ? Religieux ? Djihadiste ? Ça ressemblait à ces enregistrements qu'il avait parfois entendus de l'organisation État islamique.

Deux hommes étaient assis devant la boutique sur des fauteuils en fin de vie. Équipés de pistolet-mitrailleur. Entre lui et eux une rue en terre battue, tout autour des immeubles dont les balcons semblaient sur le point de s'écrouler.

L'un, moustachu, portait un vague uniforme, l'autre, barbu, une longue tunique qui tombait aux genoux sur un pantalon aux pattes assez larges, comme le chauffeur de taxi, les deux portaient des sandales. Mais l'attitude du premier au moins ne correspondait pas à l'idée que Jef se faisait d'un militaire. Il était avachi, une cuisse en travers d'un accoudoir, une main pendante tandis qu'avec l'autre il se curait les dents. Le second garde, penché en avant, cuisses largement écartées, se grattait l'entrejambe. Les deux ne quittaient pas Jef des yeux.

L'appel du muezzin retentit. Toujours cette odeur entêtante, puante. C'était la première fois qu'il entendait un appel à la prière. Les deux hommes se levèrent en même temps, lentement, leur arme en bandoulière. Ils regardaient toujours dans sa direction. Ils avaient le même type de visage sec aux regards incisifs. Pas encourageant. Le chauffeur ne revenait pas. Jef se maudit. Dans la gueule du loup, dès son arrivée à Karachi ? Est-ce qu'il devait sortir, au risque d'alerter les deux hommes, de provoquer une réaction de leur part, ou bien justement faire semblant d'appeler quelqu'un. Mais qui ? L'appel du muezzin se prolongeait, lancinant. Appel enregistré, ou bien un gars était-il planté en haut du minaret, micro en main ? Il ne voyait même pas de minaret. N'osait pas faire de gestes brusques. Ces deux types, pourquoi n'allaient-ils pas prier au diable ? Il n'avait personne à appeler. Son rédac chef se situait déjà sur une autre planète et puis il était impensable de l'appeler, l'autre se moquerait de lui et c'en serait fini de ses initiatives de grand reporter. Le consulat ? Il avait renoncé à le prévenir de son arrivée afin que le consul ne mette pas le nez dans son reportage.

Berné par l'allure rassurante du chauffeur qu'il avait trouvé à sa descente de l'avion de Turkish Airlines. Sa vague ressemblance avec Marc, mêmes traits fins et déterminés, la même coupe de cheveux noir de jais. Seules différences, la peau sombre et une barbe poivre et sel, soigneusement taillée. Jef n'y tint plus. Les deux types faisaient le tour de la voiture. Il attendit qu'ils soient du côté terrain vague, à l'opposé de son siège, pour sortir avec son sac à dos et s'avancer rapidement vers la boutique. S'attendant à entendre un déclic d'arme. Il ne voyait personne autour, il pénétra dans le magasin, après s'être assuré d'un coup d'œil dans la vitrine que les gardes ne le mettaient pas en joue. Il eut le temps d'apercevoir dans le ciel voilé des oiseaux noirs qui tournaient au-dessus du terrain vague, de percevoir les sons, une brise qui faisait frémir les plastiques, un cri d'oiseau, la radio qui continuait avec son chant prière, l'appel du muezzin. Tous les sens en éveil, l'espace d'un éclair, Jef eut encore le temps de penser que ça devait être ça la peur, un effet de la peur, la faculté de capter un maximum d'informations vitales en un minimum de temps. Pour en faire quoi ?

Dans la boutique, il ne vit personne. Il se retourna, les gardes revenaient sur leurs pas, vers lui. Il s'enfonça dans la boutique, au fond, derrière des rouleaux de tissu qui s'entassaient, il écarta un drap aux couleurs vives et aux motifs en arabesque et tomba sur une petite cour intérieure. L'appel du muezzin s'était transformé en une litanie. Devant lui, trois hommes étaient prosternés, genoux à terre, front contre le sol. Le chauffeur parmi eux. Jef réalisa alors que son cœur battait la chamade. Le chauffeur et les autres récitaient.

"Allahu Akbar. Subhanna – Rabbeyal – Alla – wal – Bi – haamdee." Ils répétaient. Jef respirait par à-coups. Essayait de se calmer. Sur le point d'insulter le chauffeur, il se retint. Arrête tes conneries. Il ne pouvait pas rester là. Il ressortit dans la boutique, prêt à tomber sur les pistolets-mitrailleurs pointés sur lui. Les deux gardes s'étaient rassis dans leurs fauteuils branlants. Ils le regardèrent quand il sortit, et se désintéressèrent aussitôt de lui. Quel con je fais ! Le cœur toujours en bataille, Jef s'assit de l'autre côté de l'entrée, face au terrain vague. Il transpirait.

Deux heures étaient passées depuis l'incident de la prière. Jef Kerral avait pu monter sur le toit de la guesthouse envahi de détritus et cela faisait une heure qu'il observait le trafic sur le carrefour circulaire entourant l'imposant monument Teen Talwar, à une centaine de mètres à peine. Il commençait tout juste à retrouver son calme après cet intermède humiliant. La peur pour rien. Alors qu'il ne s'était finalement rien passé, Jef ne se souvenait pas avoir autant eu la trouille depuis longtemps.

Maintenant qu'il essayait de se concentrer sur autre chose, il comprenait aussi pourquoi sa chambre du troisième étage n'était pas chère. Il avait l'impression que les milliers de taxis, camions, rickshaws et motos qui formaient une mosaïque nerveuse et filandreuse traversaient la vaste pièce de style colonial qu'il louait pour une quinzaine d'euros la nuit.

Il avait atterri en début d'après-midi à Jinnah International Airport, réussi à négocier un taxi jaune qui ne l'avait finalement – outre cette trouille involontaire – ni arnaqué ni livré à un gang quelconque. Il avait rejoint sa chambre qu'il avait prudemment choisie à mi-chemin entre le consulat de France et l'Alliance française.

Dans les jours précédant son départ, il avait étudié la carte de Karachi, avec l'idée de repérer les principales artères qui reliaient l'aéroport à sa guesthouse, suivant virtuellement le trajet sur Internet pour apprendre les bâtiments significatifs et être capable de réagir si son chauffeur s'éloignait du trajet. Karachi était une ville violente, misérable, à ce qu'il lisait, et un Français pouvait s'avérer une proie monnayable. Quand le taxi jaune avait quitté la longue avenue Shahrah-e-Faisal – la même qu'avait empruntée Marc vingt ans plus tôt – pour s'enfourner dans un labyrinthe de ruelles sans nom, bien avant la guesthouse, Jef avait vite réalisé que ses préparatifs ne servaient à rien, seulement à comprendre qu'il se faisait embarquer vers l'inconnu sans pouvoir rien y faire.

Maintenant, il tentait de reconstituer le plan de Karachi. Cette mégapole tentaculaire de vingt millions d'habitants avait explosé en quelques décennies en dépit du moindre bon sens urbanistique. Karachi était le chaos. Et la place Teen Talwar devait être candidate pour en être l'incarnation.

Le balai des petites motos, surtout, le fascinait. Sur beaucoup d'entre elles, des familles entières s'agglutinaient, cinq personnes, un gamin sur le guidon, un autre entre père et mère, et le plus petit dans les bras de la mère. Tous se faufilaient entre les voitures et les rickshaws avec une apparente facilité, sous l'œil d'armadas de policiers plantés sur les trottoirs qui semblaient épier leurs prochaines cibles à racketter, d'après ce qu'il avait lu. Parfois un piéton se lançait nonchalamment sur l'un des boulevards qui reliait la place, dans une attitude qui paraissait suicidaire à Jef, d'un pas lent, digne, méprisant pour les véhicules vicieux ou hargneux, et depuis une heure, à sa grande surprise, il n'avait vu aucun de ces piétons se faire écraser ni même heurter.

Son premier contact avec Karachi était brutal et enivrant. La chaleur lourde ajoutée aux odeurs de plastique brûlé, d'ordures et de gaz d'échappement lui donnait le tournis. À peine arrivé, il se sentait prisonnier d'une chape écœurante. Après quelques heures déjà, il commençait à se faire à l'idée qu'il n'y échapperait pas tout au long de son séjour. Au milieu de la puanteur qui asséchait et tapissait ses muqueuses, de la vision des petites motos surchargées, Jef avait du mal à réaliser qu'il était allé au bout de son idée.

Le loueur, un type sympa et serviable, moustache fine et cheveux ondulés, sourire éclatant et débit rapide, avait envoyé le gardien au bas de l'immeuble lui acheter les journaux en anglais au kiosque. Jef, en buvant un thé, parcourait les titres de *Dawn* et *The Express Tribune*.

Une femme avait été victime d'un jet d'acide à la Mansehra Colony de Landhi, plus de 500 cas de dengue étaient comptabilisés dans la région du Sindh. Et d'autres comme ça.

Il avait du mal à réaliser qu'il y a quelques jours encore il écrivait sur le festival du cidre, sur un projet de maison de retraite à Landemer.

À des années-lumière de Cherbourg.

Après avoir pris sa décision, il avait aussitôt prévenu son rédacteur en chef, une façon pour lui de ne pas se laisser le temps de changer d'avis. L'autre lui avait d'abord ri au nez, lui rappelant qu'il faisait déjà partie du groupe chargé de couvrir les vingt ans, qu'il devait s'estimer heureux et qu'en plus il attendait son papier d'annonce du festival du cidre le lendemain. Mais Jef savait qu'il ne pouvait plus reculer. Il avait évoqué ces deux hommes liés par une forme d'amitié ouvrière qui raconterait aussi l'arsenal, des liens qui raconteraient l'attentat, et cette indicible souffrance qui s'était installée dans le temps, vingt ans, c'était l'heure des bilans, et raconter ça à travers l'amitié perdue de deux victimes, ça ferait une super histoire, Jef en était sûr. Le chef, qui avait le nez fixé sur les dépenses du journal, avait continué à refuser. Jef s'était accroché.

De guerre lasse, le rédacteur en chef avait suggéré que Jef prenne sur ses vacances pour partir là-bas, si ça l'amusait. Qu'il se démerde pour son billet d'avion et son logement, qu'il serait payé au tarif de la pige si on publiait quelque chose, et que si c'était vraiment bon – là le chef voulait que Jef réalise qu'il lui faisait une fleur phénoménale –, il pourrait contribuer aux frais dans un plafond de cinq cents euros, dans le cas où Jef rapportait au moins trois papiers. Jef avait alors exigé de pouvoir vendre des papiers à d'autres journaux si l'occasion se présentait, pour se renflouer. L'autre, de mauvaise grâce, n'avait pas pu dire non, réclamant pour le principe d'avoir la primeur pour publier les articles de Jef. Jef avait dans un dernier sursaut obtenu que le rédac chef lui signe un ordre de mission. Grâce auquel il avait pu obtenir dans des délais rapides un visa de l'ambassade du Pakistan, et l'assurance qu'avec ses vaccins il ne serait pas soumis à une quarantaine.

La semaine suivante avait été consacrée à des prises de contact et à la lecture pour préparer son reportage. Il n'avait pas eu le temps de repasser voir Marc, comme s'il n'osait pas.

Il avait relu les rares livres publiés en France sur l'affaire Karachi, celui de deux filles de victimes, un autre de deux journalistes, l'un publié par l'ancien maire de Cherbourg et ex-Premier ministre et le dernier plus récent par un policier français qui était en poste à Karachi au moment de l'attentat.

Jef essayait d'en faire la synthèse pour arriver avec les idées suffisamment claires au seuil de son reportage.

Les signes avant l'attentat d'abord. En janvier 2002, l'intermédiaire pakistanais entre les autorités locales et la DCN, celui qui s'occupait de tous les détails logistiques concernant notamment les noms des employés de la DCN à Karachi, leur logement, leur transport, s'était fait braquer sa mallette avec tous ces renseignements. Aussi incroyable que cela puisse paraître, quelques mois seulement après les attentats du 11 septembre, la DCN n'avait changé aucune routine. La voiture de l'épouse d'un diplomate français à Islamabad avait été trouvée avec un explosif, non activé, sans que cela ne provoque d'alerte. Et cet ancien policier, auteur du livre le plus récent, avait été prévenu qu'un attentat contre des objectifs occidentaux se préparait à Karachi. Mais là encore, aucune mesure supplémentaire n'avait été prise par le responsable sécurité de la DCN à Karachi, qui avait pour principe de ne jamais faire de vagues.

Déjà là, sans même penser à ce qui s'était passé après l'attentat, ou à ses causes, il y avait matière à réflexion. Ce n'était pas l'objet de son reportage, mais Jef se demandait si Marc se posait les mêmes questions. Il avait lu les mêmes livres.

La veille de son départ, quand tout était calé, il avait téléphoné à Marc pour lui annoncer son départ. Qu'il allait faire des sujets pour le journal, pour les vingt ans. Il était passé sur les conditions imposées par son rédacteur en chef, sur le fait qu'il finançait lui-même son voyage et son séjour. Il avait appréhendé sa réaction. Un silence s'était d'abord installé au bout de la ligne. Qui avait paru très long à Jef. Marc devait peser les implications du voyage de Jef. Claude, le père de Jef, lui ferait sûrement des reproches, d'avoir planté cette histoire dans la tête de son fils, ça allait causer du tort à la DCN alors que les Australiens venaient de déchirer leur contrat du siècle. Il imaginait bien tout ça. Qu'à cause de Marc, Jef allait prendre des risques dans cette ville folle et imprévisible, dans un monde dont il ignorait tous les codes. Il devait aussi se dire qu'il était temps que Jef prenne son envol. Et qu'il y avait une certaine logique à ce que ce soit là.

En fin d'après-midi, il avait reçu un SMS de son père qui lui demandait quand il passerait. "Tu pourrais au moins venir pour ta mère." Leurs relations en étaient là. Le minimum syndical de la communication père-fils. La faute à l'attentat, au parti pris de Claude Kerral pour les pontes de la DCN. Jef n'était pas passé. Il avait juste envoyé un message à sa mère.

Au bout d'un moment, Marc, tout en pudeur et en retenue comme à son habitude, lui avait simplement demandé s'il avait déjà un point de chute.

– Je t'enverrai l'adresse, avait répliqué Jef, le nom de mon loueur et tout ça.

– Tu as prévenu l'ambassade ?

– Pas encore. Ils risquent de me mettre des bâtons dans les roues, non ?

– Ça dépend sur quoi tu travailles. Tu le sais ?

– J'aimerais rencontrer Shaheen et raconter votre histoire.

Un silence encore, plus bref.

– Il faut que tu rencontres Sara. Il n'y a qu'elle en mesure de t'y mener, s'il accepte de te recevoir, s'il est en état. Mais je ne la connais pas.

Il lui avait donné ses coordonnées. À la fin de leur conversation, il lui avait seulement demandé de lui envoyer au moins un court message, deux fois par jour.

Il venait d'envoyer le premier, avec une photo du Teen Talwar, les trois épées, depuis son toit, en se demandant s'il était venu ici pour donner corps à son rêve de grand reportage ou pour prouver quelque chose à Marc. Que ce dernier n'avait pas eu tort de croire en lui. Les deux peut-être. Maintenant, il attendait un autre message.

11

Karachi.
30 avril 2022. Huit jours avant la commémoration.

Les abords immédiats du Karachi Press Club inquiétaient toujours un peu Sara Zafar. Bon nombre de manifestations se tenaient dans la rue attenante, avec l'espoir que les journalistes qui sirotaient un thé ou un Coca à l'intérieur, protégés par de hauts murs, s'intéressent à leurs slogans. La manifestation du moment était organisée par Awami Workers Party, un mouvement d'obédience socialiste ambitionnant d'unifier paysans, ouvriers, femmes, étudiants et minorités ethniques et religieuses. Une cinquantaine de personnes, beaucoup d'hommes, brandissaient des pancartes et banderoles porteuses de messages en ourdou et en anglais. Le principal était d'abolir le système féodal et tribal au Pakistan, contre les vols de terres et les déplacements de population. Bonne chance, pensa Sara. Certains slogans dénonçaient l'alliance entre les militaires et les mollahs, un hashtag proclamait #UnsilencePakistan. Pour la première fois depuis des années, l'un des leaders les plus charismatiques et médiatiques du mouvement, Baba Jan, récemment sorti de prison, s'était mêlé aux militants. Plusieurs journalistes étaient sortis du Club pour l'approcher, parmi lesquels des étrangers, tant la réputation de Baba Jan avait traversé les frontières.

En tant qu'officier de la marine pakistanaise, Sara ne pouvait pas être mêlée à un tel regroupement. Quelques policiers traînaient aux abords de la manif, une mitraillette à bout de bras, ils ne semblaient pas s'intéresser outre mesure au rassemblement, mais Sara ne prendrait pas de risque, Shaheen l'avait trop mise en garde sur la réputation d'efficacité silencieuse et implacable des services secrets pakistanais pour se fier à la nonchalance apparente des policiers. Sans parler des civils apparemment désœuvrés accroupis sur les trottoirs.

Elle repéra sans difficulté celui qu'elle cherchait, qui l'avait déjà fixée assez longuement de l'autre côté de la rue. Elle contourna la manifestation et s'approcha de la porte principale du Press Club.

– Jef Kerral ? Je suis Sara Zafar.

Le Français la regarda, sans que Sara puisse deviner ce qu'il avait en tête. Il avait une barbe brune de quelques jours, des cheveux bouclés coiffés en arrière et le front dégagé. Ses yeux bleu foncé la dévisageaient sans gêne, en prenant leur temps.

– Comment vous m'avez reconnu ?

– Il n'y a qu'un étranger arrivé depuis peu au Pakistan qui regarde une femme dans les yeux comme ça.

Le Français marqua le coup. Pris en faute. Vexé.

– Et comment je vous ai regardée ?

– Comme si vous n'aviez pas vu de femme depuis longtemps.

– Peut-être pas une femme comme vous en tout cas.

– Ah, et qu'est-ce que j'ai de différent des autres ? dit Sara en montrant de la main des manifestantes.

– Vos yeux. Ce sont des aimants. Impossible de ne pas se laisser attraper.

Sara secoua la tête. Pourquoi fallait-il toujours qu'on lui parle de ses yeux, de ses grands yeux ? Nazia s'occuperait du Français le moment venu.

– Venez, ne restons pas ici.

L'emmener dans sa chambre du mess des officiers n'était pas une option. Le bar du Press Club non plus. On lui poserait des questions. On la verrait. Certaines personnes n'aimaient pas que des officiers fréquentent les repaires de journalistes. Elle s'était déjà trop attardée ici. Ils montèrent dans un rickshaw motorisé. Elle ordonna au conducteur de remonter l'avenue jusqu'à l'hôtel Mövenpick.

– Ici, nous pouvons parler.

La circulation jeta un voile protecteur sur eux. Ils étaient assis à l'arrière, l'un à côté de l'autre. Jef Kerral se plongeait dans le spectacle de la rue. Il était bizarre. Il prenait le temps de regarder tout ce qui défilait, le ballet des motos semblait le fasciner particulièrement, il les suivait des yeux, dévisageant ceux qui s'entassaient dessus, femmes, hommes, enfants, comme il l'avait dévisagée devant le Press Club.

– Vous êtes venu faire du tourisme ?

Il se retourna. Ébaucha un sourire. Elle savait bien qu'il n'était pas venu pour ça, mais son attitude l'énervait déjà. D'autant plus que ça ne paraissait pas le démonter.

– Première fois ici ?

– Première fois en Asie. Beaucoup de monde dans les rues. Pas beaucoup de femmes.

– Décidément, vous ne pensez qu'à ça.

– Ça doit être un effet de vos yeux.

– On croirait que ça vous amuse.

– Je dirais plutôt que c'est vous qui avez une façon de tout ramener à ça. Soi-disant que je vous aurais à moitié violée du regard.

– Tout ramener ? On se connaît depuis cinq minutes.

– Ça promet…

Le Français se tourna à nouveau vers le spectacle du trafic. Il commençait vraiment à énerver Sara. Elle ne lui devait rien, ça n'allait pas durer longtemps cette histoire.

– Votre français est vraiment très bon.

– Je suis interprète et traductrice.

– Vous travaillez avec des compagnies françaises ?

– Pour la marine pakistanaise. Je suis lieutenant. Vous pouvez m'appelez "mon lieutenant" ou "Sara", les deux me vont. Si vous choisissez "mon lieutenant", vous arrêtez de me parler de mes yeux.

– Je préfère “Sara”.

Elle fit une moue, détourna le regard de son côté de l’avenue, embouteillée à cette heure. Les passagers d’une voiture en contresens et bloquée dans la circulation regardaient Sara et Jef, passant de l’un à l’autre. Ils avaient identifié l’étranger. Nulle part ils ne seraient tranquilles.

Le rickshaw était arrivé à destination. Sara montra l’hôtel, imposant, trois bâtiments reliés au centre.

– C’est ici qu’a eu lieu l’attentat.

Puis, sans lui laisser le temps de réagir, elle ordonna au conducteur de remonter l’avenue en sens inverse. Il grommela avant de s’exécuter.

– Si vous expliquiez ce qui vous amène, j’ai peu de temps.

Jef regardait l’hôtel s’éloigner. L’endroit avait changé, d’après les photos d’époque qu’il avait examinées.

– Marc, un des survivants de l’attentat de 2002, celui à qui vous envoyez les lettres de Shaheen. Je suis son ami. Un ami de son fils aussi. Il m’a souvent parlé de Shaheen. On va commémorer les vingt ans de l’attentat, en France en tout cas. On va sûrement en parler beaucoup. Ça met Marc dans tous ses états, à cause de l’hypocrisie qui entoure tout ça, des secrets qui sont toujours gardés par les autorités, du fait que les vrais coupables courent toujours. Et plus que tout, du fait que Shaheen soit apparemment plus soucieux de faire éclater cette vérité que les Français eux-mêmes…

– Et ?

– Je veux comprendre pourquoi cette histoire de rétrocommissions affecte tellement Marc. Justice n’a pas été rendue aux victimes, ça le mine, et j’aimerais raconter cette histoire, à partir de l’amitié qui s’était forgée entre Shaheen et Marc, et, si je peux, apporter des réponses qui pourraient atténuer sa souffrance.

L’idée du Français lui parut aussitôt absurde.

– C'est quoi votre idée ? Retrouver les assassins ? Les poseurs de bombe ? Les commanditaires ? Et pourquoi pas le soldat romain qui a planté sa lance dans le cœur de Jésus ?

Jef Kerral la regarda durement.

– D'abord, la lance n'a pas été plantée dans le cœur. Ensuite, vous n'êtes pas obligée de vous foutre de moi.

– Vous vous écoutez parler ? Vous savez dans quel pays vous êtes arrivé ? Vous vous croyez en Europe ?

– Pouvez-vous me faire rencontrer un ex-officiel qui a travaillé sur l'affaire ?

Jef Kerral avait le regard fixé sur elle, il ne se démontait pas. Soit il était inconscient, soit très gonflé. Sara essaya donc de ne pas laisser ses soi-disant grands yeux devenir énormes de stupéfaction devant le plan du journaliste français.

Elle réfléchissait à la façon la plus polie de le décourager. Elle réalisait aussi, à ses questions, que Kerral ignorait tout le temps et l'énergie que Shaheen avait consacrés à lever un coin du voile. Et il fallait que ça reste ainsi, Shaheen n'était pas en état d'affronter un journaliste qui le mettrait en danger par ses questions. Elle se devait aussi de pousser Kerral à quitter au plus vite le Pakistan avant que lui-même se trouve en danger. Fallait-il lui donner un os à ronger, un reportage suffisamment intéressant pour lui faire oublier pourquoi il était venu ici ? Sara n'avait pas d'idée. Peut-être suffirait-il de lui faire peur ? Mais elle ne voulait pas lui faire peur. Cet homme était ami de l'ami de Shaheen, pas un journaliste lambda. Elle devait protéger Shaheen, de ça elle était sûre.

Le rickshaw était revenu au point de départ. La manifestation s'était dispersée. Le conducteur se tourna vers Sara, regard noir, attendant qu'ils descendent. Elle lui dit de repartir vers la Cité navale. Le type l'aurait bouffée. Elle leva la main, demanda son adresse à Kerral et indiqua la nouvelle direction.

– Je vous ramène chez vous.

– J'aurais aimé voir la Cité navale, pour la décrire, c'est bien là où vous habitez ?

Sara pensa fort. Pas de grands yeux.

– Écoutez, monsieur Kerral…

– Jef.

– Écoutez, la Cité navale, oubliez, vous n'avez aucune chance de pouvoir y entrer, c'est une base de la marine, vous comprenez ?

– Mais si vous m'invitez ?

Pas les grands yeux…

– Jef, je ne vous invite pas chez moi. Même si je voulais, je ne pourrais pas. Les gardes vous tireraient dessus avant.

Le Français leva un sourcil.

– Je plaisante. Ils vous empêcheraient seulement d'entrer, ils ne tirent pas tout de suite. Je vous ramène à Teen Talwar, je ne peux pas vous laisser circuler seul.

– Je suis bien venu seul au Press Club, ça ne vous a pas dérangée de m'y donner rendez-vous.

– Admettons que c'était une erreur. Je ne vous connaissais pas.

– Et maintenant que vous me connaissez, vous m'aiderez ? Pour un ex-officiel ?

– Vous n'avez pas écouté ce que je vous ai dit ?

– Vous n'avez rien dit, seulement levé vos grands yeux au ciel.

Il souriait, ça l'énerva. Il ne comprenait rien. Un inconscient.

– Je dois rencontrer Shaheen.

– Comment ça, vous devez ?

– Je le dois à Marc.

– Shaheen ne vous doit rien. Et puis il ne rencontre personne.

– Sauf vous.

– Je ne suis pas personne.

– C'est vous qui ne m'avez pas écouté. Shaheen n'a jamais supporté que la vérité ne sorte pas, que les Français se focalisent sur les affaires de commissions, pas sur les vrais meurtriers.

– Vous ne savez rien de lui. Et puis cette histoire, c'est du passé. Il ne peut rien en sortir de bon. C'est dangereux, et c'est fini, vous ne comprenez pas ?

– Je ne veux pas enquêter sur l'affaire, j'ai juste besoin d'éléments de contexte, ce que je veux, c'est écrire sur l'amitié entre ces deux hommes, c'est vous qui ne comprenez pas !

Le rickshaw venait de pénétrer dans le carrefour du Teen Talwar et zigzaguait tant bien que mal dans le flot. Il sortit du maelström et s'arrêta devant l'immeuble du Français. Sara était restée silencieuse. Kerral descendit du rickshaw et attendait, tourné vers elle. Sara ne dit rien. Elle ne lui rendit pas son regard, dit au conducteur de partir vers la Cité navale, laissant le Français en plan. Elle s'attendait à ce qu'il réagisse, lui coure après, l'insulte, mais rien. Quand le rickshaw fit demi-tour pour replonger dans la circulation du carrefour Teen Talwar, Kerral se contenta de la regarder sans expression. Si ce n'est avec cet air têtu.

12

Mubarak village.
1er mai 2022. Eid Mubarak.

Le vieux ne souriait pas. Jamais. Jef Kerral ne l'avait aperçu que de loin, mais il l'aurait juré, le père de la lieutenant Sara Zafar ne souriait jamais. Et Jef se demandait ce qu'il foutait là, sur cette plage, à observer ce type d'allure frêle qui ne souriait pas et qui refusait de lui parler. Le soleil cognait. Il était allongé sur la plage de Mubarak village, le coude gauche dans le sable, le torse à demi dressé, entouré de détritus, visage tourné vers le chemin menant au dispensaire. Pour voir arriver le vieux s'il se décidait. Cela faisait quatre heures qu'il grillait là, il avait vu Firaq Zafar pénétrer une fois dans une cabane misérable surmontée d'un drapeau et sur laquelle on pouvait lire Coca-Cola. Il y était resté cinq minutes et en était ressorti avec le même air triste, comme s'il regardait ses pieds. Comme si le monde autour de lui ne l'intéressait pas. Trois autres fois, à heures fixes, à 15 heures, 16 heures et 17 heures, Jef avait aperçu l'ancien médecin de la marine marcher dans la ruelle qui provenait du dispensaire, l'observer un instant, puis disparaître à nouveau en remontant parmi les paillotes.

À côté de Jef, adossé à une sorte de grosse bouée faite de sacs de jute remplis de je ne sais quoi et reliés par des cordes, un vieil homme était tourné vers la mer. Il portait un foulard beige sur la tête, une veste en toile délavée et trouée, sa barbe grise était bien taillée. Il était déjà là quand Jef était arrivé et l'avait à peine regardé quand Jef était venu s'installer, sans savoir ce qui allait se passer.

La carte SIM de l'opérateur pakistanais qu'il avait achetée à Karachi ne captait rien ici. Il était coupé du monde.

La veille au soir, Sara Zafar lui avait envoyé un message. Elle passerait le prendre le lendemain matin. Pas plus de précision. Jef avait écrit à Marc, lui racontant de façon lapidaire sa rencontre avec Sara. Idem avec son rédacteur en chef, à qui il avait assuré que son enquête avançait déjà bien et qu'il récoltait plein d'impressions qui donneraient une sacrée couleur à ses sujets.

Le matin, ils avaient pris la route dans le flot des embouteillages de Karachi. Ils avaient longé un endroit frappé récemment par un attentat, Sara n'avait pas donné plus de détails. Elle paraissait détachée. Étrange, cette fille. Elle avait également refusé d'évoquer à nouveau une rencontre avec le lieutenant commander Shaheen Ghazali. Elle l'emmenait dans le village de son père, un village de pêcheurs, et Jef s'était souvenu de ce que Marc lui avait dit. Shaheen avait parlé de se retirer dans un village de pêcheurs. C'était peut-être là que Sara l'emmenait.

Quatre heures après son arrivée, il déchantait. Des enfants venaient l'observer de temps en temps, Firaq Zafar le regardait de loin, une fois par heure, comme pour s'assurer que Jef était toujours là, sans plus.

En début d'après-midi, un homme en T-shirt jaune et casquette de base-ball était sorti de la cabane Coca-Cola lui porter une tasse de thé, lui disant "Eid Mubarak", avec un large sourire. Jef l'avait remercié, avait appris qu'il s'appelait Gulzar, compris qu'Eid Mubarak n'était pas le nom du village en langue locale mais la formule pour souhaiter de joyeuses fêtes de fin de ramadan.

Il lui avait demandé si Shaheen Ghazali habitait ici, mais l'autre répondit par la négative. Il profita des connaissances en anglais de Gulzar pour savoir qui était l'homme à côté de lui, un ancien pêcheur diabétique et à moitié aveugle qui attendait du ciel sa pitance quotidienne.

Gulzar lui avait dit également que le dispensaire de Firaq Zafar était une bénédiction pour le village, même si on manquait cruellement de médicaments.

– C'est toujours mieux qu'avant, quand le médecin passait une fois par an distribuer les médicaments, sourit Gulzar.

L'ancien pêcheur était tourné vers la mer, sans bouger.

Entre deux passages éclair de Firaq Zafar venu l'observer de loin, Jef parcourut le village en compagnie de Gulzar.

Il l'amena au seul puits du village au moment où Sara et une autre jeune fille venaient y puiser de l'eau. La seconde prit soin de se voiler en apercevant Jef, c'était la fille de Gulzar. L'eau n'était qu'un liquide boueux et saumâtre. Jef s'avança pour les aider à détacher le seau de la corde qui plongeait dans le puits et à le vider dans les cruches.

– Nous y arrivons très bien, dit Sara.

Jef n'insista pas. Gulzar le prit par le bras. Ils suivirent sa fille et Sara jusqu'à l'entrée du dispensaire. De vieilles femmes accroupies se mirent à tamiser l'eau des cruches à travers du tissu fin pour enlever la boue. Sara emporta l'eau filtrée dans le dispensaire. Jef la suivit. Il devait voir Firaq. Sara se retourna, le stoppant de la main.

– Retournez là-bas. C'est mon père lui-même qui décidera, s'il le veut, de venir vous voir.

En fin d'après-midi, Jef attendait toujours. Il avait vu des villageois se diriger vers une espèce de mosquée. Des vieux pour la plupart. Les autres hommes pêchaient en mer depuis deux semaines et devaient rentrer sous peu, la saison de pêche se terminait. Gulzar lui avait raconté que la plupart des habitants du village étaient des Baloutches qui appartenaient à la secte des Zikri, adeptes d'une sorte de soufisme.

– Jamais entendu parler.

– Nous ne sommes pas nombreux. Et nous ne faisons rien pour faire parler de nous.

– Pourquoi ?

– Les gens ne nous aiment pas.

– Les gens ?

– Ceux qui se disent les vrais musulmans.

– Ça doit faire beaucoup de monde au Pakistan…

– Ils disent que nous ne sommes pas musulmans. Je ne sais pas pourquoi, nous sommes pacifiques, nous voulons juste vivre tranquillement. Mais que faire ? Le gouvernement s'en prend à toutes les minorités religieuses.

Sous son apparence de pêcheur pauvre et de tenancier d'un bar misérable, Gulzar se révélait être un homme sage.

– Firaq est zikri ?

– Je ne sais pas. Ce n'est pas très important pour nous. L'essentiel est qu'ici, on ne le jugera pas. Nous sommes libres. C'est peut-être ça qui dérange les autorités et les extrémistes religieux. Mais qu'est-ce qu'on y peut ? On devrait renoncer à notre liberté ? Nous sommes baloutches, même si on le voulait, si on avait la tentation de se soumettre, notre sang se rebellerait et nous jouerait un mauvais tour…

Gulzar affichait un sourire fier.

Jef avait repris sa place sur la plage. Il s'étonnait du bon anglais de Gulzar. Sara lui avait dit que les habitants de Mubarak village ne parlaient que le baloutchi, au mieux l'ourdou pour certains. Peut-être avait-elle dit ça pour le décourager.

Après un moment, des enfants étaient venus jouer près de lui. Il avait voulu les prendre en photo. Les fillettes avaient déguerpi. Sara était venue à ce moment. Elle lui apportait une bouteille d'eau, une galette et un bol contenant une soupe épaisse de lentilles où surnageaient des herbes. Il remercia et accepta, fouilla dans sa poche.

– Deux cents roupies, ça ira ?

Sara prit les billets.

– Je les donnerai à Gulzar. Je vais partir maintenant. Je rentre à Karachi, j'ai une mission dans les jours à venir. Vous venez ou vous restez ?

– Vous revenez quand ?

– Je ne sais pas, en principe pas avant samedi.

Dans quatre jours. Jef regarda autour de lui, jeta un œil sur sa montre. Firaq Zafar devrait réapparaître dans vingt minutes. Le vieux pêcheur attendait toujours sa pitance du ciel.

– Votre père est aussi insaisissable que le capitaine Ghazali… Pourquoi est-il venu se retirer ici ? Il était bien médecin dans la marine, avec certains avantages ? Il a soigné des blessés de l'attentat ? Il a eu des problèmes à cause de ça ? Ou avant ? Il a été viré de l'armée ? On l'a menacé ?

Jef la bombardait de questions pour la forcer à réagir. La distance que Sara imposait commençait à l'exaspérer. Pour une fois, les yeux de Sara se rétrécirent.

– Alors, vous restez ou vous venez ?

Quelque chose clochait. Sara avait pris la peine de l'amener jusqu'ici, ça ne pouvait pas être par hasard. L'aurait-elle fait sans le feu vert de son père ? Voire de Shaheen ? En tout cas, cette fille était une tombe.

– Je reste.

Sara hocha la tête et fit demi-tour. Bon Dieu, et elle n'avait pas lâché un mot en partant. Il entendit bientôt sa voiture s'éloigner. Il était 18 heures. Il se tourna vers le vieux pêcheur. Il partagea sa galette en deux, plaça son bol entre eux, lui fit signe. Le vieux avait l'air de trouver cette offrande naturelle. Il trempa un bout de galette dans les lentilles et commença à manger. Jef l'imita, ils terminèrent le bol en silence, puis il reprit sa position. Là-bas, le père de Sara l'observait. Jef pensait que Firaq allait enfin venir à lui. Il n'en fut rien. La nuit tombait, et rien ne se passait. Le vieux se leva et rentra dans une paillote délabrée faite de branches d'arbustes. Jef resta seul. Sous le ciel étoilé. Un chien aboya. Le ressac. Des loupiotes au large. Les insectes ici. Dans le village, tout était éteint. Les habitants dormaient tôt. Personne n'avait la télévision. La maison de récitation devait être vide. Jef songea à aller y dormir. Renonça. Il risquait de commettre un impair, de se mettre à dos les villageois. Il s'enveloppa tant bien que mal dans sa large écharpe en coton.

Il fut réveillé au petit matin par un chien rachitique qui lui léchait le visage. Le chien fit ununbond en arrière et grogna quand Jef se redressa. Le soleil se levait sur l'horizon. Mubarak village sortait à peine de la pénombre. Il était un peu plus de cinq heures du matin. Il faisait doux. Jef se leva pour se dégourdir. Il aperçut une silhouette devant l'échoppe de Gulzar. Firaq. Firaq tenait une tasse dans ses mains. Il la porta à ses lèvres. Difficile de distinguer avec cette lumière naissante. Mais Firaq semblait regarder dans sa direction. Il se leva. Jef attendait. Firaq fit demi-tour et remonta vers son dispensaire. Jef jura pour lui-même. Tout ça commençait à le faire chier. D'autant plus chier qu'il s'était mis lui-même dans cette situation, bloqué dans ce trou du cul du monde. Quel con je fais ! Et, en même temps, il réalisa qu'il avait savouré cette nuit passée à la belle étoile sur une plage perdue d'un pays si mystérieux. C'était ça qu'il était venu chercher. Il devait se l'avouer. Partir sur un reportage le nez au vent, sans la contrainte de résultat immédiat.

Le soleil commençait à chauffer lorsque Gulzar apparut à son tour, toujours avec son T-shirt jaune et sa casquette de base-ball. Il lui sourit de loin, et vint quelques minutes plus tard avec une tasse de thé et une galette. Gulzar s'assit quelques minutes près de lui, sans un mot. Puis le vieux pêcheur diabétique et presque aveugle reprit sa place. Jef lui tendit la moitié de sa galette.

L'autre la prit sans un mot et la mangea par petits bouts qu'il mâcha longuement. Puis il se tourna vers la mer. Gulzar posa sa main sur la manche de Jef et regagna son échoppe.

La journée serait longue.

Combien de temps devrait-il attendre? Combien de temps pouvait-il se permettre d'attendre? Il s'étonnait d'arriver à se déconnecter aussi vite de sa vie d'avant, qui n'était pourtant qu'à quelques jours de distance. Quand il rédigeait difficilement son avant-papier sur le festival du cidre.

Il était maintenant au cœur de ce qu'il avait appelé de ses vœux.

Ses souvenirs d'enfance au moment de l'attentat revinrent à nouveau, comme quand il regardait les photos sur la commode chez ses parents.

C'est peut-être là, sur la Plage Verte, que Jef avait commencé ce voyage qui l'avait amené sur ce rivage de la mer d'Arabie. Ou plus tard, quand il avait vécu le retour des blessés, ressenti l'émotion des adultes, les visages crispés, les larmes et les mâchoires serrées à éclater en découvrant les blessures des camarades. C'était peut-être cette ambiance-là qui l'avait progressivement amené à lire sur ce pays où Marc avait laissé tant de lui. Dont il ne parlait pas. Peut-être que Jef, sans s'en rendre compte, cherchait dans les livres la réponse à ce qui avait bien pu enfoncer Marc dans le silence. Ça avait été d'autant plus frappant le jour où son père avait ressorti de vieilles vidéos d'avant l'attentat, quand Marc, sa femme et leurs enfants venaient le dimanche à la maison, sa joie de vivre bon enfant, ses blagues grossières, son entrain qu'il arrivait même à communiquer à son père Claude, qui était le sérieux de la bande, en bon contremaître. Jef avait été touché par le virus de la découverte avant que toute cette amitié éclate, avant que le soupçon ne vienne tout ternir. Il repensait à tout cela en jouant avec le sable qui coulait entre ses doigts. À ces histoires qu'il avait entendues dans sa jeunesse ou lues plus tard dans les rares livres écrits sur le sujet. Quand, tout à fait au début, les gendarmes maritimes avaient demandé à la fille d'un collègue tué d'ouvrir le bagage de son père qu'elle venait tout juste de récupérer. La fille avait refusé et les gendarmes le lui avaient violemment arraché et confisqué. C'était le père de Jef en personne qui était venu plus tard rapporter la valise et l'ordinateur. Le disque dur avait été enlevé. La femme avait protesté, et le père de Jef avait juste répondu que la DCN pourrait sûrement le faire réparer. Des histoires comme ça, il y en avait des tas. Et c'est là que le père de Jef et celui de Greg s'étaient éloignés. Claude Kerral avait pris le parti de la direction. Que cachait le disque dur disparu ? Impossible à savoir, mais la suspicion était née de ce type de comportement, dont le père de Jef s'était fait le complice. L'amitié entre les deux hommes avait explosé lorsque Marc avait réalisé que l'arsenal avait tout fait pour que les familles des tués rencontrent les blessés le plus tard possible. La DCN avait essayé de les diviser, et y avait en partie réussi. Claude Kerral en avait été complice, répétant à son collègue et ami Marc qu'il était trop tôt pour rencontrer les veuves et enfants de tués. Jef avait compris tout ça bien plus tard, après le bac. À sa connaissance, Claude et Marc ne s'étaient plus reparlé. Le choix de Jef de fréquenter Marc Dacian ne pouvait qu'être cause de tension avec son père.

La fracture entre les deux anciens amis de la DCN avait-elle poussé Marc à se tourner vers Shaheen ? Là où il ne se sentait pas trahi. Là où se trouvait la source de tout. Jef passa la journée à réfléchir à cette question. Entre deux apparitions de Firaq au loin, il continuait à arpenter le village. C'était l'endroit le plus misérable qu'il eût jamais vu, et pourtant les visages des gens qu'il croisait n'exprimaient ni rancune ni désarroi, tout au plus un fatalisme qui ne semblait pas leur peser. Mais sans doute était-ce le propre du fatalisme, une fois que l'on acceptait son sort.

Jef contemplait la mer, aux côtés du vieux, tourné dans la même direction, lorsqu'il sentit une ombre l'envelopper. Perdu dans ses pensées, il n'avait pas entendu Firaq Zafar approcher.

13

Mubarak village.
2 mai 2022. Six jours avant la commémoration.

– Sara était petite, mais déjà si vive. Elle venait d'apprendre à lire et à écrire, et sa curiosité me fascinait, je sentais qu'il était de mon devoir de la contenir, mais j'avais peu de succès. Comme si ses yeux s'agrandissaient de tout, car tout la passionnait, elle voulait tout comprendre, se persuadait que les livres dont elle découvrait les clefs lui permettraient de briser tous les mystères. Hélas… je crains que depuis vingt ans, elle se casse les dents sur les miens…

Firaq Zafar laissait glisser le sable entre ses doigts fins. Il avait fini par venir s'asseoir près de Jef et, sans lui avoir laissé le temps de se présenter ou de poser la moindre question, l'ancien médecin de la marine pakistanaise s'était lancé dans un monologue trop longtemps étouffé. Le vieux pêcheur, à côté, ne comprenait pas l'anglais, et à part Gulzar qui venait parfois les ravitailler en thé sans s'attarder, le vieux médecin et le jeune journaliste étaient seuls sur la plage, face à la mer d'Arabie, dos à ce village misérable et fier. La brûlure du soleil et la morsure du sel marin n'avaient pas prise sur eux.

– Je ne sais pas ce que Sara vous a raconté, et de toute façon, à cette époque, sa perception était sans doute juste, mais une enfant ne pouvait saisir que l'écume, ressentir. Si vous lui posez la question, elle vous parlera peut-être d'un homme aux yeux de corbeau, pour elle cette histoire prend ce visage. Elle venait de faire sa rentrée scolaire en primaire. Comme toujours après la publication de la liste d'officiers affectés à Cherbourg pour une année, la Cité navale vivait une courte période d'euphorie. Le capitaine Shaheen Ghazali en faisait partie, et ça n'était que justice, il était l'un de nos plus consciencieux techniciens, d'une probité exemplaire.

À ces mots, l'air du médecin s'assombrit encore un peu plus.

Ce qui surprit Jef.

Était-ce le souvenir de cet homme aux yeux de corbeau, qui semblait colporter une légende noire ?

Ou bien l'évocation du capitaine Ghazali, de sa probité exemplaire ? Portait-elle aussi sa part d'obscurité ?

Jef n'osait l'interrompre, et il espérait qu'il se souviendrait des questions qui déjà s'accumulaient dans son esprit. Il avait discrètement déclenché le dictaphone de son téléphone portable, mais ne voulait pas sortir son carnet de notes afin de ne pas bloquer Firaq Zafar.

Après l'euphorie, la cité avait connu l'effervescence. Les familles partantes vendaient leurs meubles, frigos et voitures. Le pécule touché en France leur permettrait de se meubler bien mieux et d'acheter une voiture dernier modèle à leur retour. Cela provoquait à chaque fois une ruée de la part de familles d'officiers SD.

– Ils concluaient le marché aux alentours de la mosquée. On voyait des domestiques porter des fauteuils et des canapés d'un bloc d'un appartement à l'autre. C'est à ce moment-là, cette période de l'effervescence, que les choses ont changé. Nous étions à l'automne 2001. Le temps de l'homme aux yeux de corbeau, dirait ma fille. Ça a commencé un soir, quand cet homme a sonné chez nous. Sara était dans sa chambre, je crois, mais elle a malheureusement tout entendu. Ma femme Asma était revenue de l'entrée en faisant un signe avec les doigts sur l'épaule. Ça signifiait un haut gradé. Il s'agissait d'un capitaine de la Naval Intelligence, les services de renseignements de la marine. Je me rappelle de son regard, comme un trou noir qui aspirait tout, avec une pupille anormalement large. Il susurrait, regardait autour de lui, me disait que je voudrais peut-être remplacer ma voiture, qu'il pourrait intervenir pour m'obtenir une parcelle de terrain résidentiel de grande valeur. Il voulait tout simplement m'acheter. Je me suis braqué. J'ai refusé en bloc.

Firaq garda un moment le silence. Il revivait sans doute la scène.

– Le capitaine a fini par partir, mais en me menaçant.

Firaq afficha pour la première fois un sourire, mais d'une telle tristesse que Jef en eut des frissons.

– Par fierté, j'ai...

Il ferma les yeux un instant. Les rouvrit.

– Après son départ, j'ai tout raconté à Asma. Elle me soutenait en tout. Ce capitaine des renseignements – il s'appelait Mansur, Pervez Mansur – m'avait été envoyé pour que j'enjolive les résultats des examens médicaux d'un officier marinier électricien qui n'était pas qualifié pour être affecté en France. Il souffrait d'hypertension et son cardiogramme était irrégulier. Il n'aurait même pas dû rester dans l'armée. Et son chef voulait qu'il soit sélectionné à tout prix. Comme j'en ai eu confirmation plus tard par Shaheen. C'était un phénomène fréquent, cet officier inapte reverserait une part de ses émoluments français à son supérieur. Et peut-être y avait-il d'autres arrangements, pour ainsi impliquer cet officier des renseignements. Des renvois d'ascenseur, de l'échange d'informations.

Le lendemain, Firaq avait été convoqué chez le commandant de l'hôpital naval.

– Il s'est donné beaucoup de mal pour louer ma compétence. J'avais soudain un grand avenir devant moi. Il en rajoutait. Un jour, je dirigerais les services médicaux des forces armées ! Rien que ça... Il fallait penser à mon futur. Et au bien de ma famille. Et puis, après tout, nous étions à l'armée. Et à l'armée, on obéit, non ? Tout ça sur un ton qui se voulait bienveillant. Quand j'ai répété la même chose qu'à Pervez Mansur, mon commandant s'est énervé. Il n'était pas à l'aise dans ce rôle. Il m'a juste crié que, jusqu'à nouvel ordre, je ne devais pas me représenter au travail.

Jef observait le médecin, sec, pointu, ridé par l'âge et le souci, les cheveux gris plaqués sur le crâne, une fine moustache sur des lèvres minces qui jamais ne dévoilaient les dents. Firaq Zafar était tout en retenue. Ses yeux détonnaient, d'une grande douceur. Ils donnaient à son visage une once de fragilité.

– Ma femme, Asma, est fière, vertueuse. Elle savait que j'aimais la poésie ourdoue autant qu'elle. Et que Shaheen d'ailleurs. Elle m'avait cité, avec sa clairvoyance habituelle, ce poème de Parveen Shakir…

Il prit un instant pour se rappeler. Il fronçait les sourcils.

– L'âge… Le début m'échappe, mais cela évoque ce qui serait le fonctionnaire idéal dans notre pays, cela dit, ah oui, que ce fonctionnaire est celui qui n'a pas de visage. Voilà, cela me revient…

D'abord disparaissent ses lèvres,
Ensuite ses yeux,
Suivis par ses oreilles.
Enfin c'est sa tête.
Aucun haut fonctionnaire ne peut monter en grade,
Sans s'être défait de ses lèvres,
De ses yeux, de ses oreilles et de sa tête.

– J'avais oublié ce poème quand j'ai rencontré Pervez. Mal m'en a pris.

Quelques jours plus tard, Firaq Zafar avait reçu sa nomination comme responsable d'accueil de médecins stagiaires. Qu'un spécialiste de son ancienneté fasse désormais remplir les formulaires à des médecins en herbe… le message était on ne peut plus clair.

– Et je n'avais aucune échappatoire. J'ai demandé à être libéré de mes obligations de service, mais la procédure est longue. Ils ont pris un malin plaisir à la faire durer. Ils ont choisi cette méthode plutôt que la brutalité car, voyez-vous, l'armée est traversée par différents courants qui se tiennent en respect. Mais le harcèlement continuait. Des agents du service de maintenance et de réparation des forces armées sont passés vérifier combien il y avait de climatiseurs dans l'appartement. Ils ont dit à Asma qu'ils avaient reçu des ordres d'en haut car, selon leurs informations, certains officiers vivaient au-dessus de leurs moyens. Ce genre d'intimidation. Un autre jour, des agents de la Naval Intelligence sont venus me demander combien de comptes bancaires je possédais, ou si j'avais des parents proches ou lointains en Inde. J'avais donné comme consigne à Asma de ne jamais refuser de fournir aucune information et surtout de ne jamais s'emporter. Mais au bout du compte…

Firaq Zafar planta cette fois ses yeux dans ceux de Jef. Ce puits de tristesse. Le médecin, qui tentait de faire bonne figure, était un homme brisé.

– Les voisins ont cessé de nous saluer. Les parents de Nazia nous ont ignorés, alors qu'ils nous courtisaient.

– Nazia ?

– Elle ne vous en a pas parlé ? Nazia est l'amie d'enfance de Sara, élevée à la Cité navale aussi, devenue officier comme elle.

– Si c'est une amie si proche, pourquoi les parents de Nazia vous auraient-ils ignorés tout d'un coup ? Et pourquoi vous courtisaient-ils ?

Firaq hésitait à nouveau.

– Le sous-officier à la santé fragile qui n'aurait pas dû partir en France, et pour lequel je subissais ces pressions, c'était le père de Nazia, Abdul Sattar. Je n'en ai pas touché mot à Sara, car j'ai la conviction que Nazia est devenue amie avec Sara uniquement pour que sa famille m'approche. Sara était jeune encore quand tout cela est arrivé. Elle avait son amitié avec Nazia, je n'ai pas voulu la punir en lui interdisant de voir son amie. Mais Sara devenait colérique, elle s'énervait souvent avec nous, elle ne comprenait pas pourquoi Nazia et d'autres ne l'invitaient plus. Ça devenait intenable. Un jour où elle fêtait son anniversaire, elle a voulu inviter ses amies et leurs parents, elle voyait que j'étais triste, ne savait pas pourquoi, pensait que ça me ferait plaisir. Nous avons dû inviter les parents de Nazia. Vous pouvez imaginer ce qu'il m'en coûtait. Le pire est qu'ils ont refusé, et que Sara a cru que c'était de ma faute. C'est là où j'ai pris la décision de m'installer ici… Mais…

Il secoua la tête.

– Il était dit que le destin ne me laisserait aucun répit. Sara avait beau être jeune, elle était déjà très éveillée, comme je vous l'ai dit. Et elle s'était déjà tracé un avenir. Elle deviendrait officier de la marine. C'était leur plan, avec Nazia, devenir des officiers, dès leur cinq ou six ans. C'était leur jeu aussi, dès cet âge. Elles se fabriquaient des uniformes, défilaient au pas devant l'immeuble. Je ne voulais pas la décevoir bien sûr, lui dire que Nazia était une fausse amie, que ses parents jouaient un jeu malhonnête. Ils ont encouragé ça, poussant Nazia à jouer aux petites soldates avec Sara. Et Sara nous en parlait, nous en parlait, sans savoir, la pauvre. Et moi, qui étais-je pour la décourager de faire carrière dans la marine, alors que j'y étais moi-même ? Ces gens savaient ce qu'ils faisaient. Quand ce fut bien ancré en Sara, l'officier de la Naval Intelligence est revenu me voir. Il m'a mis le marché en main. Si je ne signais pas ce certificat médical pour permettre au père de Nazia de partir à Cherbourg, il m'assurait que lui vivant, Sara ne pourrait jamais devenir officier dans la marine.

Au fil du récit, Firaq Zafar avait creusé un trou dans le sable, un petit tas s'élevait près de son pied droit.

– J'ai cédé. Pour Sara. Sans jamais rien lui dire. Pendant quinze ans j'ai vécu avec cette épée de Damoclès. Je savais que la menace de cet homme ne s'évanouirait jamais. C'est comme ça que ces gens maintiennent leurs clans au pouvoir. Le jour où Sara est devenue officier, il y a cinq ans, a marqué ma libération, j'ai quitté la marine et je suis venu ici.

Il passa sa main dedans et poussa le sable dans le trou. Il avait terminé de raconter.

Jef laissa encore quelques secondes s'écouler. La façon dont cet homme qu'il ne connaissait pas s'était ouvert à lui sur un sujet aussi sensible le troublait.

– Pourquoi vous me racontez tout ça ? Vous ne savez même pas pourquoi je suis venu.

– Bien sûr que je sais. Vous êtes venu pour Shaheen, et pour votre ami le Français. Et vous êtes venus pour vous aussi, pour connaître votre place sur cette terre.

L'intuition de Zafar et sa pertinence le surprirent. Au point que sa pluie de questions paraissait soudain vaine et triviale. Il cacha son trouble.

– Puisque vous savez si bien, parlez-moi du capitaine Shaheen Ghazali.

Firaq Zafar ne releva pas le ton mordant de Jef. Il regardait le sable, enleva une brindille, écarta un caillou qui brisait l'harmonie du petit tas.

– Shaheen, c'est comme ces grains de sable, rien qui puisse altérer l'écoulement de son action vertueuse, de la pureté de ses intentions. Et pourtant…

Il prit une poignée de sable et en fit couler les grains.

– J'ai rarement vu un homme s'incarner autant dans son art. Il était tellement absorbé dans les mécaniques et les systèmes de son sous-marin qu'il paraissait en faire partie. Il parlait immersion, plongée, roulis et tangage. Quand il rentrait de longues sorties en mer, on le voyait baisser la tête pour passer les portes et se balancer en marchant. Mais c'est l'incompétence qui lui déplaisait par-dessus tout. Je me souviens d'un accident qui avait coûté la vie à un commandant en second lors de l'abordage d'un sous-marin avec un cargo, survenu à l'entrée de la rade de Karachi, alors que le commandant tenait le poste de vigie sur la passerelle. Shaheen avait critiqué l'équipage qui n'avait pas respecté les consignes. Une collision était pour lui une faute impardonnable pour le commandement d'un bâtiment de la marine. Il était allé présenter ses condoléances à la famille, mais s'était abstenu d'assister à la cérémonie religieuse. Sa façon à lui de marquer son désaveu. C'est tout ce qu'il y a à savoir sur Shaheen.

– Et Abdul Sattar, le père de Nazia, qu'a-t-il donné en retour de son envoi à Cherbourg ?

– Je l'ignore. Parce que je n'ai jamais cherché à savoir. Parce que je suis lâche. Et si vous ne me croyez pas, comparez les yeux de ma fille quand elle parle de Shaheen ou de moi. J'ai préféré me retirer ici. Parce que j'ai peur. Parce je suis toujours sous surveillance. Parce qu'il y a des choses que je dois garder pour moi. Certains serments ne peuvent être bafoués. Je vous ai parlé de Shaheen. Je ne vous ai pas tout dit sur lui. Je ne peux pas. Ici, les habitants me protègent, parce qu'ils sont libres et fiers, parce qu'ils sont harcelés par les extrémistes et qu'ils font corps. Je me cache… et c'est ça que ma fille ne m'a jamais pardonné. Alors que Shaheen a cherché à savoir.

– Vous avez résisté autant que vous pouviez quand on vous a demandé de trafiquer ce dossier médical.

– Oui, c'est vrai. Pas par courage, mais par fierté. Ou par égoïsme. Trop imbu de mon image.

– Vous avez connu Marc Dacian, un des Français blessés dans l'attentat ?

Zafar secoua la tête.

– Shaheen vous en avait parlé ?

– C'est le seul à l'avoir reçu chez lui à Cherbourg. Ça l'avait touché, car mes compatriotes vivaient très isolés en France. Je crois qu'il sentait que les Français avaient été trahis deux fois, par l'attentat et par l'enquête, et ça le bouleversait, car il s'était engagé en conscience, pour le bien de notre pays. Mais j'ai tourné le dos à tout ça. Je n'ai pas la force.

– Vous dites que Shaheen a cherché à savoir. À savoir quoi ?

– C'est dangereux de savoir. Vous devriez en prendre conscience.

– Qu'a-t-il trouvé que les Français n'ont pas trouvé ?

– Les Français ? Je pense qu'ils n'ont rien trouvé. Je pense qu'ils n'ont rien cherché. Tout ce qu'ils auraient pu trouver, c'est la preuve de leur compromission avec les forces du mal qui gangrènent mon pays.

– Tout ça ne me dit pas pourquoi vous avez décidé de vous confier à moi…

– Parce que vous êtes un étranger. Que vous n'y pourrez rien.

Jef allait protester lorsque des cris retentirent. Des cris scandés par haut-parleur.

Firaq Zafar se leva d'un bond. Son air triste avait disparu. Tous les sens en alerte.

– Vite, vous devez vous cacher.

14

Mubarak village.
2 mai 2022. L'heure de l'Assemblée du clergé islamique.

La vingtaine d'hommes arrivés dans deux minibus marchaient vers le centre de Mubarak village. Un homme en tenue traditionnelle grise à la barbe orange teinte au henné tenait un mégaphone et scandait des slogans que les autres répétaient. *Zikri kafir ! Zikri kafir !* Le ton était agressif, les poings tendus hargneux.

Jef n'avait eu que le temps de suivre Firaq en courant pour contourner les manifestants. Le médecin plaqua Jef contre une cabane, le temps que le groupe passe le long du puits, en direction de la maison de récitation. La soudaine vivacité de ce petit homme frêle perçu jusqu'à présent comme une victime fataliste étonna Jef.

– Ce sont des militants de la Jamiat Ulema-e-Islam, l'Assemblée du clergé islamique. Des extrémistes.

Firaq Zafar chuchotait, visage tourné vers les islamistes en train de hurler.

– Qu'est-ce qu'ils crient ?

Firaq haussa les épaules.

– Que les Zikri sont des infidèles, des apostats, des mécréants, qu'ils blasphèment, qu'ils méritent la mort. Rien de nouveau. Venez.

Ils coururent à nouveau, passant dans le dos du groupe en colère pour entrer dans une cabane vide à cette heure. À travers les planches, ils suivaient le groupe qui était arrivé devant la maison de récitation. Le petit bâtiment rectangulaire jurait par la débauche de couleurs qui tranchait sur les pauvres cahutes l'entourant. Huit petits minarets décoratifs aux couleurs pastel coiffaient le toit plat, des arabesques bigarrées entouraient la maison aux murs plaqués de carreaux de céramiques aux tons verts et marrons, de bas-reliefs figurant d'immenses fleurs rouges égayaient le pourtour de la porte surmontée d'un fronton marqué *zikr khana* en ourdou, la maison de récitation.

Les islamistes ramassaient des pierres et se mirent à les jeter contre la porte et les vitres de la maison de récitation.

– Vous ne pouvez rien faire ? Appeler la police ?

– La police ? C'est sans doute elle qui les a escortés ici. Les agences de renseignements se servent de ces fanatiques pour harceler les minorités religieuses comme les Zikri. Soit en les accusant d'apostasie, soit de soutien aux séparatistes baloutches. Dans tous les cas, ils sont une cible. Nous sommes une cible.

– Vous aussi, vous êtes zikri ?

– C'est tout comme. Ces islamistes sont des lâches, ils savent sûrement que la majorité des hommes du village sont à la pêche.

Les portes de la maison de récitation s'ouvrirent. Trois vieux sortirent, l'un se mit à parler aux agresseurs d'une voix forte. Une pierre le frappa au front, puis une autre, il s'affaissa, les deux autres se mirent entre lui et les islamistes toujours excités par l'homme à barbe au henné. Ils continuèrent à jeter des pierres, les fenêtres volaient en éclats. Les deux vieux tentaient d'éviter les coups en tirant le premier à l'intérieur de la maison, mais ils n'y parvenaient pas, eux-mêmes affaiblis par les blessures. Les islamistes restaient à distance, se contentant de lancer méthodiquement les pierres en criant leurs slogans au lieu de se jeter sur eux. Ils avaient dû recevoir des consignes, se dit Jef, ils savaient quelle ligne rouge ne pas franchir. Sans réfléchir, il sortit de la cabane en courant.

– Non !

Le cri de Firaq Zafar ne le retint pas. En quelques secondes, Jef était sur les vieux. Les pierres l'atteignirent aussi, mais les agresseurs marquèrent un temps d'arrêt, surpris par l'arrivée d'un blanc. Jef en profita pour tirer les trois vieux à l'intérieur de la maison et referma, se collant à la porte. Les pierres se remirent à marteler la façade, avec plus de rage encore. L'homme à barbe orange avait dû donner d'autres consignes. De nouveaux cris retentirent, des hommes tentaient maintenant de pénétrer dans la maison de récitation. Ils poussaient, Jef résistait, mais il ne tiendrait pas longtemps. Les trois vieux, malgré leurs blessures, vinrent à ses côtés, s'appuyant à la porte dans une tentative désespérée de retarder l'inévitable. Les islamistes criaient de rage, tapaient de plus belle. Jef oublia les coups qui le secouaient quand il sentit une odeur d'essence. Ils allaient les faire griller. Des flots d'images balayèrent son esprit, tous ces massacres de la Seconde Guerre mondiale, de victimes innocentes brûlées vives. Il allait finir comme ça. Il sentit la fumée commencer à pénétrer par les fenêtres cassées, il s'attendait à voir la peur sur le visage des vieux, mais ils semblaient anormalement calmes, leurs pauvres muscles bandés contre la porte. Les cris retentirent encore plus fort, des cris décuplés, la rage s'ajoutant à la rage, Jef aussi se mit à hurler sa colère, il était en nage, il insultait les islamistes. Il criait autant pour lui que pour encourager les vieux. Puis la pression se relâcha sur la porte, les cris devenaient confus, changeaient de nature, venaient de directions différentes, Jef ne comprenait rien, mais il se passait quelque chose. Il hésitait à lâcher la porte pour regarder par la fenêtre, n'y tint plus, les trois vieux restaient arc-boutés. Il fit un pas de côté. Les islamistes avaient reculé, un autre groupe, plus important, les repoussait en levant le poing, en criant plus fort encore. Là-bas, le barbu au henné parlait calmement dans son mégaphone, il avait l'air parfaitement serein, maître de la situation. Ses hommes reculaient, ils ne jetaient plus de pierres, se contentaient de leurs slogans, poings levés, en refluant vers leurs minibus. Jef hésitait à sortir. Une partie de ceux venus à leur secours apportait des seaux d'eau qu'ils jetaient sur le mur de la maison de récitation. La porte s'ouvrit, Firaq Zafar se tenait dans l'embrasure.

– Les pêcheurs. Ils venaient d'arriver.

Jef s'accroupit dans la maison, épuisé. Firaq Zafar se penchait déjà sur les trois vieux, examinant leurs blessures. Des pêcheurs les emmenèrent au dispensaire. Le médecin regarda le crâne de Jef qui saignait.

– Ça ira, je nettoierai ça à Karachi. Occupez-vous d'eux plutôt.

– Vous avez été imprudent. Vous ne pouvez pas rester ici, et de toute façon vous n'avez plus rien à y faire. J'ai dit ce que j'avais à vous dire. Gulzar vous conduira à Karachi, il y transporte le poisson que les pêcheurs ont ramené pour le vendre.

– Vous ne craignez pas que les islamistes reviennent ?

– Ils reviennent toujours. Mais ils ont d'autres groupes à harceler.

– Shaheen, je dois le rencontrer, s'il sait des choses. Je le dois à mon ami, en France.

Firaq Zafar secoua la tête.

– Shaheen est courageux, mais même les hommes courageux ont des limites dans un pays comme le Pakistan. Souvenez-vous des pressions que j'ai subies. Je n'ai pas résisté longtemps. Lui qui s'est battu des années, par fidélité à ses amis français, imaginez celles que lui a dû subir. C'est un miracle qu'il ait tenu si longtemps.

– Il a parlé de venir se retirer ici…

– Il sera accueilli en homme libre.

– Mais la vérité restera cachée.

– La vérité restera cachée à ceux qui ne veulent pas la voir, et seulement à ceux-là. Nous autres, nous la connaissons. Seule la justice restera cachée.

15

Route de Karachi.
2 mai 2022. L'heure du barrage.

Gulzar roulait depuis une dizaine de minutes au volant de la fourgonnette chargée de pomfrets noirs et blancs, de soles et de grondeurs javelot en moindre quantité lorsqu'il ralentit. Ils approchaient d'un croisement, le premier depuis qu'ils avaient quitté Mubarak village, et ce que Jef voyait au loin ne le rassurait pas. Un barrage de garde-côtes et de police. Normalement, il n'aurait rien à en craindre. Mais après l'agression des islamistes et leur lien supposé avec les agences de renseignements – Firaq avait bien dit que la police avait même pu les escorter –, un tel barrage n'avait rien d'anodin.

Ils avaient quitté le village deux heures après l'attaque. Ce n'était, paraît-il, pas la première fois que cela arrivait. Le fatalisme des habitants surprenait Jef, tout autant que leur résistance. Jef mesurait sa chance, et celle des trois petits vieux. La houle qui secouait maintenant la mer d'Arabie avait forci plus tôt que d'habitude et obligé les hommes à finir la saison de pêche, entamée en septembre, avec quelques jours d'avance. Heureusement, les islamistes ne surveillaient pas la météo marine et n'avaient pas anticipé le retour précipité des pêcheurs.

Gulzar travaillait pour l'un des propriétaires de bateaux et se chargeait d'acheminer les prises à Karachi lorsque les pêcheurs rentraient toutes les deux ou trois semaines. Il parcourait régulièrement le trajet jusqu'à la mégapole.

– On peut faire demi-tour ?

– C'est la seule route qui mène à Karachi. Mais ce n'est peut-être rien. La police dresse souvent des barrages ici, c'est l'une des rares voies qui relient Karachi au Baloutchistan.

La fourgonnette s'arrêta devant deux policiers armés de pistolets-mitrailleurs et équipés de gilets pare-balles, adossés à un abri en parpaings. Jef montra du doigt à Gulzar des véhicules garés en contrebas. Les deux minibus chargés des islamistes qui avaient attaqué la maison de récitation quelques heures plus tôt. Le barbu au henné discutait avec un homme en uniforme, d'autres policiers distribuaient des bouteilles d'eau aux militants qui paraissaient détendus. Tout se passait en bonne intelligence.

– Ce n'est pas la police normale, chuchota Gulzar, ceux-là sont des renseignements.

Des agents en civil étaient assis devant l'abri, à l'ombre d'une toile. L'homme qui parlait avec le chef des islamistes se tourna à la vue de la fourgonnette et s'avança vers eux. Il était plutôt grand, coiffé d'une casquette et paré de larges lunettes de soleil. À voir ses épaulettes chargées de dorures, il devait être un officier de grade élevé, ce qui semblait confirmé par la déférence des hommes l'entourant, y compris les civils qui se levèrent lorsqu'il apparut dans leur champ de vision. L'officier ne fit pas semblant de s'intéresser à Gulzar. Il tendit la main vers Jef en lui demandant ses papiers. Il prit son temps pour les détailler.

Il garda les papiers et fit le tour de la fourgonnette. Il frappa sur la carrosserie et cria quelque chose. Gulzar descendit avec précipitation et se campa devant l'officier, il lui parlait vite, avec force gestes. L'officier planta Gulzar et revint vers Jef. Il transpirait dans la cabine de la fourgonnette, l'odeur du poisson commençait à lui être insupportable.

– D'où venez-vous ?

Avec le chargement de poissons, Jef ne pouvait pas finasser. L'officier allait savoir qu'il venait du village où il avait peut-être lui-même envoyé les islamistes. Mais il n'avait pas le choix.

– De Mubarak village.

L'officier hocha la tête.

– Que faisiez-vous là-bas ?

Jef tentait de franchir le barrage des lunettes de soleil, mais ce qu'il voyait de l'officier ne l'encourageait pas. Mâchoire ferme sur un menton fuyant, un nez trop fin pour la moustache épaisse qui lui barrait le visage.

– Je m'intéresse aux pêcheurs.

– Aux pêcheurs ? Vraiment ? Et vous venez de France pour ça ?

Jef avait un visa de journaliste, ce qu'il ne pouvait cacher.

– Je fais un reportage sur ce sujet.

L'officier fit une drôle de moue.

– Et vous avez des lecteurs en France qui se passionnent pour les pêcheurs d'un petit village du Pakistan ? Votre pays est fascinant…

– Je viens d'une région de mer et de pêche, comme ici.

– Vous savez que ce village est un repaire d'infidèles ?

– Je m'intéresse à la pêche.

– Vous n'avez rien remarqué de bizarre quand vous étiez là-bas ?

L'officier se moquait de lui. Le barbu avait dû lui rapporter la présence d'un blanc qui s'était interposé. Gulzar, qui suivait la conversation tout en restant à distance, intervint. Il parla en ourdou à l'officier, débit rapide, il montrait sa fourgonnette, prenait le ciel à témoin. L'officier suivit Gulzar à l'arrière. Les deux hommes restèrent un moment hors de vue. Jef vit un des civils rejoindre l'arrière du véhicule. Il repartit les bras chargés d'une caisse. L'officier revint près de Jef.

– Où habitez-vous à Karachi ?

À contrecœur, Jef lui donna son adresse. L'homme continua à faire le tour de la fourgonnette. Gulzar tentait de rassurer Jef avec des sourires qui l'inquiétaient plutôt. L'officier donnait des ordres aux agents en civil qui rentrèrent dans l'abri. Puis rien ne se passa pendant l'heure suivante. D'autres voitures franchissaient le barrage, mais eux restaient bloqués. La chaleur et l'odeur incommodaient Jef, il était au bord de la nausée, mais il n'avait pas le choix. Les minibus étaient repartis depuis un moment. L'officier était à l'ombre sous la toile. Un agent en civil vint lui parler à l'oreille. L'officier se leva enfin et approcha de Jef.

– Vous avez un sac ?

Jef n'avait qu'une besace. Il la tendit. Il avait le strict minimum. L'officier regarda, sans prendre la peine de fouiller dedans.

– C'est bon, vous pouvez partir.

Gulzar fit des courbettes à l'officier avant de s'installer au volant.

– Monsieur Kerral, vous devriez surveiller vos fréquentations, certains pêcheurs peuvent avoir un double visage. En attendant, je vous souhaite un bon séjour au Pakistan.

La voix n'avait rien d'aimable. L'homme enleva ses lunettes, tandis que la fourgonnette démarrait. Ses yeux souriaient d'un air froid. Mais ce que Jef nota, ce n'était pas le sourire faux, mais ces grandes pupilles noires qui le fixaient.

16

Karachi.
2 mai 2022. L'heure de l'Alliance.

– Je suis sûr que c'était votre homme aux yeux de corbeau dont votre père m'a parlé. Ça ne peut pas être un hasard. Ma chambre avait été fouillée pendant mon absence, il a fait exprès de me retenir au barrage à la sortie de Mubarak village après avoir pris mon adresse.

Sara Zafar faisait la moue. Et lui lança un regard explicite. Pour l'inciter à se taire. Mais Jef sentait que l'officier interprète était troublée.

Ils s'étaient retrouvés en terrasse du restaurant Côte Rôtie de l'Alliance française. Sara Zafar y venait régulièrement pour consulter des ouvrages techniques dans le cadre de ses missions ou pour des rendez-vous avec des ingénieurs français qui en avaient marre des rencontres au chantier naval. Sa présence n'étonnerait personne. Pas plus que celle d'un journaliste français de passage à Karachi. Mais, même dans cette enceinte française, les murs pouvaient avoir des oreilles.

Jef observa discrètement les tables alentour. Il était encore tôt. Il avait aperçu en arrivant trois profs de français visiblement peu heureux d'être sur place qui buvaient un café en silence à la cafétéria de l'Alliance, moins chère que Côte Rôtie, sans doute en attendant leurs élèves. À plusieurs tables du restaurant, des Pakistanais aux allures d'hommes d'affaires discutaient vivement, des femmes élégantes parlaient en usant parfois d'expressions françaises avec délectation. Les serveurs glissaient entre les tables, les yeux balayant la salle. Des informateurs ?

Jef avait parcouru les quelques centaines de mètres à pied séparant sa chambre de l'Alliance, essayant de voir s'il était suivi. Il avait tenté de traverser le carrefour de Teen Talwar avec la même nonchalance que les Pakistanais, mais y avait vite renoncé.

Gulzar les avait sortis du mauvais pas du barrage grâce à un bakchich conséquent. "Le double de ce que ça me coûte d'habitude", avait-il précisé.

Le capitaine de vaisseau de la Naval Intelligence, car il s'agissait d'un officier supérieur des services de renseignements de la marine, était reparti avec des bouteilles de gin et des boîtes de cosmétiques des meilleures marques.

Gulzar avait dû avouer, en s'excusant platement une dizaine de fois, lui avoir fait courir un risque, que le transport du poisson servait aussi de couverture pour écouler des produits de contrebande. Lui et d'autres pêcheurs réceptionnaient au large de Mubarak ou sur les plages isolées des cosmétiques, du parfum et de l'alcool en provenance de l'émirat de Dubai ou du sultanat d'Oman.

– Il savait que j'avais rencontré votre père et que je lui avais parlé, j'en suis certain. Il pourrait avoir des espions au village ?

Sara ne répondait pas. Plongée dans ses pensées. Tout ce qu'il lui racontait ne l'impressionnait pas. En apparence. Pourquoi une telle distance ? Avait-il été maladroit dans sa façon de présenter sa requête ? Son premier grand reportage allait se terminer en fiasco. Peut-être n'était-il pas taillé pour ce type de boulot. Il entendait déjà Greg se foutre de lui. Sans même parler de son rédacteur en chef qui se désolidariserait de lui. Et Marc ?

– Vous connaissez la poésie ourdoue ?

Sara Zafar n'avait pas l'air de plaisanter. Il allait s'énerver, se retint. Elle affichait ce même regard explicite. Les murs ont des oreilles. Jef devait partir du principe que les services de renseignements pakistanais s'intéressaient à lui. Ou au moins ce colonel Pervez. S'était-il trompé sur ces yeux noirs ? Bien sûr que c'était possible. Une chance sur combien que ce fût le bon ? Les serveurs pouvaient-ils le renseigner, si c'était lui ? Firaq Zafar ne lui avait-il pas confié qu'il se savait surveillé ? Mais pourquoi ce gradé continuerait-il à surveiller le docteur Zafar si longtemps après cet attentat précis ? Et pourquoi Zafar ? Il aurait voulu poser mille questions à Sara, mais il s'abstint.

– Non, mais on m'en a dit le plus grand bien. À ce qu'il paraît, sa force d'évocation est très… puissante.

– Oui, puissante. Elle sait poser des mots sur bien des tourments. C'est l'un des atouts de la culture pakistanaise, qui passionne nombre de mes compatriotes, même à l'heure des réseaux sociaux et d'Internet.

Jef se demandait où elle voulait en venir. Et où lui-même en était. Depuis son arrivée, il n'était pas bredouille. Sa rencontre avec Firaq Zafar valait déjà en soi un article. Pouvait-il la publier telle quelle ? Il en avait la tentation, mais savait d'instinct qu'il lui fallait bien plus. Cette interview, aussi passionnante fût-elle, passait à côté de sa cible. Mais il ne pouvait pas négliger l'épisode du barrage et sa rencontre avec cet officier aux yeux de corbeau. Ce capitaine de vaisseau des services secrets, vingt ans après l'attentat, qui poursuivait sa surveillance… Si c'était bien lui. Si ce n'était pas un hasard. Si, si, si ! Jef ne maîtrisait rien. Il s'engueula en silence. Arrête de fantasmer. L'imagination est l'ennemi du journaliste. N'imagine pas, pars des faits, de ce que tu as, et remonte le fil. Pense à ton angle, ne te laisse pas distraire. Une surveillance par un colonel des renseignements dans un pays comme le Pakistan, une distraction ? Son appartement fouillé, une distraction ? Son angle ? C'était l'histoire de Shaheen, son amitié avec Marc, et tout ce qui tournait autour et qui le menait au souvenir de l'attentat.

– Sara… Si je ne vois pas Shaheen, ses sacrifices et ceux de votre père resteront vains.

– Il n'est pas en état. Il ne l'est plus.

– Mais laissez-moi au moins le voir. Le décrire tel qu'il est, tel qu'il est devenu, est en soi une information. Cet homme s'est battu contre des moulins à vent, et même s'il a perdu, même s'il est aigri, son histoire mérite d'être racontée et connue.

– Vraiment ? Vous le pensez ? Vous pensez vraiment que vos lecteurs français vont s'apitoyer sur le combat absurde – et perdu depuis longtemps – d'un officier d'un pays de non-droit où les gens passent leur temps à s'entretuer ? C'est ce que pensent les Français, non ?

– Mais Shaheen, c'est différent, il se bat par loyauté pour ses anciens collègues français, c'est…

– Vous vous entendez ? Il se bat pour la mémoire des victimes françaises, donc il est plus légitime de raconter son histoire… Ça en fait un Pakistanais digne d'attention, quelques minutes au moins…

– Oh, vous pouvez critiquer, mais si ça permet de parler un peu du Pakistan, ce sera déjà pas mal, non ?

– Il faut que je vous remercie ? Vous aurez droit à des égards en France parce que vous vous êtes intéressé un instant à ce pays oublié, à cette guerre oubliée, à ces morts oubliés ? Ça doit être très romantique, si ça se trouve ? Tiens, et pourquoi pas un article sur ces enfants tués dans l'attentat l'autre jour ? Leur portrait, comme vos journaux font quand il y a des victimes occidentales ? Au moins, vos collègues qui s'intéressent aux rétrocommissions et au scandale politique franco-français ne font pas semblant de s'intéresser au destin des Pakistanais et à ce qui se passe ici, ils s'en foutent et l'assument, c'est moins hypocrite.

– Putain, qu'est-ce que vous êtes dure ! Vous préférez que je reparte et que je ne raconte rien ? Ce sera mieux ? Vous croupirez dans votre coin en jouant les victimes maudites, ce sera mieux ? C'est votre putain de fatalisme qui vous permet de traverser la vie et les routes sans vous faire écraser ? Ou c'est peut-être qu'il n'y a plus rien à écraser parce que vous êtes des morts-vivants ! Vous n'avez pas de jus, c'est ça !

Sara se leva d'un bond. Ses yeux flamboyaient. Elle avait envie de le gifler. Les conversations s'arrêtèrent autour d'eux. Jef se leva à son tour. Il jeta des billets sur la table et quitta la terrasse sans se retourner. En se traitant de tous les noms. En maudissant Sara et ce pays pourri.

Il traversa Teen Talwar sans se préoccuper de la circulation, défiant la tornade de véhicules, motos et rickshaws qui zigzaguaient pour l'éviter en klaxonnant ou en pilant face à sa démarche décidée. Il arriva au pied de sa guesthouse en sueur, le cœur battant. Il monta les étages en courant, claqua la porte derrière lui. Il resta un long moment à reprendre son souffle, à rassembler ses esprits. Pendant la demi-heure suivante, il examina le moindre recoin de sa chambre, retourna les bibelots, dévissa les lampes, tout y passa. Il ne trouva rien. Ceux qui avaient fouillé la chambre quand il se trouvait bloqué au barrage n'avaient rien dû trouver et n'avaient visiblement pas planqué de micro. Il avait caché tout ce qui était sensible, ordinateurs et papiers, sur la terrasse du toit, sous des détritus. Il hésita à prévenir le consulat. De quel côté pencherait le consul ? Il ne voudrait sans doute pas qu'un journaliste vienne faire des vagues. Il se servit un thé. Et réalisa qu'il n'avait pas donné signe de vie à Marc depuis deux jours. Il se demanda s'il pouvait être sur écoute. Décida que non. Il appela en visio le numéro de Marc à l'aide d'une messagerie cryptée.

Jef connaissait suffisamment Marc pour percevoir son soulagement. À Cherbourg, assis face à sa baie vitrée, soleil dans les yeux, son ami n'en fit pas étalage. Jef, à mots choisis, passa rapidement sur ses impressions contrastées de Karachi, évoqua sa visite à Mubarak village, éluda l'attaque des islamistes et la fouille de sa chambre. Tout au plus fit-il part de son sentiment d'une présence policière importante qui freinait ses initiatives. Marc comprendrait.

– Mais j'ai rencontré le médecin, l'ami de Shaheen. Il m'a raconté les pressions qu'il a subies pour déclarer aptes pour Cherbourg des techniciens pakistanais qui n'auraient pas dû l'être. Il a évoqué l'un d'entre eux en particulier, Abdul, ça te dit quelque chose ? Il aurait pu faire partie de la bande du méchoui ?

– Abdul, bien sûr, si c'est le même, oui, au méchoui, c'est lui qui picolait le plus, qui s'était mis le plus minable. Il avait des problèmes de santé, et maintenant que ça me revient, c'était le plus nul de la bande. Wasim le religieux était le plus fainéant, mais cet Abdul était un mauvais, il n'était pas qualifié pour le job.

– D'après Firaq, il a bénéficié d'un piston, il était appuyé par un gradé des services secrets, un type que Sara avait surnommé l'homme aux yeux de corbeau.

Sur l'écran, Marc était plongé dans ses souvenirs. L'évocation de cet homme ne le laissait pas indifférent.

– Tu es sûr de ce que tu fais à Karachi ?

– Je te le dirai quand je rentrerai. C'est trop tôt. Et toi, ça va ?

– Pour les vingt ans, ils vont mettre le paquet. Ça me donne la nausée.

– Des nouvelles ?

– Je n'attends rien. On nous a tant promis… Mais ça discute, ce qu'on doit faire, les survivants, les veuves, c'est pas simple.

– C'est pas trop dur ?

Marc haussa les épaules.

– Ton père est passé hier. Je ne l'avais pas vu depuis une éternité. Je me demande s'il venait de lui-même ou en mission commandée…

Jef se sentit mal à l'aise et Marc dut le sentir, il n'insista pas. Il n'en avait pas besoin. Les deux hommes s'étaient connus dans les ateliers de l'arsenal. Ils avaient été les amis les plus proches, les dimanches en famille et tout ça. À l'époque, ils disaient toujours en rigolant que, s'ils avaient été cathos, avec le baptême et tout le reste, Marc aurait été le parrain de Jef et Claude celui de Greg. Vu leur penchant politique et leur éducation, ça ne risquait pas, mais dans l'esprit, ça voulait dire ça. Et puis il y avait eu l'attentat. Le fossé. Devenu infranchissable. Ils s'ignoraient depuis des années. Claude reprochait à son ami de ternir l'image de la DCN avec les éternelles récriminations des survivants et des veuves. Il fallait passer à autre chose. Pas se croire plus forts ou plus malins que les politiques. Et puis le Pakistan, y avait rien à comprendre là-bas, ça dépassait tout le monde. Claude le répétait en boucle, et comme il savait que la proximité entre Jef et Marc résistait à la brouille entre les pères, en dépit de la différence d'âge, il passait son amertume sur son fils. S'en éloignait en croyant lui inculquer le sens des responsabilités.

– Il a été chiant ?

Marc regardait la caméra.

– Je n'ai pas de conseil à te donner, Jef, mais ne raconte pas trop à ton père ce que tu fais là-bas. Je ne dis pas ça pour moi, parce qu'il me reproche de t'avoir mis dans le crâne toutes ces histoires, ça je m'en fous, moi je sais bien que t'es parti là-bas parce qu'il le fallait, tu le fais pour toi, pas pour moi. Mais va expliquer ça à ton père, il est persuadé que je me sers de toi pour régler mes comptes avec la DCN.

– Quel con…

Marc haussa les épaules.

– Les mecs lui foutent la pression depuis des années, je ne lui en veux plus. Au début ça me faisait mal, maintenant ça me fait mal pour lui. Et pour toi.

– Peut-être, mais moi ce que j'entends, c'est qu'il pense que je suis trop con pour penser par moi-même et prendre mes propres décisions.

– Jef, tu n'as rien à prouver, pas plus à moi qu'à lui, alors fais ton boulot de journaliste, mais reste dans les clous, reste concentré sur ton boulot, oublie ton père et tout ça.

Jef pensa à Sara. Ses grands yeux qu'il ne reverrait peut-être plus. Mais il ne pouvait pas laisser tomber. Il était venu pour Shaheen.

Là-bas, à Cherbourg, Marc gardait le silence depuis un moment. Il se leva, avec difficulté, s'avança face à la baie vitrée. Jef pouvait deviner ce qu'il voyait, la maison du voisin en contrebas, la haie déjà taillée, l'allée de graviers clairs bordée d'arbustes. Le calme, la félicité, tout ce qui était étranger à Marc depuis vingt ans.

– Mais maintenant que tu es là-bas, il faut que je te raconte Shaheen. Ce que je n'ai jamais pu raconter. Par respect pour lui, pour ce qu'il représentait. À cause de la honte.

17

Karachi.
26 avril 2002. Deux semaines avant l'attentat.

Marc Dacian avait suivi les instructions du capitaine Ghazali. Le vendredi venu, à l'heure où de nombreux Pakistanais fréquentaient la mosquée, il s'était fait accompagner d'un chauffeur agréé par l'hôtel Sheraton jusqu'au Urdu Bazar. En ce printemps 2002, la chaleur était déjà étouffante. Il avait profité de la climatisation durant le bref du trajet, mais à bien y penser, il se sentait frustré de ne pas avoir pu faire les quelque deux kilomètres à pied. Pas que la vue soit agréable, Karachi n'avait rien d'une belle ville, mais Marc Dacian voulait en sentir la pulsation. Le chauffeur le laissa au coin de Gawali Lane Number 2 et de la Mohan Road. Le croisement était envahi de rickshaws dont les conducteurs attendaient, alanguis derrière leur guidon ou discutant avec d'autres. Des vendeurs de fritures ou de boissons se frayaient un passage, des cireurs de chaussures s'activaient sur les pieds de passants. Pour la première fois depuis son arrivée à Karachi, Marc se sentait un homme libre. Sensation bizarre. Pour raison de sécurité, on leur imposait de ne jamais sortir seul. Il prenait un risque. Mais l'attitude du capitaine Ghazali, de celui qu'il considérait comme son ami, Shaheen, exigeait cette entaille aux instructions. Selon son code personnel en tout cas, qui plaçait l'amitié au-dessus de tout. Shaheen était-il vraiment un ami ? Marc le voyait comme tel. Une amitié naissante peut-être, mais tout en cet homme l'attirait, sa droiture, son regard sur les autres, son amour de son pays, du métier bien fait.

La première fois qu'ils s'étaient rencontrés, à Cherbourg, Shaheen avait été un vrai moulin à paroles. Il avait fait un ou deux ans auparavant un stage avec la marine française à la base navale de Toulon, et en avait gardé une immense admiration pour le professionnalisme des sous-mariniers français. C'était touchant. Son emphase lorsqu'il évoquait les miracles de la technologie française rendait fiers tous ceux qui l'écoutaient. Et, avec le temps, Marc savait qu'il n'y avait aucune flagornerie là-dedans. Shaheen Ghazali était sincère, enthousiaste, impatient d'en découvrir encore plus à la DCN, afin que son pays profite de ces pépites françaises.

Il aperçut Ghazali devant une des premières boutiques de Urdu Bazar. Les échoppes se suivaient et se ressemblaient, des amoncellements de livres, entassés en piles, sur des tables qui ne rompaient pas par miracle. Il le suivit à distance, pénétrant dans le labyrinthe bruyant et nerveux du bazar. Certaines boutiques n'étaient qu'une façade et un espace en retrait tapissé de livres et de papeterie donnant sur la rue, d'autres s'enfonçaient dans les entrailles du bloc d'immeubles lépreux par de longs couloirs étroits et encombrés. Shaheen s'engagea dans une boutique. Marc le rejoignit. Ils s'assirent sur des tabourets, protégés de l'allée par d'immenses piles de manuels scolaires. Des affichettes avec des couvertures de romans à l'eau de rose étaient suspendus par des pinces à linge au-dessus des piles de livres, on voyait à peine ce qui se passait derrière.

Le capitaine Ghazali ne perdit pas de temps. Le rendez-vous, même dans ce lieu, ne pouvait s'éterniser. Des mouchards traînaient sûrement dans les parages.

Il commença par s'excuser de son comportement à l'arrivée de Marc Dacian quelques jours plus tôt à Karachi, sa promesse non tenue d'accueil à l'aéroport, sa froideur au PN Dockyard, son refus de l'accueillir chez lui. Le capitaine était visiblement gêné, mais pas seulement à cause de son comportement. Il l'avait fait venir ici pour une raison précise, qui lui pesait. Après les excuses, il s'écoula presque une minute, peut-être plus. Les piles de livres qui les entouraient amortissaient le brouhaha venant de l'allée couverte. Marc ne voulait pas indisposer l'officier pakistanais en le fixant. Ses yeux parcouraient les dos des livres écrits en des caractères qu'il ignorait, que ce fût de l'ourdou, du sindhi, de l'arabe ou tout autre dialecte local. Le vendeur aux allures d'intellectuel, avec sa barbe blanche bien lissée, sa chevelure rejetée en arrière et ses lunettes d'écaille, se désintéressait d'eux.

Shaheen le désigna d'un coup de menton.

– Je lui fais toute confiance. Il est comme beaucoup de ses collègues ici dans ce bazar, un amateur de poésie qui vend toutes sortes de livres pour survivre. Vous êtes ici au cœur de la culture de mon pays, celle des grands poètes qui jamais ne courbent l'échine, quoi qu'il en coûte. Ils sont mes amis, et j'en suis fier.

On y venait. Shaheen se tordait les doigts, mais il regardait maintenant Marc dans les yeux. Un air de souffrance, ou d'autre chose, Marc n'en était pas sûr.

– J'ai honte...

Il baissa les yeux, les releva à nouveau.

– J'ai honte. Ce que vous ne savez pas, c'est qu'à Cherbourg, beaucoup de mes collègues n'ont pas accordé le sérieux nécessaire à leur formation.

Marc se força à sourire.

– J'ai moi-même compris que certains d'entre eux ne correspondaient pas au niveau requis, si vous voulez tout savoir. J'imagine que, dans tout groupe, les niveaux sont...

– Ce n'est pas ce que je voulais dire, le coupa Shaheen. Ils venaient pour l'argent, avant tout pour l'argent. Je vivais avec eux. Ils passaient leur temps à calculer leur per diem, les indemnités qu'ils allaient toucher, comment leur vie en serait transformée de retour au Pakistan. Ces sous-marins, ce n'est pour eux qu'une énorme tirelire. Ils se fichent de ce qu'ils signifient pour mon pays, ce sont des hommes sans honneur. Ils apprennent juste assez de métier pour ne pas être pris en défaut si des problèmes devaient surgir lors de l'assemblage des sous-marins au Dockyard. Juste assez pour savoir comment se défausser sur un autre. Je suis désolé, Marc, je n'aime pas dire ça, mais beaucoup de mes compatriotes venus à Cherbourg sont avant tout animés de sentiments vénaux.

Marc réfléchissait. Après quelques jours à Karachi, il voyait combien les différences de niveaux de vie entre le Pakistan et la France s'avéraient gigantesques. Il pouvait bien comprendre que des Pakistanais aient le tournis en voyant ces richesses. Mais qu'ils bâclent la mission, en revanche, serait inacceptable. Marc aussi, comme Shaheen, avait l'obsession du travail bien fait.

– Je comprends, Shaheen, je dirais à mes gars d'être encore plus attentifs.

– Non, Marc, ce n'est pas tout. Je vous en parle, et à vous seulement, je ne vois pas à qui d'autre je pourrais me confier. Vous savez combien je respecte la qualité de votre technologie, et j'admire beaucoup de vos collègues, mais malheureusement vous avez des brebis galeuses, comme nous en avons.

Shaheen regarda vers l'allée, avant de continuer.

– Beaucoup d'argent a été offert par la DCN à mes compatriotes. À beaucoup d'entre eux. Des officiers généraux aux simples officiers mariniers. Pour faire rallonger la liste des pièces de rechange à commander sur la durée de vie des sous-marins dont beaucoup pourraient être fabriqués au Dockyard, pour faire accepter des formations bancales surfacturées comme des applications informatiques de base qu'on peut apprendre à n'importe quel institut à Karachi, même ici, de l'autre côté de la rue. À tous les échelons, Marc, les gens ont touché à tous les échelons. Le projet Agosta, c'est une machine à fabriquer de la monnaie.

Marc encaissa. Il n'était pas naïf. Savait que derrière les contrats d'armement, il y avait toujours des histoires de corruption. Mais ce que Shaheen lui apprenait le blessait. On salissait tout le monde. Même ceux qui tentaient de faire le boulot proprement.

– J'ai honte, Marc. À moi aussi, on m'en a proposé. J'ai dû inventer un prétexte stupide pour me dédouaner et prétendre que ma signature ne servirait à rien. Abdul s'est empressé de me remplacer. Cet homme est sans honneur. Il est malheureusement intouchable, protégé par un officier influent des services de renseignements qui n'est autre qu'un parent à lui. Comme tant d'autres. Je préfère l'attitude d'un Wasim, avec ses préceptes religieux, qui n'accepte pas ces bakchichs.

– J'ai honte aussi, Shaheen. Mais je crains que nous n'ayons pas le choix. Ces choses nous dépassent. Au moins pouvons-nous nous consoler en nous disant que nous sommes assez nombreux à assurer la mission, et que les sous-marins seront à la hauteur de vos attentes. Nous ne devons pas nous laisser noircir par des brebis galeuses.

Marc posa une main sur l'avant-bras de Shaheen. Mais à la façon dont l'officier pakistanais restait fermé, il devina qu'il y avait autre chose. Quand il releva les yeux, Shaheen avait l'air plus tendu encore.

– Je voulais aussi vous mettre en garde, Marc. Corruption ou pas, il y a des problèmes qui sont peut-être plus graves. J'ai vu des officiers supérieurs très frustrés. Entendu des rumeurs persistantes, en haut lieu. Que les Français ne respecteraient pas leurs engagements. Et que ça ne pouvait pas durer.

Le vendeur aux lunettes d'écaille émit un sifflement. Il avait dû voir quelqu'un de suspect. Le capitaine se leva. Il prit un livre sur une pile et se glissa dans la foule qui arpentait l'allée. Puis disparut. Marc prit également un ouvrage pour se donner une contenance. Troublé par la mise en garde du capitaine Ghazali. De quels engagements voulait-il parler ?

Shaheen n'eut jamais eu l'occasion de lui dire. À moins qu'il n'ait pas voulu accabler son ami français.

18

Karachi.
3 mai 2022. Cinq jours avant la commémoration.

– Oh, Sara, ça va ?

Sara ne réalisa que lorsque Nazia la secoua qu'elle avait instinctivement repris une position prostrée en s'arrêtant devant l'école de filles. Elle se redressa, mains encore crispées sur le volant de sa vieille Volkswagen. Jointures des doigts blanchies. Elle posa les mains à plat sur ses cuisses, essayant de se détendre.

C'était la première fois depuis l'attentat qui avait causé la mort de cinquante-sept personnes qu'elle revenait sur les lieux. Vingt et une jeunes filles âgées de sept à quinze ans, neuf Rangers, sept enseignants, treize parents, six passants et le kamikaze. Elle s'était crue blindée. Elle ne l'était pas. Pourquoi cet attentat la faisait-il réagir ainsi ? Elle ne voyait qu'une explication. Jef. Pourquoi lui ? Elle n'en savait fichtre rien. Mais il était l'unique événement récent dans sa vie qui pouvait expliquer ce sentiment diffus.

L'endroit se trouvait à tout juste un kilomètre de la clinique privée Wazir où Sara s'arrêtait toujours récupérer des médicaments avant de rejoindre le dispensaire de son père à Mubarak village. Les deux jeunes femmes y étaient venues ensemble. Qui accompagnait l'autre ? Nazia souffrait à nouveau d'une poussée de fièvre comme la maladie chronique qu'elle avait depuis l'adolescence lui en réservait. En attendant sa prochaine livraison de médicaments de l'étranger, elle espérait trouver au dispensaire quelque chose qui la calmerait. Elle en perdait l'appétit, maigrissait à nouveau. Sara, de son côté, ne se sentait pas de revenir seule devant l'école.

L'établissement restait fermé. Les dégâts étaient encore visibles, avec un cratère énorme à l'endroit où la voiture piégée avait explosé, entre l'école et le poste de Rangers. Un petit parti islamiste qui faisait de la lutte contre le blasphème son cheval de bataille avait revendiqué l'attentat, même si on ignorait toujours s'il avait pris pour cible l'école de filles ou les paramilitaires.

– Tu y penses ?

– Ce à quoi je pense, c'est que je n'ai pas réagi sur le moment. J'étais là-bas, juste avant le pont, et je n'ai pas bougé. Je suis repartie comme si de rien n'était pour Mubarak village. Tu te rends compte ? Comme si j'étais une vieille peau asséchée et sans cœur !

– Tiens, c'est pas mal comme description. Tout à fait toi.

Sara secouait la tête. Elle frappa le volant.

– Mais ça ne peut pas être moi ! Sinon nous sommes quoi ?

– Moi, je sais ce que je suis : une fausse jeune qui n'a que la peau sur les os à cause de cette fichue maladie. Toi, tu gardes tes grands yeux de biche qui font tomber les hommes. Comme ce Français…

Sara se tourna brusquement vers Nazia.

– De quoi parles-tu ?

– Tu fréquentes bien un Français, non ?

– Et comment tu sais ça, toi ?

– Mon père me l'a dit.

– Et comment ton père est-il au courant ?

Nazia haussa les épaules.

– Aucune idée. Mais, à voir sa réaction, tu devrais te méfier.

– Me méfier, mais pourquoi ?

– Mais je n'en sais rien, moi ! Il paraît qu'il est journaliste, c'est toi qui le connais, pas moi ! Il est mignon ?

Sara faisait semblant de jouer les ingénues, mais la remarque de Nazia l'inquiétait bien plus qu'elle ne voulait le montrer. Qui était au courant de la présence de Jef Kerral ici ? L'ambassade du Pakistan à Paris, le propriétaire de la guesthouse, des chauffeurs de taxi, le consulat général de France à Karachi peut-être, des conducteurs de rickshaws, son père, les pêcheurs de Mubarak, les islamistes qui avaient attaqué la maison de récitation, les serveurs du café de l'Alliance française. Et les membres des services de renseignements qui l'avaient contrôlé à la sortie de Mubarak village. Cela faisait beaucoup de monde. Si Sara réduisait aux endroits où ils avaient pu être vus ensemble, il restait les abords du Press Club, le restaurant de l'Alliance française et Mubarak village. Un policier ou un civil sur le trottoir du Press Club ? Un serveur ? Gulzar ? Et comment le père de Nazia pouvait-il être au courant ?

– Où travaille ton père en ce moment ?

– Tu le sais bien, il est toujours au Dockyard, il dirige un atelier d'électricité pour les Agosta. Alors, il est mignon ou pas ?

Elle n'y avait jamais pensé auparavant en ces termes, mais elle réalisa que, pour un homme de la condition d'Abdul, il s'agissait d'une réussite inespérée. Et connaissant le fonctionnement de la Cité navale, il n'avait pas pu obtenir une telle position sans solides soutiens qui allaient de pair avec des services rendus. Mais on n'abordait pas ce genre de questions entre amies. Pas quand ça concernait un membre de sa propre famille.

– Je te trouve bien secrète tout d'un coup, continua Nazia. Tu caches quoi ?

– Mais rien du tout !

– Alors présente-le-moi.

– Te le présenter ? Mais on n'est pas ensemble, il n'y a rien à présenter.

– Et pourquoi tu ne l'amènerais pas au match demain ? Au moins je pourrais voir s'il est mignon, puisque tu refuses de le dire.

– Mais je m'en fiche qu'il soit mignon ou pas. Je l'aide juste avec des traductions qui sont d'ailleurs super ennuyeuses.

L'insistance de Nazia commençait à intriguer Sara. Et elle ne pouvait se permettre de laisser courir une rumeur dans la cité. Une officière de la marine avec un étranger ? Ça ferait très vite scandale. La virilité des militaires pakistanais serait blessée, on lui ferait payer. Si Sara refusait, Nazia se méfierait. Et peut-être pas seulement par égard pour les militaires pakistanais.

– Eh bien d'accord, je viens au match avec lui, s'il n'a rien d'autre à faire bien sûr, il fait son reportage. Mais je viens à une condition. Tu viens avec ton mari. Après tout, je ne l'ai vu que de loin, comme si tu me le cachais…

Cette fois-ci, ce fut Nazia qui marqua le coup. Mais elle se reprit vite.

– Okay, tu as de la chance, pour une fois il est en permission à Karachi et, comme moi, il a bon goût, il supporte les Qalandars.

– Je n'imaginais pas autre chose.

Elles firent le chemin du retour en se chamaillant comme à chaque fois qu'elles parlaient cricket. Mais Sara se souvint de cette mise en garde de son père quand elle était petite. "*Ne parle pas de ces questions, même avec ton amie Nazia.*" À l'époque, Sara pensait que ça concernait la religion. Mais s'il y avait autre chose ?

19

Karachi.
3 mai 2022. L'heure du mort-vivant.

Jef Kerral déambulait sans but dans Urdu Bazar. Il était repassé plusieurs fois devant les mêmes boutiques de vendeurs de livres. Essayant de repérer d'éventuels guetteurs, tout en se familiarisant avec les passages étroits et discrets qui par endroits transperçaient le bloc d'immeubles. Il commençait enfin à respirer.

Pour la première fois depuis son arrivée à Karachi, il se sentait en sécurité. Faussement peut-être. L'idée que des fanatiques de tous genres ne fréquenteraient pas un tel endroit de connaissance. Il n'avait aucune idée du type de livres vendus dans les recoins des échoppes, peut-être la pire littérature djihadiste. Après tout, les talibans avaient quasiment pignon sur rue ici depuis des décennies. Mais le sentiment s'incrustait en lui. Comme celui que les sbires de l'homme aux yeux de corbeau ne l'avaient pas suivi jusqu'ici. Il était retourné à pied de sa guesthouse jusqu'à l'Alliance française où un responsable qui l'avait vu la veille lui avait proposé un chauffeur pour se rendre au Urdu Bazar. Le Français lui avait même proposé de l'accompagner, l'endroit l'enchantait, il se ferait un plaisir de lui servir de guide. Jef avait déclaré vouloir découvrir l'endroit seul, mais une autre fois, sûrement.

La veille au soir, il avait envoyé un message à Sara. "*Vous m'aviez demandé si je connaissais la poésie ourdoue. Ne me laissez pas dans l'ignorance. S'il vous plaît.*" Ces derniers mots lui avaient coûté. Il imaginait l'air hautain de Sara à leur lecture. Elle devait le mépriser. Mais Jef n'avait pas d'autre choix s'il voulait rencontrer le capitaine Shaheen

Ghazali. Elle seule pouvait l'y mener. Si elle ravalait sa fierté. Elle n'avait pas répondu. Il était coincé.

Il avait passé une sale nuit. Son père lui avait envoyé plusieurs messages, lui demandant de l'appeler. Il lui avait simplement répondu par un SMS pour dire qu'il allait bien et qu'il le contacterait plus tard, sans préciser quand.

La réponse de Sara était venue au petit matin, à l'heure du soleil levant, par quatre messageries différentes, à trente secondes d'écart. "*Urdu Bazar*", sur l'application Signal. "*Même heure qu'hier*", sur Telegram. "*Je vous trouverai*", sur WhatsApp. Et pour faire bonne mesure, elle avait conclu par un gif de mort-vivant main droite plaquée sur le poumon gauche, sur Messenger. Toutes ces précautions, et ce mystérieux mort-vivant, l'avaient convaincu.

Le chauffeur pakistanais de l'Alliance française qui l'avait déposé au Urdu Bazar avait répondu par un grand éclat de rire quand Jef lui avait demandé ce que signifiait le geste du zombie. Le jeune homme ne parlait pas français, mais son "*fuck off*", qu'il répéta plusieurs fois en se gondolant en portant les doigts à sa poitrine, était éloquent. *Va te faire foutre*. Décidément, Sara Zafar l'étonnait toujours plus.

Elle l'avait trouvé rapidement. D'un coup d'œil, elle avait enjoint à Jef de la suivre. Il avait l'impression de vivre la même expérience que Marc avec Shaheen vingt ans plus tôt. Il aurait été infichu de dire si elle l'emmenait dans la même échoppe, mais elle ne disparut pas derrière un étal, se contentant de s'accouder sur un présentoir et de feuilleter les livres entassés là. Jef vint se placer à côté d'elle et l'imita.

– Choix audacieux, même si vous avez encore du chemin si vous commencez par là pour découvrir la poésie ourdoue. Celui-ci est un traité d'anthropologie médicale, troisième édition, gage de qualité cependant.

– Merci d'être venue, je pensais que…

– J'ai toujours envie de vous gifler, ne vous inquiétez pas. Je ne suis pas comme mon père. Je suis plutôt rancunière, ça viendra.

– Votre père a d'autres qualités, je l'ai vu.

– Ne me parlez pas de mon père. Vous a-t-il raconté qu'il a quitté la marine le jour où j'ai été brevetée officier ? Il m'a laissée tomber alors que j'étais si fière… Toute mon enfance, avec mon amie Nazia, nous avions rêvé de devenir officier, de porter l'uniforme blanc, de la fierté que nous aurions à défiler devant nos pères eux aussi en grand uniforme. Et il m'a enlevé ce rêve de gosse !

Jef faillit réagir, mais il se tut. Il se souvint de justesse de ce que Firaq Zafar avait confié. Sara n'était pas au courant de ce qu'il avait dû accepter, la signature d'un certificat médical bidon pour le père de Nazia, afin de permettre à Sara de réaliser son rêve de gamine. Si elle apprenait la vérité, que se passerait-il ?

– Et le pire, continua Sara, c'est que, quand Nazia a été frappée d'une saleté de maladie, mon père s'est fait prier pour la soigner. Le père de Nazia a dû venir supplier le mien pour qu'il la soigne. Il ne voulait pas.

Sara tremblait d'indignation.

– Et à propos du père de Nazia, il paraît que… non, rien. Rien, mais il faut être prudent…

Jef ne disait rien. Quelque chose lui échappait dans cette histoire. Cela l'éloignait de ce qui l'avait amené au Pakistan, cette amitié suspendue entre Shaheen et Marc. Mais son instinct lui soufflait que Firaq y tenait un rôle. Qu'il ne saisissait pas.

– Vous ne savez pas ce que mon père a traversé. Il est ce qu'il est, il m'a fallu longtemps pour l'accepter, avec ses faiblesses.

– Vous avez de la chance, je n'accepte toujours pas les choix du mien. Et c'est sans doute en partie pour ça que je suis ici.

Sara le regarda un instant avec ce qui semblait être de l'intérêt, mais ça ne dura pas.

– Vous paraissez très proche de Shaheen.

– C'est un combattant. Un pur. Un vrai Pakistanais. Vous savez ce que veut dire Pakistan ? Le pays des purs. Shaheen est un pur. C'est lui, l'âme de ce pays, pas tous ceux qui l'ont trahi.

– Votre père n'a pas trahi.

– Arrêtez de me parler de mon père.

– Le mien a trahi.

– Je me fous de votre père.

– Vous êtes dure.

– Vous me l'avez déjà dit.

– Parlez-moi de Shaheen.

Sara s'assombrit. Elle prit un autre livre, prit le temps de le feuilleter.

– J'ignore tout des recherches qu'a effectuées Shaheen. Mais j'ai vu comment il a changé au fil des ans. Il est devenu méconnaissable, squelettique. Je l'avais connu plein de colère, à dénoncer les abus de ses supérieurs, mais l'électricité qui semblait animer son corps et son âme l'ont quitté. Je l'ai vu se mettre à fumer, se recroqueviller en état de prostration nerveuse. Lui, qui ne supportait pas l'odeur du tabac et s'apitoyait sur les collègues qui se précipitaient à la passerelle pour fumer une cigarette dès que le sous-marin faisait surface, était devenu un fumeur insatiable. Il ne voyait plus de sens à sa vie. Pour lui, le Pakistan était devenu le pays des impurs, et ça le minait.

– J'ai parlé avec son ami hier soir, Marc Dacian, le technicien qui l'avait accueilli chez lui à Cherbourg.

– Celui que vous préférez à votre père ? Bizarre, n'est-ce pas ? Ça nous fait quelque chose en commun.

– Je me fous de ce qu'on a en commun.

Du coin de l'œil, il perçut un sourire de Sara, toujours plongée en apparence dans le livre.

– Marc m'a dit que Shaheen lui avait parlé d'engagements que la France n'avait pas tenus. Mais il ne lui a jamais dit quoi. Soit pour protéger Marc, soit parce qu'il avait trop honte de je ne sais quoi. La honte, c'est le mot que Marc a utilisé en tout cas. Ça pourrait être des engagements financiers. Quand Jacques Chirac est arrivé au pouvoir en 1995, il a mis fin au paiement des commissions qui avait été mis en place par le gouvernement de son rival, Balladur, qui était de son camp politique mais l'avait trahi en se présentant contre lui aux élections présidentielles. D'après ce que les enquêtes en France ont montré, mon pays a précipité la signature de ces contrats avec le Pakistan afin de récupérer au plus vite des rétrocommissions et financer leur campagne électorale pour les présidentielles de 95. En vain, puisqu'ils les ont perdues, mais c'est la situation. Des intermédiaires avaient été choisis à condition qu'ils reversent une partie de leurs commissions aux Français, les fameuses rétrocommissions. Quand Chirac a mis fin à tout ça, après sa victoire, des intermédiaires ont sans doute perdu de l'argent, et des Pakistanais aussi, car apparemment – et c'est ce qui avait fait tant de mal à Shaheen – beaucoup de Pakistanais étaient arrosés de bakchichs par la DCN dans le cadre de ces contrats de sous-marins.

– Ou bien ?

– Un autre type d'engagement, et dans ce cas je ne vois pas quoi.

– Réfléchissez. L'argent d'un côté, et de l'autre ?

– Les sous-marins. Mais ils ont été livrés.

– Mais l'ont-ils été comme ils devaient l'être ?

– Il aurait manqué des éléments ? Et on tuerait pour ça ?

Elle le regarda l'espace d'un instant, l'œil noir.

– Vous savez où vous êtes ? À Karachi. Ka-ra-chi. Vous vouliez découvrir la poésie ourdoue, n'est-ce pas ?

– Oui, enfin, c'est une façon de…

– Écoutez celle-ci, de notre grande poétesse Parveen Shakir, qui a si bien chanté le drame de ma ville que j'aime contre tout entendement…

Reflet calciné
De la fleur mouillée de rosée
La ville de nos rêves brûlée
Soit que les mains ne purent se lever en prière
Soit qu'elle ne fut pas écoutée
Toute maison pillée et saccagée
De fond en comble elle était brûlée.

– C'est beau.
– Non, c'est Karachi.
Sara regarda autour d'elle.
– Cela fait trop longtemps que nous sommes là maintenant.
La nervosité pointait dans sa voix.
– Vous pensez vraiment pouvoir publier quelque chose si vous obtenez des preuves ?
– Si je peux voir Shaheen. C'est lui la clef.
Elle plongea la main dans son sac, en sortit un petit livre vert qu'elle lui tendit. Il s'agissait d'une anthologie de poésie ourdoue en français.
– J'ai le même. Je vous enverrai un message comportant des vers, et uniquement des vers. Vous retrouvez le poème – ils sont numérotés –, son numéro indiquera le jour de notre rencontre, et la page vous donnera le nombre de minutes à ajouter à ce qui est devenu notre heure de rendez-vous ces deux derniers jours. Le lieu sera le Urdu Bazar. Et c'est toujours moi qui vous trouverai.
Elle le salua de la tête, partit, fit demi-tour après deux mètres.
– À propos, vous aimez le cricket ?
– Non.

– Tant mieux. Nous allons devoir rencontrer Nazia. Elle se méfie, ou c'est peut-être moi qui me fais des idées, mais on ne peut pas se le permettre.

– Vous méfier ? C'est votre amie, non ?

– C'est plus compliqué, peut-être que je vous expliquerai un jour. Pour l'instant, on va devoir assister demain soir à un match. Posez des questions idiotes, ne faites pas de réflexion sur mes grands yeux, et tout se passera bien.

20

Karachi.
3 mai 2022. L'heure de la page 42.

– J'ai encore reçu la visite de ton père. Deux fois en quelques jours, après des années de silence.

– Alors il est bien en mission commandée. Il t'emmerde ?

– Il le fait parce qu'on lui demande de me convaincre d'être raisonnable. Il sait très bien qu'il ne me fera pas plier. Je crois qu'il s'inquiète pour toi.

– Il s'inquiète pour sa réputation et sa position avant tout.

– Ton journal te suit toujours ?

– Tant qu'ils ne connaissent pas la teneur exacte de mon travail et que cela ne les met pas en opposition frontale à la DCN, j'imagine que oui.

– Ça veut dire qu'ils peuvent te le refuser ?

– Je pars du principe que si je leur ramène un bon sujet, même si ce n'est pas ce que j'avais promis, ils le prendront. Dans le cas contraire, j'irai le proposer ailleurs.

Jef admirait le coucher de soleil sur le carrefour de Teen Talwar, dans un voile de pollution et de fumées étouffantes et écœurantes. Il n'essayait plus de lutter. Des milans tournoyaient au-dessus du monument, se détachant régulièrement sur des nuages rosâtres.

Il revenait régulièrement sur l'écran naviguer entre les applications pour voir si un message de Sara arrivait. Rien.

À l'autre bout, par messagerie en principe cryptée, Marc Dacian partageait la vue par la caméra du téléphone de Jef.

– C'est bizarre de voir ça. Avec toi sur place, j'ai un peu l'impression d'y être, de ressentir des choses, et pourtant j'ai vraiment pas envie, je t'assure.

– Tu n'as jamais pensé à revenir ici ?

– À Karachi ? Cette ville qui a voulu ma mort ?

Au ton de sa voix, Jef comprit que Marc avait mal pris sa question. Mais il devait la poser. Pour son papier, il devait. Marc ne se donna pas la peine de répondre. Mais Jef devait aussi poser la suivante, qui serait plus dérangeante encore. Il attendit quelques instants puis se lança.

– Même pour Shaheen ?

Cette fois-ci, le silence de Marc était d'une autre nature. Il pouvait interpréter la question comme un reproche, l'abandon de celui qu'il présentait comme un ami. Une question qui donnait mauvaise conscience, une question qui jugeait. Marc encaissait. Jef avait mis le doigt là où ça faisait mal. Il attendait. Laissait venir. Marc puisait au fond de lui. N'aimait pas ça. Ça remuait beaucoup de choses. Jef le connaissait assez, le respectait assez, pour imaginer son dilemme. Mais il voulait entendre ses mots. S'ils venaient.

– Pour Shaheen… Quand je pense à lui, je me dis : qu'est-ce que je pourrais faire pour lui si j'étais là ? Je connais son obsession. Que les auteurs de l'attentat soient connus, arrêtés, jugés. Moi aussi je voudrais, je t'assure. En France, on a pu faire avancer les choses, avec un nouveau juge tenace, avec une justice lente, imparfaite, mais qui parfois connaît quelques éphémères victoires. Malgré ça, des dossiers restent secrets, des fonctionnaires sont protégés, des politiques exonérés. Alors dans un pays comme le Pakistan ? Qu'est-ce que j'apporterais à Shaheen ? Aucune solution, rien qui puisse apaiser son amertume, sa honte. Pire, est-ce que je ne le mettrais pas en danger en venant le voir ?

L'idée n'avait pas effleuré Jef. Mais, par sa réflexion, Marc le renvoyait face à sa propre démarche. À force de vouloir rencontrer Shaheen, n'allait-il pas le mettre en danger ? Juste pour un article ? Pour lancer sa réputation de grand reporter ? Il serait toujours temps d'y penser plus tard. Pour l'instant, le temps pressait.

– La France qui ne respecte pas ses engagements, ça t'inspire quoi ?

– Les engagements ? Quels engagements ? Moi, ce qui me paraît important, c'est de partir du 11 septembre. Après le 11 septembre, les Américains ne s'intéressent pas seulement aux terroristes, mais aussi au financement du terrorisme international. Et les Américains avaient dans le passé eu un contact avec les Pakistanais pour la livraison d'avions F-16. Eh bien les Américains avaient suspendu ce contrat, pour sanctionner le programme nucléaire pakistanais, mais aussi parce qu'il y avait des histoires de corruption, évidemment. Une partie de l'argent allait financer certains militaires pakistanais, comme pour notre contrat Agosta, ça finançait l'ISI, le bureau des affaires afghanes des services secrets pakistanais, ces types qui à leur tour finançaient les talibans pour aller emmerder les Indiens.

– La version qu'on retrouve dans ce rapport Nautilus d'un ancien agent secret français, qui a été découvert par hasard au cours d'une perquisition dans les bureaux de la DCN…

– Exactement. Même si ce rapport me paraît assez léger et douteux dans la façon dont il a été établi.

– Le journaliste américain Daniel Pearl, il enquêtait là-dessus. Il a été enlevé, et ce n'est pas une revendication terroriste qui a été présentée, c'est la demande de remboursement de l'acompte payé par le Pakistan à Washington après que les États-Unis avaient suspendu le contrat des F-16. C'était quelques mois seulement avant notre attentat. Les tarés de l'ISI faisaient le tour des impayés parce que leur hiérarchie, sous la pression américaine, leur coupait les vivres, c'est tout. Et quand tu sais que l'un des intermédiaires du contrat Agosta était très proche des services secrets pakistanais...

– Donc pour toi, c'est une histoire d'argent, de vengeance à cause de commissions impayées.

– Tu as lu les mêmes livres que moi, les Cazeneuve, les Lhomme et Arfi ou celui des filles de deux des tués. Ils racontent la même histoire.

Un signal de SMS. Sara. Jef l'ouvrit.

– Il faut que je te laisse.

Il se plongea dans le petit livre vert. Sara allait parvenir à lui faire découvrir la poésie ourdoue malgré lui. Il était arrivé au Pakistan avec l'image de femmes soumises à un ordre islamiste et patriarcal implacable, et il découvrait une femme d'une trempe qui l'impressionnait. Sans emphase, Sara faisait preuve d'un courage qui n'était sûrement pas sans risque dans ce pays.

Le ciel et la terre peuvent-ils suffire à Ta grandeur?
Pour T'accueillir il n'y a que l'univers de mon cœur.

Il ne fallut pas longtemps à Jef pour trouver les premiers vers du quatrième poème de l'anthologie. Khwaja Mir Dard, un poète soufi du XVIIIe siècle. Page 42. On était le 3 mai. Le rendez-vous aurait lieu le lendemain à 11 h 42. Il relut les vers. Il ne voyait que le mot cœur. *Pour T'accueillir il n'y a que l'univers de mon cœur.* Sara lui faisait-elle passer un double message ? Avec un second plus personnel ? Calme-toi. Il reprit le livre. Du même poème, elle aurait pu choisir...

Mon Dieu, quelle est cette magie : ici est mon esprit,
j'ai beau courir à cent lieues je n'en suis pas dépris.

Il n'y aurait eu aucune ambiguïté. Et le rendez-vous aurait été tout aussi clair. Ou encore...

Ingrat, de ta mémoire ne chasse jamais Dieu,
oublie plutôt de penser à toi, si tu dois être oublieux.

Jef aurait même pu y trouver matière à réflexion, en plus de l'heure du rendez-vous. Mais le choix de Sara devait être à double détente, Jef en était sûr. Derrière sa dureté apparente, ses grands yeux continuaient de l'aimanter.

Sa nuit fut mouvementée. Il réalisait qu'à force de suivre la trace de Shaheen, il en avait oublié de s'intéresser à Sara. Parce qu'elle le maintenait à distance? Sans doute. Par ignorance. Comment approchait-on une officier de la marine pakistanaise dans une ville comme Karachi? Dans une ville où, il avait pu s'en rendre compte en quelques jours, il n'avait vu aucun couple se tenir par la main.

Il essaya de ne plus penser à Sara pour se concentrer sur son article. Des images de cricket lui venaient en tête, il ne comprenait rien à cette histoire, à Nazia, à rien.

Il se réveilla tôt, fatigué, chaleur, appel du muezzin, pollution, corbeaux, humidité, klaxons déjà. Il se fit chauffer une tasse de thé, descendit au rez-de-chaussée de la guesthouse. Il donna quelques roupies au gardien pour qu'il aille lui acheter une galette et les journaux en anglais. À son retour, il s'accroupit au pied de la maison, à côté du gardien avachi sur la chaise, qui le regardait avec un air circonspect. Jef rêvassait au rythme de la circulation en buvant son thé. Cela ne faisait que quelques jours qu'il était arrivé, mais il avait suffisamment observé les alentours, les gardiens postés comme le sien devant les maisons proches, pour remarquer des attitudes moins nonchalantes que celle des gardes habituels. Le corbeau avait laissé des sbires. Dans un pays comme celui-ci, cela n'étonnait pas vraiment Jef. La question était: pourquoi? Il en était là de ses réflexions, à se demander comment rejoindre son rendez-vous sans être suivi, lorsqu'une fourgonnette vint se garer devant l'entrée de la guesthouse. Il reconnut Gulzar. Le contrebandier de Mubarak village lui fit un signe. Il y avait une autre porte de l'autre côté, par le jardin. Son gardien n'avait pu voir le geste de Gulzar. La fourgonnette disparut. Jef resta un moment à siroter son thé, comme si rien ne s'était passé, à échanger quelques mots avec le gardien qui ne parlait pas anglais, à essayer de ne pas regarder celui ou ceux qui le surveillaient sans doute. Il fit un signe au gardien, il remontait écrire. Le gars s'en foutait bien sûr. Le geste était destiné à ses surveillants. Cinq minutes plus tard, Jef redescendait avec ses affaires et s'éclipsa par la porte de derrière. Il avait laissé la télé de sa chambre allumée. Gulzar l'attendait derrière le jardin de la guesthouse. Il le déposa sans encombre à Urdu Bazar. Il était 11 h 33. Jef attendit un moment dans la fourgonnette. Gulzar était silencieux. Tendu comme lui. Les deux hommes observaient les passants, nombreux à cette heure. Les conducteurs de rickshaws, les petits vendeurs, les commerçants, les acheteurs. Qui, parmi les centaines de personnes qui se croisaient à ce carrefour, pouvait être celui qui aussitôt verrait en lui l'élément étranger, celui digne d'attention? 11 h 39. Jef fit un signe à Gulzar, qui tenta un sourire, descendit, et se fondit dans un groupe d'étudiants qui s'engouffra dans l'une des allées couvertes. À l'intérieur du Urdu Bazar, entouré de ces montagnes de livres, il se sentit autant soulagé qu'enfermé. Il se souvint alors que c'était en allant à un tel rendez-vous avec un mystérieux contact que le journaliste américain Daniel Pearl, ici même à Karachi, quelques semaines avant l'attentat contre les hommes de la DCN, avait été enlevé, avant d'être décapité. Alors qu'aucune menace apparente ne se manifestait, Jef eut peur. Une peur inexplicable. Il se mit à regarder tous les Pakistanais qui le frôlaient comme des preneurs d'otage en puissance. Il serra son sac et pénétra dans la première boutique qui lui sembla offrir un recoin un peu éloigné de l'allée. Il prit un livre au hasard, l'ouvrit et fit semblant de s'en passionner, relevant régulièrement les yeux pour voir les hommes qui passaient. Est-ce qu'on le regardait, et celui-ci qui ralentissait, et cet autre qui faisait mine de contourner l'étal, qui hésitait, qui lui jetait un œil, il n'était pas barbu, mais son œil était vicelard, il repartait, il allait prévenir un autre, ou une équipe. Est-ce qu'il devait partir, ou rester, pourrait-il défoncer le mur de livres pour fuir ? Son cœur battait la chamade. Il vit une nouvelle tête se glisser par-dessus l'étal. Une seconde. Sara. D'un coup d'œil, elle vit le livre.

– Vous pourriez au moins le tenir à l'endroit, vous auriez l'air moins bête.

D'un mouvement, du menton, elle lui fit un signe. Il reposa le livre comme s'il le brûlait, la suivit, sans hésiter, sans oser regarder quiconque. Pressant le pas pour ne pas perdre cette fichue nana, la collant à cinq mètres de distance. Ils tournèrent un moment, ressortirent dans la rue, entrèrent par un autre passage, dessinant leur propre labyrinthe. Il aperçut Gulzar en train de feuilleter un livre. Le contrebandier s'assurait qu'ils n'étaient pas suivis. Sara écarta bientôt un tissu suspendu à l'entrée d'une échoppe. Jef voyait des piles de livres sur l'étal donnant sur l'allée et derrière lui des monceaux d'ouvrages. Il poussa à son tour le tissu. Un passage dans le mur de livres menait vers une autre pièce plus petite encore dont tous les murs étaient constitués de livres. Assis sur une pile de manuels scolaires enveloppés de plastique, un homme attendait.

– Je suis le capitaine Shaheen Ghazal, lui dit l'homme d'une voix lente, sans quitter Jef des yeux. Si vous vous asseyez sur ce tas de livres en face de moi, sachez que votre vie sera en danger. Vous avez trois secondes pour vous décider.

21

Karachi
4 mai 2022. L'heure de Shaheen.

– À mon retour de Cherbourg au printemps 2002, j'ai été rattaché au projet Agosta 90B. Mon bureau se trouvait près de l'aile occupée par l'équipe DCN, au-dessus du hangar du projet sous-marin. J'étais constamment en contact avec mes homologues français, avec M. Dacian notamment. J'avais toujours travaillé en bonne intelligence avec eux, apprécié leur sérieux lors d'un stage à Toulon dans la marine ou à Cherbourg en formation. J'admirais leur compétence et leur sens du devoir. Mais leur arrivée à Karachi s'est passée dans une autre ambiance. Je crois qu'eux-mêmes en étaient inconscients. Leurs questions touchaient certes à la sécurité après les attentats du 11 septembre, aux transports en bus entre leurs hôtels et le chantier naval qu'ils voyaient comme la principale source d'inquiétude, et malheureusement l'avenir leur donnerait raison. Mais ils ignoraient tout de ce qui se tramait dans leur dos. Toute cette toile de suspicion qui se tissait, ces bavardages sournois, ces énervements, ces aigreurs qui s'accumulaient à cause de ces engagements non tenus. Pour moi, qui tenait Marc Dacian en si haute estime, lui qui m'avait offert son amitié, qui m'avait ouvert sa maison, c'était un déchirement. Devais-je le prévenir, ou rester loyal à mon corps ? Jusqu'à ce jour, je suis paralysé par cette question.

Le capitaine Shaheen Ghazali était un homme raide. Au physique, on ne pouvait que le deviner, car tout son être semblait vouloir pénétrer en lui-même, comme si ses épaules voulaient se coller et se fondre dans sa poitrine, comme si son menton voulait les rejoindre. Ses genoux ne se décollaient jamais et ses mains ne les quittaient pas, main gauche sur genou droit, main droite sur genou gauche, comme s'il craignait qu'en les laissant s'écarter, ce qui lui restait d'âme ou de volonté ne s'échappe. Jef avait pensé que le médecin et père de Sara, Firaq Zafar, avait une peau fragile, mais celle du capitaine Ghazali était parcheminée, comme au seuil de la mort. L'image du mort-vivant que lui avait envoyée Sara, main tendue pour lui dire *va te faire foutre*, lui traversa un instant l'esprit. Shaheen était un mort-vivant. À la différence d'un Firaq qui avait sans doute été frêle toute sa vie, l'effet contraire émanait de Shaheen. Celle d'un homme qui avait été fort, épanoui, rayonnant même, cela se sentait, et que le ressac de la vie avait érodé à un point qui donnait envie de reculer d'un pas pour échapper à la contamination par une sorte de malédiction.

Sur le plan intérieur, la raideur paraissait plus définitive encore. Si Firaq ne souriait pas, Shaheen donnait l'impression de sourire moins encore, même si c'était impossible.

Jef s'en voulut dans l'instant d'avoir demandé à Marc si son amitié avec Shaheen ne valait pas un retour à Karachi, quelle qu'en soit la difficulté. Shaheen était au-delà de toute atteinte, même de la part de son ami français. Marc Dacian ne reviendrait que plus touché et amoindri d'une telle rencontre. Maintenant, après tant d'hésitation, le capitaine Shaheen Ghazali se tenait face à lui, à quelques dizaines de centimètres de son visage, dans cet espace clos et étouffé par des montagnes de livres. De cet être sec et vide, les yeux pour la première fois se mouillaient pourtant à l'évocation de ce dilemme. Ghazali était un homme d'honneur, et la remise en cause de cet honneur l'ébranlait à un point tel qu'il lui redonnait un bref instant les couleurs de la vie.

– Un jour, le contre-amiral en charge du projet Agosta au sein de l'état-major de la marine est descendu spécialement d'Islamabad et nous a réunis pour nous briefer, les officiers impliqués, sur l'état des relations avec la DCN. Il a évoqué les difficultés à obtenir des Frenchies, c'est comme ça qu'il les appelait, le respect des termes du contrat concernant le transfert de technologie.

Shaheen se redressa un instant, et l'effort lui coûta, à voir sa grimace, à moins que ce ne fût le fait de revivre la scène.

– Ce fut l'un des moments les plus durs de ma carrière. Car derrière les paroles de mon supérieur, je voyais les attaques qui pointaient Dacian et les autres Français. Et eux n'étaient pour rien dans tout ça, j'en étais sûr. Eux n'étaient que des techniciens dévoués et fiers de donner le meilleur d'eux-mêmes. Et j'étais certain que si des rétentions de transfert de technologie se faisaient, c'était à leur insu.

– Vous leur en avez parlé ?

Shaheen fit comme s'il n'avait pas entendu la question, ou peut-être ne voulait-il pas perdre le fil de son récit.

– À côté de moi, il y avait Abdul Sattar, un de ces officiers de rang mineur qui, je le savais, effectuait de basses œuvres pour le compte d'un officier supérieur avant de songer à servir son pays. Comme cela se pratique beaucoup ici. Vous appelez ça clientélisme en France. Demandez au docteur Zafar de vous en parler. Ou plutôt ne lui demandez pas. Cet Abdul Sattar n'avait aucune morale et il est à l'origine de tous les problèmes qu'a eus le docteur Zafar par la suite. On était ensemble à Cherbourg. Marc Dacian l'a même reçu chez lui. Un coup nationaliste, un coup religieux : un caméléon âpre au gain. Je sais que Sattar renseignait Pervez Mansur, l'officier de la Naval Intelligence, capitaine à l'époque, colonel aujourd'hui. Abdul Sattar paraissait touché par ce discours, même s'il n'en pensait rien. Dans sa tête mesquine, il réfléchissait à la façon de servir ses intérêts et ceux de ses protecteurs qui lui avaient permis de s'enrichir en partant à Cherbourg. Moi-même, je pouvais comprendre les arguments avancés par le contre-amiral.

Ce dernier avait donc appelé les officiers à être vigilants, car selon lui la DCN ne fournissait pas tous les plans. Il avait parlé de l'importance de ces sous-marins pour la défense du pays.

– Après tout, nous sommes en conflit permanent avec l'Inde, qui était un allié de l'URSS. Pendant la guerre de 1971, c'est un sous-marin français, un Daphné, qui nous avait permis d'arracher la seule victoire sur l'Inde, quand nous avions coulé un de leurs navires.

Le contre-amiral ne cachait pas sa colère. Le Pakistan avait fait confiance aux Français en leur achetant à nouveau ces trois sous-marins, mais la DCN en avait vendu aussi à l'Inde, d'un autre type. C'était vécu comme une trahison.

– Et, par-dessus ça, les Français ne livraient pas toute la technologie promise. Cela nous mettait en danger de mort face à l'Inde, mais les Français semblaient insensibles à cela.

– Qu'est-ce que les Français ne livraient pas, selon vous ?

– Selon le contre-amiral. Moi, je n'ai jamais vu les contrats signés entre la DCN et la marine pakistanaise. C'est un peu technique. Nos sous-marins, pour avoir un avantage décisif par rapport aux Indiens, devaient pouvoir rester dans les grands fonds très longtemps au large de la côte indienne et avoir non seulement la capacité de frappe mer-mer, mais également mer-terre. Pour que les Agosta 90B soient capables de frappes mer-terre, il fallait réaliser des modifications. Il fallait donc absolument maîtriser la technologie de la découpe de la coque utilisée pour l'insertion du module anaérobique.

– Et le découpage d'une coque serait un transfert de technologie d'une valeur tellement sensible ?

– Vous posez cette question parce que vous n'y connaissez rien. Ce module pouvait être inséré en découpant la coque du sous-marin, mais seulement une fois sa construction achevée. C'est un système de propulsion qui pouvait permettre de fonctionner longtemps sans utiliser d'air extérieur. Pour un sous-marin non nucléaire comme notre Agosta, ça devait être une amélioration notable de leur autonomie en plongée. Il fallait qu'elle se fasse avec notre participation entière. Le contre-amiral insistait. Nous devions maîtriser cette technique pour éventuellement faire des modifications sur la coque afin d'augmenter l'autonomie en plongée, voire changer le mode de propulsion. C'est là où nous pourrions obtenir un avantage sur les sous-marins indiens. Mais le contre-amiral disait que les Frenchies, qui avaient été prêts à tout nous accorder au moment de la finalisation du contrat, chicanaient à présent sur tout. Comme s'ils regrettaient d'être allés trop loin dans leurs promesses de transfert de technologie. Le contrat, apparemment, était très flou sur des tas de clauses concernant ces transferts de technologie, sans qu'une ligne rouge claire n'ait été tracée sur ce qu'on pouvait vraiment espérer obtenir ou pas. C'était le plus grand crime des Français, bien plus que ces rétrocommissions.

– Quoi alors ? D'après vous, les Français auraient promis tout et n'importe quoi pour signer et récupérer le plus vite possible les rétrocommissions pour financer la campagne électorale de Balladur ?

– Les affaires françaises ne m'intéressent pas, je n'y connais rien, je n'y étais pas. On m'a parlé des livres qui ont été écrits à ces sujets dans votre pays, je n'ai pas de raison de douter de ce qu'ils exposent. Je ne peux vous parler que de ce que j'ai vu et entendu ici à Karachi. Cela faisait des années que nous allions à Cherbourg pour nous former, et les techniciens français ne mégotaient pas, ils nous aidaient, ils étaient fiers.

– Admettons. Les Pakistanais râlent. Quel est le lien entre les sous-marins sous-équipés et les services secrets pakistanais ?

– Vous ne m'écoutez pas ! Vous n'avez pas encore compris que, dans ce pays, l'armée est aux commandes, et que ceux qui tirent les ficelles de l'armée, ce sont les différents services de renseignements, et qu'au sommet de tout ça il y a l'ISI ?! J'ai entendu ça de l'Algérie ou de l'Égypte : ce ne sont pas des pays qui ont une armée, mais des armées qui ont un pays. Les partis politiques sont là pour le décorum. Des sous-marins qui ne permettent pas de prendre le dessus sur l'ennemi juré, à quoi bon ? Le Pakistan n'est pas en conflit avec l'Inde pour faire semblant. C'est une guerre sérieuse !

– Une guerre sérieuse…

– Oui, une guerre sérieuse. Imaginez les relations entre la France et l'Allemagne après votre guerre de 1870, ou l'inverse pour les Allemands après 1918. C'est chez vous, pendant mon stage à Toulon, que j'ai appris ça ! Ce sont des générations de Pakistanais et d'Indiens élevés dans la haine de l'autre. Les Français ont cru qu'il s'agissait seulement de vendre quelques sous-marins aux uns et aux autres pour financer leur minable élection ! Quel aveuglement !

– Et les Pakistanais auraient tué des techniciens français seuls capables de leur apporter le transfert de technologie qu'ils réclamaient ? Ça n'a pas de sens !

– Vous connaissez le poète Kalim Aajiz ? “*Aucune éclaboussure sur les habits, ni tache sur le poignard. Assassinez-vous ou faites-vous des miracles ?*” Bien sûr que ça n'a pas de sens. Mais l'état-major de la marine était aux abois. Le gouvernement lui avait accordé un budget énorme pour ces sous-marins, et les Français ne tenaient pas leurs promesses. La marine a tenté de faire pression sur la DCN, mais les Français ne les prenaient pas au sérieux. Ils croyaient à un bluff des Pakistanais, qu'ils finiraient par s'aligner sur les positions françaises. Quelqu'un a décidé qu'il fallait montrer à la DCN qu'on était sérieux. Vous connaissez la suite.

– Quitte à tuer des techniciens.

– Il y en avait d'autres. Il y en a eu d'autres.

– Vous disiez, au début de cet entretien, que vous aviez été confronté à un dilemme, prévenir Marc ou rester loyal à votre contre-amiral. Quel a été votre choix ?

– Qui vous a dit que j'ai fait un choix ?

Shaheen et Jef s'affrontèrent du regard. Car c'était cela. La clef de la relation entre Shaheen et Marc. La clef peut-être de son article. Une clef, pas la clef, mais une clef de toute cette affaire.

Shaheen luttait. Vingt ans après, il luttait toujours. Jef en eut la certitude en cet instant. Il n'avait pas tranché.

– Que s'est-il passé après le discours de votre contre-amiral ?

Le capitaine Ghazali regardait ses mains. Longuement. Jef comprit plus tard que c'est là que le sentiment de honte fut sans doute le plus fort.

– Des hommes des services de renseignements se sont mêlés à nous. De la Naval Intelligence. Il y avait aussi des gens de l'ISI, qui chapeaute tous les services de renseignements au Pakistan.

– L'homme aux yeux de corbeau de Sara…

– Il y a eu beaucoup de corbeaux après le discours du contre-amiral.

– Que faisaient-ils ?

– Ils fouillaient, bien sûr. Dans les bureaux de la DCN, chaque soir après le départ des techniciens français. Ils se jetaient dessus, comme un vol de criquets, avec leurs trousseaux d'outils pour ouvrir les tiroirs et les armoires si nécessaire, avec l'aide d'officiers de chez nous comme Abdul Sattar. Tout ce qui pouvait avoir trait à cette histoire de découpe de la coque. Ils cherchaient des documents, des plans, des esquisses sur les tableaux, n'importe quoi. L'état d'esprit était, je vous l'ai dit, les Français nous cachent des choses, on va les trouver, qu'ils le veuillent ou non. La pression sur la marine était énorme, et l'ampleur de l'attentat est à la hauteur des espoirs déçus de l'état-major.

– Qu'avez-vous comme preuves pour soutenir ce que vous dites ?

– Des preuves ? Mon témoignage ne vous suffit pas ?

– Je crains que ce ne soit pas assez.

Shaheen le fixa. Jef eut la certitude que le Pakistanais le sondait. Il ne s'énervait pas de l'insuffisance de son témoignage, comme s'il s'attendait à la réponse de Jef.

– Vous avez d'autres éléments, mais vous hésitez à les partager, c'est ça ?

Pour la première fois, le capitaine sourit.

– Finalement, vous arrivez à me surprendre. Vous parlez de preuves, monsieur Kerral. Si ça se trouve, j'ai peut-être de telles preuves.

Il reprenait son air triste.

– Mais à quoi bon ? Pour en faire quoi ? Que pourriez-vous bien en faire ?

– Laissez-moi en juger.

Shaheen balaya l'air de sa main.

– Vous me disiez que ma vie serait en danger si je m'asseyais là, pourquoi ?

– Et vous vous êtes assis sans réfléchir.

– Je sais pourquoi je suis venu au Pakistan. Le sens de ma venue repose sur cette rencontre avec vous. Vous dites à Sara aussi qu'elle risque sa vie à chaque fois qu'elle vient vous voir ?

– Sara, c'est différent.

– Pourquoi ?

– Parce qu'elle est pakistanaise.

– Et qu'une vie pakistanaise vaut moins qu'une vie française ? Elle a raison finalement, vous souffrez tous d'un complexe d'infériorité.

– Vous êtes encore jeune, monsieur Kerral. C'est différent parce que Sara a grandi dans un pays où personne ne fait semblant de vous faire croire que votre situation peut s'améliorer. Je sais que vous, Occidentaux, vous appelez ça fatalisme. Nous, ici, nous appelons ça lucidité.

– Mais vous n'en avez pas parlé à Marc, n'est-ce pas ?

– Vous voulez la vérité ? Je n'ai pas osé. Vous êtes content ? Je n'ai pas osé ! Je n'aurais jamais imaginé que des éléments de mes propres services de renseignements organisent cet attentat. Et je ne voulais pas lui parler de cette suspicion contre les Français, car Marc aurait été malheureux, mais il n'aurait rien pu y faire. Je n'aurais fait que le mettre dans une situation embarrassante.

– Et il a failli y perdre la vie… Vous vous sentez responsable ?

Les yeux de Shaheen restaient fixés au sol.

– Je pense que cet entretien est terminé.

22

Karachi.
4 mai 2022. L'heure des retrouvailles.

– Non, attendez !

Le capitaine Shaheen Ghazali se retourna. Il allait rejoindre la partie publique de l'échoppe qui donnait sur l'allée dans les entrailles du bazar et disparaître. Jef ne le reverrait peut-être jamais.

– Je ne suis pas venu seulement pour avoir des informations. Ce n'est pas moi qui pourrais révéler la vérité. Pas seul en tout cas. Mais Marc Dacian…

– Vous pensez que lui pourra le faire ? J'ai un énorme respect pour lui, et peut-être vous racontera-t-il un jour ce qu'il a fait pour moi. Mais en France, c'est fini, verrouillé, vous n'irez jamais plus loin dans l'enquête. Votre maire de Cherbourg, qui s'est tant engagé pour les victimes… quand il a été Premier ministre, il n'a jamais été capable de débloquer les documents de la DCN ou des services de renseignements. Ou il n'a pas voulu.

– Ce n'est pas ce que je voulais dire. Mais Marc, vous ne pensez pas que vous lui devez au moins une conversation face à face sur ce sujet. Vingt ans après ? Vous ne vous sentez pas capable d'oser, comme vous le dites ? Il ne lui viendrait pas à l'idée de vous juger pour vos choix. Ou vos non-choix.

Shaheen avait l'air troublé. Il n'avait pas imaginé se confronter à son ami français.

– Laissez-moi l'appeler. Maintenant.

Jef montrait son téléphone.

Shaheen ne disait rien.

Sara passa la tête par l'ouverture pratiquée au milieu des piles de livres dans le mur du fond de l'échoppe.

– Vous avez fini ? Gulzar a repéré dans les travées des gens qui n'ont pas la tête d'amateurs de poésie…

– Bientôt.

Sara se retira. Elle devait attendre de l'autre côté. Shaheen ne partait pas. Il hésitait.

– Laissez-moi l'appeler. Quelques minutes.

Sans un mot, Shaheen revint s'asseoir sur le monticule de manuels scolaires.

Jef n'avait pas prévenu Marc. Comment prendrait-il son initiative ? Vu son état nerveux, souvent taiseux, il pourrait aussi bien l'envoyer balader, même si ça venait de Jef.

Il appela. Marc était assis comme d'habitude, dans le salon à Cherbourg, tourné vers la baie vitrée.

– Marc, j'ai très peu de temps. J'ai enfin pu rencontrer Shaheen.

– Comment va-t-il ?

Jef garda le silence un instant. Quitte ou double.

– Où es-tu ? Tous ces livres que je vois derrière toi…

– Tu reconnais ?

– Urdu Bazar. C'est là que j'avais rencontré Shaheen. Il s'y sentait bien. Il y avait tout un réseau de vendeurs de livres, de romans, de poésie, ils incarnaient un peu une forme de résistance aux mollahs et aux militaires, un espace de liberté, je crois. Mais qu'est-ce que tu fais là ?

– Comme toi, c'est là que je viens de rencontrer Shaheen.

Marc à son tour resta silencieux. Il venait de comprendre. L'émotion commençait à envahir son visage, des mouvements imperceptibles de la bouche, son œil qui s'humidifiait, il prenait sur lui.

– Il est toujours là ?

– Je pensais que vous voudriez vous parler, c'est l'occasion ou jamais. Mais le temps presse.

Marc hocha la tête. Jef tourna le téléphone vers Shaheen.

Les deux hommes restèrent un moment comme embarrassés. Ils ne s'étaient pas vus depuis vingt ans.

Marc fut le premier à reprendre la parole, dans un anglais hésitant, après avoir pris le temps de fouiller dans sa mémoire.

Lumière qui ne brille que dans les palais,
Qui ne réjouit que peu de monde…

Des vers qui avaient dû compter pour lui, ou le contexte dans lequel il les avait entendus et appris. Peut-être se les était-il répétés au fil des ans.

Shaheen continua, avec plus d'assurance.

… Ceux-là mêmes qui ont grandi à l'ombre d'expédients.
Cette constitution,
Cette aube sans lumière,
Je ne l'accepte pas,
Je ne l'accepte point.

Les deux hommes se sourirent, une sorte de sourire, comme Jef ne les avait pas vus sourire auparavant. Il se dit qu'avec cet échange improbable, il tenait là le début de son article. Ou la fin.

– Je vous laisse seuls cinq minutes, et je reviendrai avec quelques questions.

Il laissa le téléphone à Shaheen et retrouva l'échoppe. Le vendeur ne fit pas attention à lui. Faisait-il partie d'un réseau ? En existait-il seulement ? Jef avait le sentiment que la littérature islamique dominait. Un paravent peut-être. Sara se trouvait dans l'allée, adossée à la boutique d'en face, feuilletant un ouvrage. Jef n'aperçut pas Gulzar qui devait être un peu plus loin, à moins qu'il n'arpente les allées couvertes en observant les passants. Sara lui lança un air interrogatif qui, de ses grands yeux, lui fit comprendre qu'ils ne pouvaient plus s'attarder trop longtemps. Jef acquiesça. Il prit un livre, s'appliqua à le feuilleter dans le bon sens en le dressant un instant vers Sara qui leva les yeux au ciel, et c'est en dirigeant son regard amusé vers la droite qu'il aperçut un homme qui détourna rapidement le sien. Il reposa le livre, en prit tranquillement un autre, tous les sens aux aguets. L'homme s'éloignait en téléphonant. Jef posa le livre et rentra dans l'arrière-boutique.

– … mais pendant cette brève cérémonie dans le hangar, j'ai bien vu que la plupart de mes collègues n'étaient pas émus par la mort des techniciens de la DCN. J'entendais les commentaires, qui me faisaient honte. Pour eux, il s'agissait d'un acte de terrorisme banal. Et ces Français n'étaient que des prestataires de services très bien rémunérés aux frais de l'État pakistanais, ce genre d'accident faisait partie des aléas du métier. J'étais outré, mais vu l'atmosphère qui régnait depuis des semaines, il était impossible de protester.

Jef se racla la gorge.

– Désolé de vous interrompre, mais le temps nous est compté. Marc, Shaheen m'a raconté que des hommes des renseignements fouillaient dans vos affaires à votre insu. À cause de ces histoires, d'après lui, de transfert de technologie que les Français ne respectaient pas. Tu en penses quoi ?

Marc et Shaheen s'observaient par écran interposé. Jef ignorait ce que les deux avaient pu se dire, mais il pariait que ça avait dû demeurer sobre. Ils se ressemblaient en ça. Des types entêtés et taiseux.

– Au Dockyard, on voyait bien le matin quand on arrivait que les papiers et les plans ne se trouvaient pas dans l'ordre et dans l'état où on les avaient laissés la veille avant de quitter le bureau. Bordanier, notre chef d'équipe, râlait contre les gars qui faisaient le ménage. Moi, j'avais plutôt l'impression que quelqu'un était venu fouiller. Même dans les armoires fermées à clef. Mais je n'ai aucune preuve.

– D'où venait cette impression ?

– Des regards. Ces têtes nouvelles qui n'étaient clairement pas des techniciens, comme celui que tu appelles le corbeau. Les questions à répétition des officiers pakistanais, surtout sur les spécialistes de la coque et de la charpente. Et puis je dois dire que l'attitude distante de Shaheen avait agi sur moi comme une mise en garde.

– Je n'avais pas le choix, Marc, j'étais pris entre deux…

– Je comprends, Shaheen. Vous étiez un officier, mais vous avez quand même réussi à faire passer votre message. Quand j'en ai parlé à Bordanier, il a haussé les épaules. J'ai insisté pour qu'il fasse remonter ça au gars de la DCN qui s'occupait de la sécurité, mais lui, c'était pire encore, il ne voulait surtout pas faire de vagues avec les Pakistanais. “Ils nous font assez chier comme ça”, voilà ce qu'il disait. Il fallait qu'on la ferme, et qu'on ne dise surtout rien aux officiers pakistanais. Nous, évidemment, ça avait suffi à distiller le doute. La suite…

Le silence s'installa quelques secondes. Ce fut Shaheen qui poursuivit.

– Je venais d'arriver au hangar, le 8 mai. J'aimais arriver tôt, avant les Français, pour m'assurer que tout était en ordre. Je rejoignais mon bureau qui dominait le hall du hangar quand j'ai entendu une explosion, assez lointaine. Évidemment, je ne savais pas que c'était le bus de la DCN qui venait d'exploser. Mais j'ai rapidement compris que quelque chose s'était passé quand j'ai vu plusieurs personnes, certaines en uniforme, d'autres non, se répandre dans les bureaux des Français. Pervez Mansur était l'un de ceux qui dirigeaient la manœuvre. Il m'a ordonné de les assister, et il criait les mêmes ordres à tous les officiers mariniers qu'il croisait, il fallait mettre la main sur tout ce qui pouvait ressembler aux plans de la coque et de la charpente. Je lui ai demandé s'il savait ce qu'était cette explosion. Il m'a répondu, avec un petit sourire, que ce n'était sûrement rien de grave.

Dans le combiné, on entendit un profond soupir.

– Ça fait quelque chose d'entendre ça. C'est dur. Et ce qui est dur aussi, c'est que nous ne nous sommes jamais revus avec Shaheen.

– C'est faux, rectifia le capitaine. Je suis venu vous voir à l'hôpital Jinnah. Mais on ne m'a pas laissé vous parler. Je vous ai vu à travers une vitre.

– Je… je l'ignorais. Si j'avais su…

– Vous êtes resté travailler sur le projet ? demanda Jef.

– Par devoir. Mais sans m'en rendre compte, je perdais pied, ma femme m'en a fait prendre conscience. Les agissements des services secrets de mon pays m'avaient en fait profondément perturbé. J'étais moins concentré, moins motivé, et ça a fini par se remarquer, autant chez moi qu'au Dockyard. On m'a mis au placard, chef d'un quelconque atelier de mécanique. J'étais dégoûté. Nous n'étions que des pions. Les Français ont fini par comprendre le message. Ils ont renvoyé une équipe réduite trois mois après l'attentat, en août, à peine une dizaine de personnes. Ils étaient logés au carré des officiers du PN Dockyard, avec interdiction de sortir.

– Ton père en faisait partie, Jef, coupa Marc.

– Mon père ?! Je ne savais pas.

– Je pense qu'il n'en était pas très fier. Ils avaient reçu des consignes très strictes. Il n'a fait qu'une mission je pense, par loyauté pour la boîte. Mais ta mère lui a interdit d'y retourner.

– J'étais allé les voir pour présenter mes condoléances et prendre des nouvelles des blessés, reprit Shaheen, mais ils semblaient gênés. Ils restaient très formels. Et la collaboration entre les deux équipes s'est réduite au minimum. Toute chaleur avait disparu. L'équipe de la

DCN travaillait visiblement sous contrainte. Je n'ai noué de relation qu'avec un technicien. Il était assez distant, comme les autres. Ils se méfiaient de nous. Je peux le comprendre. Lui en tout cas avait pu me donner des nouvelles de la santé des blessés, de vous, Marc. J'ai su pour vos opérations aux pieds, pour votre œil de verre. Cet homme paraissait sincèrement désolé de ce qui était arrivé. Il semblait bien vous connaître, Marc. Il m'a inspiré confiance. Et jusqu'à aujourd'hui, je me demande si j'ai bien fait…

– Que voulez-vous dire ?

Marc et Jef avaient posé la question presque en même temps.

– Je suppose qu'il y a prescription maintenant, poursuivit Shaheen après un long moment d'hésitation. Quand, après l'attentat, les agents cherchaient des documents relatifs au projet, je savais ce qui les intéressait. Et… j'ai pu cacher certains de ces documents, afin que les agents de la Naval Intelligence ou de l'ISI ne tombent pas dessus. Je considérais que les agissements des services de renseignements de mon pays étaient indignes. Même si je comprenais l'intérêt stratégique pour le Pakistan d'avoir accès à cette technologie, il était impossible pour moi de l'obtenir par ce biais. Question d'honneur. Je ne savais pas si c'était eux derrière l'attentat, mais le simple soupçon m'était insupportable. J'ai fait un choix, dans l'instant, en mon âme et conscience, en me disant que j'ai peut-être trahi mon pays, et jusqu'à aujourd'hui, je me demande si c'était le bon choix.

– Qu'avez-vous fait de ces documents ?

– En août, quand cette équipe de la DCN est revenue, je les ai remis à cet homme qui m'avait inspiré confiance. Je ne sais pas ce qui s'est passé ensuite. Si ce n'est que cette fameuse technologie a fini, des années plus tard, par être appliquée à nos sous-marins.

– Et cet homme de la DCN ?

Shaheen regarda Jef.

– Il porte le même nom de famille que vous, monsieur Kerral.

23

Cherbourg.
4 mai 2022. L'heure des éléments de langage.

La communication avait été interrompue brutalement. La dernière chose que Marc avait entendue, à travers le téléphone de Jef, était une voix féminine, en français et en ourdou, sans doute cette Sara, parler d'un ton anxieux d'un homme aux yeux de corbeau.

Marc ne savait pas quoi faire. Rappeler ? Apparemment quelqu'un les surveillait, là-bas à Karachi, et s'approchait d'eux. Appeler risquait d'attirer l'attention sur Jef. Il en était là de ses réflexions lorsqu'on sonna à l'entrée. Il se leva avec une grimace, mis des gouttes de collyre sur son œil de verre. Les brèves retrouvailles avec Shaheen l'avaient pris de court. Si l'implication de certains éléments des services secrets pakistanais était soupçonnée comme la presse française s'en faisait l'écho depuis des années, le témoignage de Shaheen apportait un éclairage inédit. D'autant que l'enquête n'avait pas été reprise au Pakistan depuis la libération des vrais-faux suspects en 2009, quand la piste Al-Qaida avait définitivement fait long feu. En France non plus d'ailleurs, tout le monde se contentait de ce point mort. Et que fallait-il penser de ces documents que Shaheen avait remis à Claude Kerral ? À Claude !

Le visage d'Alex Poinvot apparaissait sur le petit écran de contrôle. Poinvot. Le bras armé de la direction de la DCN. Poinvot venait d'arriver à l'arsenal au moment de l'attentat en 2002. Il faisait partie de ceux que la DCN recrutait pour tenter de se mettre aux normes après s'être fait tirer les oreilles sur leurs méthodes de comptabilité d'un autre siècle. On pensait en haut lieu que la gestion archaïque d'une telle entreprise publique, influencée par des militaires qui se fichaient de remplir des colonnes de chiffres et de rendre des comptes précis, devait être reprise en main. D'autant que les casseroles pour pots-de-vin et autres bizarreries administratives nécessitaient des gens plus au fait des subtilités juridiques. Poinvot, jeune diplômé sans états d'âme inutiles et sans culture locale, était à même de trancher efficacement en subissant les jurons des militaires et des anciens dans la plus parfaite indifférence. Vingt ans plus tard, il avait tout naturellement gravi les échelons et appartenait au premier cercle dirigeant. Poinvot maîtrisait les éléments de langage compassionnel, mais n'avait jamais fait semblant de s'apitoyer sur le sort des victimes.

Marc lui ouvrit sans le saluer et retourna s'asseoir.

– Bonjour, Dacian, ça fait un moment…

– Un an, non ? Vous passez toujours à quelques jours de la cérémonie de commémoration pour me dire de ne pas y faire d'esclandre. Je vous attendais. Vous êtes même un peu en avance sur les années précédentes.

– Vingt ans, Dacian, même si les élections présidentielles vont étouffer tout ça, vous vous doutez bien que tout le gratin sera là. Ça justifie de s'y prendre un peu plus tôt pour tout bien caler.

– Sur le mode, plus jamais ça, justice, transparence, solidarité, loyauté.

– Loyauté, ça c'est bien, c'est important.

– Je me doutais que ça vous plairait…

– Vous permettez ?

Marc ne voulait pas que Poinvot s'attarde. Il avait la tête à Karachi, à se demander si Jef et Shaheen étaient en difficulté. Rien sur l'écran de son téléphone. Alex Poinvot s'assit sans attendre sa réponse. Il jeta un œil sur les journaux étalés sur la table, sur la pièce sobrement décorée.

– Votre épouse est absente ?

– Chez sa mère dans le Sud-Ouest. Vous devez savoir d'après vos fiches qu'elle ne supporte pas l'hypocrisie de cette période et s'éloigne d'ici.

– Je sais... Bon, écoutez, Dacian, on se connaît, hein, je ne vais pas vous faire perdre votre temps. On s'attend à ce que tout se passe bien dimanche. Vous avez reçu le programme, j'imagine. À 11 h 20, le PDG dépose une gerbe. Et on ne fait pas comme il y a quelques années, où les veuves l'ont enlevée pour la mettre à l'accueil... À 11 h 35, le Premier ministre serre la main des familles et des survivants. On serre la main, Dacian, c'est marqué, pas comme il y a quelques années où vous avez attendu que les caméras soient braquées sur vous pour refuser la main du ministre.

– Vous allez faire comme ces derniers temps, un bouclier humain entre lui et les caméras ?

– Le Premier ministre actuel est sincère dans sa démarche.

– Je suppose qu'il s'est démené lui aussi pour que l'enquête reprenne.

– Ne soyez pas cynique, Dacian.

– Non, vous avez raison, vous êtes plus crédible dans ce rôle.

– Je n'ai jamais essayé de vous enfumer, Dacian, j'ai choisi mon camp, j'assume, j'essaye juste d'y mettre les formes, car j'estime que vos blessures, vous les avez reçues en service.

– Vous êtes touchant, Poinvot, vous devriez dire ça à vos camarades des ressources humaines qui font tout pour que nos blessures, comme vous dites, ne soient justement pas reconnues comme accident du travail, alors que le tribunal des affaires de sécurité sociale a conclu à une faute inexcusable de l'entreprise. Et puis on pourrait parler du gars chargé de notre logistique qui, quelque temps avant l'attentat, se fait agresser et voler sa mallette contenant des documents qui mentionnaient nos allers-retours en bus, sans que cela n'entraîne aucun changement, sans que la DCN ne le dise aux familles après coup ? Vingt ans après, Poinvot... Mais je préfère votre froideur à leurs faux bons sentiments.

Poinvot pencha la tête en signe de remerciement.

– Si on n'y prend pas garde, on va finir amis, Dacian.

– N'exagérez pas. Mais puisque vous êtes ici, vous allez m'éclairer, parce que je viens juste de mettre la main sur de nouvelles informations.

Poinvot leva les yeux au ciel.

– Vous étiez arrivé depuis pas loin de six mois déjà au moment de l'attentat. Vous connaissiez le dossier, les dessous du contrat, les annexes, et tout le reste.

Poinvot ne faisait plus semblant de jouer le détachement.

– Vous pensez vraiment que j'étais dans le secret des dieux ? Après six mois de maison ? Je n'avais pas à en connaître.

– Vous êtes intelligent, Poinvot, vous avez dû vouloir savoir où vous mettiez les pieds.

– Je suis un fidèle serviteur, Dacian. Dans mon champ lexical, ça va jusqu'à loyauté, vous savez, ce magnifique terme que vous avez employé au début. Et dans loyauté, il y a la notion de fermer sa gueule. Vous voyez l'image ?

– Ne me faites pas chier avec votre cynisme de supermarché. C'est la défense des faibles. Dites-moi plutôt pourquoi les Pakistanais nous en voulaient autant ?

– La politique, Dacian, la politique... Depuis quand on peut leur faire confiance ?

– Un fidèle serviteur qui vient de se tirer une balle dans le pied... Pathétique. Tous les dessous de cette affaire sont connus maintenant. Ils étaient prêts à vendre tous nos secrets tellement ils étaient pressés de signer leur fichu contrat. Mais ce sont des Pakistanais qui ont signé ce crime.

– Les Pakistanais ? Ceux qui auraient pu savoir ou avoir des états d'âme ont été écartés… Ils ne jouent pas les héros là-bas, ils savent que leur vie ne vaut pas grand-chose. Il y a vingt ans, comme aujourd'hui… La seule chose qui les protège, c'est quand ils portent l'uniforme. Apparemment, ils ont des scrupules à s'entretuer entre militaires.

– Et vous ne pensez pas qu'on pourrait trouver la réponse sur cette colère des Pakistanais ici en France ? Vous vous rappelez quand nos autorités avaient juré que tout avait été déclassifié ? Le juge Trévidic avait demandé un document de 137 pages, il n'en avait obtenu que 3 feuillets…

– Et vous croyez que votre petit journaliste à Karachi va y arriver ?

La réplique de Poinvot le prit au dépourvu.

– Que voulez-vous dire ?

– Que vous avez bourré le mou du fils Kerral depuis des années et que vous lui faites mener votre guéguerre par procuration en lui faisant prendre tous les risques.

– Ma guéguerre… Et de quels risques parlez-vous ? Que savez-vous ?

Marc s'inquiéta pour de bon. Le brusque arrêt de la communication avec le Urdu Bazar au moment où Poinvot débarquait chez lui pouvait-il ne pas être le fruit d'une coïncidence ? La DCN collaborait-elle avec les services pakistanais pour que l'affaire ne remonte pas à la surface ?

– Je sais ce que le père de votre journaliste a bien voulu me raconter. Il s'inquiète pour son fils, qui est parti là-bas sans rien lui dire.

Marc brûlait de lui poser des questions sur Claude Kerral, mais il se retint.

– Jef est majeur, et ce n'est pas un débutant.

– Pas vraiment un type bourré d'expérience pour ce type de reportage non plus…

– Il a une colonne vertébrale et des valeurs, une éthique, et croyez-moi, dans son métier, pour ce que j'en sais, ça pèse lourd.

– Si vous le dites… Mais laissez-moi vous dire une chose, Dacian, que ça vous plaise ou pas, il faudra vous contenter de fragments. Ni vous ni même moi n'aurons jamais le fin mot de l'histoire.

Marc Dacian se leva d'un coup, contenant sa douleur. Il attrapa Poinvot par le col.

– Est-ce que Jef Kerral est en danger ?

Alex Poinvot se dégagea calmement de l'emprise de Marc.

– C'est un peu tard pour se poser la question, Dacian. De ce que j'en sais, le Pakistan reste le Pakistan.

24

Karachi.
4 mai 2022. L'heure du rickshaw.

– Le corbeau cherche le Français. Il ne faut pas qu'il te voie ici, Shaheen. Ils doivent penser que tu as les documents ou la cassette.

Shaheen se leva sans attendre. Sara venait d'entrer comme une furie. Elle attrapa Jef par la manche et le tira vers l'allée. Le gérant de l'échoppe entra aussi dans l'arrière-boutique. Il poussa Jef avec Sara pour les sortir de chez lui. Mais Shaheen restait. Jef ne comprenait rien, si ce n'est qu'il fallait se presser, que Pervez Mansur traînait dans les allées. Sortir de ce piège. Mais il voulait revoir Shaheen, il n'en avait pas fini. Et puis de quoi parlait-elle ? Des documents, une cassette ? Il échappa à l'emprise de Sara et du vendeur, revint vers l'arrière-boutique. Shaheen avait disparu. Il n'y avait aucune issue apparente, mais il avait disparu. Sur le tas de manuels scolaires, il ne restait qu'un ouvrage, sans doute en ourdou, avec ce type de couverture comme il en avait vu de nombreuses maintenant entre les mains de Sara. Il sentit qu'on le tirait à nouveau. Sara. Elle prit le livre.

– Maintenant suivez-moi, à cinq mètres, je vous expliquerai. Ils ont repéré la camionnette de Gulzar, nous repartons en rickshaw. Regardez celui que je prends, et montez dedans en marche.

La suite fut une marche-poursuite dans les allées du bazar. Sortir d'un passage, se retrouver dans la rue, plonger dans un autre corridor. Se presser lentement. Ne pas donner l'impression d'être pourchassé, ne pas tourner la tête dans tous les sens. À un moment, Sara s'enfonça dans une boutique. Il suivit à distance. Un coup d'œil discret du vendeur vers une autre arrière-boutique. Qui elle-même menait à une arrière-boutique du vendeur de derrière, qui les fit sortir par l'échoppe voisine par un tunnel pratiqué dans une montagne de livres qu'il reboucha après leur passage. Tout un réseau de vendeurs de poésie qui couvrait leur fuite. Shaheen de son côté devait partir de la même manière. Jef se demandait à quoi tout cela rimait. Mais l'important, apparemment, était surtout que Shaheen ne soit pas vu. Peut-être Jef servait-il d'appât. Tout simplement parce que les Pakistanais n'oseraient pas s'en prendre à un journaliste français. Ne rêve pas, pensa-t-il, ils ont égorgé Daniel Pearl. Il n'avait rien à se reprocher. Devait-il arrêter de fuir ? De toute façon, Pervez Mansur, le corbeau, savait où le trouver. Mais son instinct lui dictait de faire confiance à Sara.

Il la vit monter dans un rickshaw décoré de mille couleurs criardes. Il attendit quelques instants, traversa la rue encombrée, évita une moto et courut pour embarquer à bord du tricycle à moteur.

Il resta un long moment silencieux pour reprendre son souffle et laisser les battements de son cœur se calmer. Évacuer tout ce qu'il venait d'entendre, les révélations de Shaheen, ces documents remis à son père. Plus tard…

À côté, Sara paraissait parfaitement sereine, regard tourné vers la rue, cachée derrière de larges lunettes de soleil et sous un foulard d'une autre couleur. Son sang-froid et son courage l'impressionnaient. Sa main droite était posée sur la banquette entre eux deux. Il posa la sienne à côté. Les tremblements du rickshaw firent le reste. Jef ferma un instant les yeux, respira les odeurs âcres de pourriture brûlée.

Que ce voyage chaotique à travers la misère de Karachi dure, dure. Il repoussait les questions sur des documents ou une cassette. Pas maintenant. Il songea à un corbeau qui les pourchassait dans les nuages toxiques, à Sara et lui qui s'évanouissaient dans les tas d'ordures fumantes qui s'ouvraient comme par miracle à leur passage.

Karachi prenait possession de lui. À moins que ce ne fût Sara.

Leurs doigts se touchaient. Se collaient. Se découvraient. Se sentaient. Les soubresauts du rickshaw se jouaient de leurs sensations. Aucun mot. Juste un monde de vibrations veloutées, de doux frémissements. De la misère qui l'entourait, de la puanteur qui l'enveloppait, Jef ne retenait que les visages farouches, les yeux enflammés, les âmes guerrières, le parfum de lutte, les effluences de fierté.

Karachi se jouait de lui. Il était prêt à se perdre.

Le trajet dura une éternité. Le rickshaw s'arrêta dans la ruelle derrière la guesthouse, là où Gulzar l'avait récupéré. Sara le regarda enfin, les yeux flamboyants. Souffle court, lui sembla-t-il. Elle non plus n'avait pas envie de parler. Après de longues secondes, le conducteur du rickshaw posa une question. Sara lui répondit d'un ton sec. Elle sourit à Jef. Elle lui tendit le livre.

– C'est un recueil de poésie. Ahmed Faraz, un de nos grands poètes. Il a été emprisonné sous la dictature du général Zia-ul-Haq parce qu'il protestait contre les excès de Zia au nom de la religion.

Jef prit l'ouvrage à couverture bleu roi enrichi d'enluminures orientales.

– Encore de la poésie. Mais pour ce recueil, il me faudra de l'aide pour la traduction…

– Je suis sûre que c'est dans mes cordes.

– Bientôt ?

– Faites le tour du pâté de maisons et entrez par la porte principale de la guesthouse. Ne soyez pas surpris par l'accueil qui vous sera réservé. Et attendez.

– Attendre ?

– Attendre.

Elle posa la main sur l'épaule du conducteur. Il aurait voulu qu'elle la pose sur la sienne. Jef descendit. Le rickshaw démarra. Contrairement à la première fois où Sara l'avait déposé devant la guesthouse, ils se regardèrent longuement lorsque le tricycle, après son demi-tour, repassa devant lui.

Quand il eut disparu, Jef embrassa délicatement le petit doigt de sa main gauche, celui qui savait. Il le fit glisser sur sa joue. En face, un garde l'observait avec intérêt.

Jef se mit en marche. Il longea le Teen Talwar et revint par l'avenue principale où donnait l'entrée principale de la guesthouse.

Son gardien se redressa de façon presque burlesque lorsqu'il vit Jef arriver tranquillement sur sa droite. Il fit un signe qui se voulait discret en direction d'une voiture garée non loin. Trois hommes en descendirent. Ils arrivèrent en même temps devant le bâtiment. Un gros 4x4 vint se garer presque au même moment. L'homme aux yeux de corbeau en descendit. Sara savait. Si elle ne lui avait pas dit d'éviter cette confrontation, c'est qu'elle pressentait que Jef ne risquait rien de grave. Il décida d'accueillir l'apparition du colonel Mansur avec autant de détachement qu'il s'en sentait capable.

– Monsieur le journaliste français, j'espère que cela ne vous dérange pas si je vous pose quelques questions.

Jef écarta les bras en signe de consentement, avant de s'attarder sur l'officier.

– Je crois que nous nous sommes rencontrés.

– Bravo, vous avez bonne mémoire, sûrement un atout dans votre métier.

– Et dans le vôtre.

Mansur fit un signe du menton aux hommes qui l'avaient précédé. L'un d'entre eux fouilla les affaires de Jef qui se laissa faire. L'agent montrait ses trouvailles au fur et à mesure au colonel. Il prit le recueil de poésie laissé par Shaheen.

– Vous parlez ourdou, monsieur Kerral ?

– Un jour peut-être...

Le colonel Mansur feuilleta le petit livre, le retourna pour voir si quelque chose y était glissé. Il prit la couverture en photo avec son téléphone avant de le rendre à Jef.

– Toujours votre reportage sur les pêcheurs de Mubarak village ? Il vous emmène bien loin...

– On m'a vanté leur esprit poétique.

– Ahmed Faraz. Votre premier choix est... étonnant. Êtes-vous sûr de rencontrer les bonnes personnes au Urdu Bazar ?

Les corbeaux le filaient bien. Rien ne disait que Mansur avait repéré Sara et encore moins Shaheen. Mais le message était clair.

– Savez-vous que le Urdu Bazar est un repaire d'éléments subversifs qui, sous couvert de belles lettres, diffusent des idées communistes ?

– Mon ignorance du ourdou, malheureusement, fait que...

– Oui, je sais, vous ne comprenez rien. Qui vous a envoyé au bazar ?

– Un professeur de l'Alliance française m'en a vanté les mérites. J'étais curieux.

– Oui, bien sûr, un journaliste se doit d'être curieux. C'est ce que l'on vous apprend dans vos pays. Vous devriez parler avec vos collègues pakistanais. Ils vous diraient sûrement qu'ici, d'autres qualités sont plus... essentielles. C'est important, monsieur Kerral, de se fier au savoir local. Cela peut éviter de fâcheux malentendus. Vous repartez bientôt en France ?

– Mon visa me laisse encore trois semaines.

– Trois semaines, comme c'est long... Je suis certain que vous aurez sous peu le mal du pays, monsieur Kerral, et selon moi, vous devriez écouter l'appel du pays. C'est important, l'appel du pays.

Le colonel le salua, mit ses lunettes et démarra en trombe, obligeant deux rickshaws à faire des embardées qui les firent percuter des motos transportant des familles. Le chaos s'installa. Les trois agents ignorèrent la scène et démarrèrent à leur tour, tandis que le gardien reprenait sa place sur sa chaise branlante, prêt à savourer le spectacle du malheur.

Karachi, dans la plus parfaite indifférence, exigeait son dû. Jef sentit la fatigue s'abattre d'un coup. Les passants se précipitaient pour aider les blessés. Il ne pouvait rien pour eux, monta dans sa chambre. Partant du principe qu'elle avait à nouveau été fouillée en son absence. Il chercha la trace d'un micro ou d'une écoute quelconque. Comme précédemment, tout ce qu'il devait cacher se trouvait sous un des tas de détritus sur le toit. Il y monta. La circulation avait déjà repris en contrebas.

Jef huma les senteurs nauséabondes. Il s'y habituait. Cela le surprit. Est-ce que tout ça valait la peine ? Les menaces de Mansur étaient à peine voilées. La main des services secrets pakistanais sur l'attentat ne faisait pas l'ombre d'un doute. À quel niveau ? Impossible à dire. La nébuleuse des agences, leurs luttes d'intérêts rendaient tout ça abyssal. Ils avaient selon toute vraisemblance commandité un groupuscule islamiste à leur botte. Et comme souvent au Pakistan, on s'empressait de mettre ensuite ça sur le dos de l'Inde. La belle affaire. Le transfert de technologie ? Les affaires continuaient. Restait l'histoire entre Shaheen et Marc. Que disait-elle ? Était-elle profonde au point de justifier tout cela ? Il sortit son téléphone. Il appela Marc avec sa messagerie cryptée. Il répondit tout de suite.

– Bon Dieu, tu m'as foutu la trouille ! Ça va ? Tu peux parler ?

– Ça va. Ça va.

Jef réalisa, en s'entendant répondre, que les derniers jours, les dernières heures, entamaient sa résistance.

L'empressement de Marc, aussi, le touchait. Il le rassura, passa sur les détails que Marc devait être capable d'imaginer. Il lui raconta l'entretien avec Shaheen.

Marc parut songeur.

– Franchement, un attentat à cause d'un transfert de technologie non effectué… je ne sais pas quoi en penser. L'histoire de l'interruption du paiement des rétrocommissions me parle plus. C'est troublant. Et je ne comprends pas pourquoi ton père ne m'a jamais parlé de ça.

– Peut-être parce qu'il n'en a rien fait… Ou peut-être parce que Shaheen a des comptes à régler…

Jef évoqua cet étrange livre de poésie ourdoue.

– Shaheen m'avait emmené une fois à une rencontre de poètes. Une petite avec des participants et spectateurs triés, car sinon, ce type de rencontres, quand elles étaient publiques, étaient souvent surveillées par les services secrets, à cause des idées subversives qui y circulaient, paraît-il. Ce sont des espèces de joutes, un peu comme les concours d'éloquence ou les confrontations de rappeurs. Enfin, il me semble, je ne comprenais rien bien sûr. Si ce n'est que par le biais de cette poésie ourdoue, beaucoup de choses s'exprimaient. À l'époque, la politique, c'était pas trop mon truc. Et je n'imaginais pas qu'un officier pouvait s'en enticher. Mais le Pakistan, c'est le Pakistan.

– Tu n'as pas trouvé bizarre qu'il t'emmène là-bas ?

Là-bas, à Cherbourg, Marc prit le temps de répondre.

– Je crois qu'il voulait marquer de cette façon-là qu'il me faisait confiance. Car si ça se savait qu'il fréquentait ce genre d'endroit, ça pouvait lui causait du tort, voire son poste.

– Pourquoi il a fait ça ?

– C'est après l'histoire du périscope que Shaheen m'y a emmené. Un jour, il avait eu un sérieux problème, une histoire de périscope abîmé. C'était pas sur un Agosta, c'était pas du tout de mon ressort, et même pas une technologie française. Il voulait que je l'aide, et je l'avais fait, sans en parler à mes chefs, parce que ça aurait fait toute une histoire. S'ils l'avaient su, je risquais gros. On me rapatriait à Cherbourg, et si ça se trouve, on me mettait au placard, ou dehors. Mais j'avais confiance en lui, tu vois. Et ça, Shaheen n'avait pas oublié. Il faut être dans le coup pour comprendre, bien sûr, ce que ça signifie, en termes de confiance, je veux dire. On était entre hommes de l'art, si on peut dire. On avait le même amour du travail bien fait, avec Shaheen, quel que soit le drapeau qu'on y mettait, sur ce périscope.

– Même à mon père, tu n'aurais pas pu en parler ? Après tout, Shaheen lui a fait confiance aussi, à l'époque.

De Cherbourg, aucune réponse ne vint.

25

Karachi.
4 mai 2022. Jour de derby au National Stadium.

– *Chor! Bey iman!*

Nazia éructait. Elle avait beau se dire affaiblie par la maladie, elle s'était levée d'un coup dans la tribune, lançant les poings vers le ciel, prenant les autres spectateurs à témoin.

Sara s'amusait autant de la voir s'étrangler de rage que de constater la mine désespérée de Jef, complètement dépassé par cette explosion de colère.

– Notez. Ça veut dire “voleur” et “canaille”.

Jef nota dans son carnet, fidèle à son rôle de journaliste au travail. Sara avait insisté avant le rendez-vous pour qu'il s'y tienne le plus sérieusement possible. Question de crédibilité vis-à-vis de Nazia.

– Mais enfin, tu l'as vu, cet arbitre de malheur!?

Nazia était repassée à l'anglais, afin d'être sûre de se faire comprendre par Jef.

– Jef, notez aussi la mauvaise foi des supporteurs des Lahore Qalandars, qui refusent d'admettre l'évidence. Même un débutant comme vous a pu voir que la balle a percuté la batte avant de toucher la jambe du batteur des Karachi Kings.

– N'importe quoi! Monsieur Jef, ne vous laissez pas tromper par cette pauvre fille avec ses grands yeux de biche! La balle a touché sa jambe sans effleurer la batte! Il doit être éliminé! L'arbitre est un vendu! Il a la trouille, parce qu'on joue à Karachi, il a peur pour sa vie, bien sûr!

Sara éclata encore de rire.

On attendait l'avis du troisième arbitre. Le batteur des Karachi Kings restait pour l'instant sur le terrain, impassible, alors que le capitaine des Qalandars affirmait qu'il devait être éliminé pour un *leg before wicket.* Les quelques centaines de supporteurs des Lahore Qalandars maintenaient la pression à force d'insultes.

Sara était encadrée par Nazia à droite et Jef à gauche, afin de pouvoir lui traduire les astuces ordurières de la langue ourdoue et l'initier à quelques règles de cricket. Imran se tenait à gauche de Jef, par politesse, afin, avait-il dit, que le journaliste français ne se sente pas rejeté à l'extrémité de leur petit groupe. Sara l'avait remercié. Le mari de Nazia, avec son air très sérieux, demeurait un mystère pour elle, même après tant d'années. Il était le plus souvent absent, et quand il était là, généralement en retrait, ce qui semblait satisfaire pleinement Nazia.

On jouait en début de soirée pour éviter les grosses chaleurs. Le match avait commencé depuis une bonne demi-heure, sous les projecteurs.

Dans les mouvements de foule, l'épaule de Sara venait souvent frôler celle de Jef. Elle retrouvait les mêmes sensations qu'avec les soubresauts du rickshaw. Les mêmes vibrations, les mêmes frémissements. La même frustration. Elle n'osait pas laisser tomber sa main gauche le long de son corps, de crainte que les spectateurs de derrière surprennent son geste. Qu'un doigt touche la cuisse de Jef, effleure un doigt de Jef, que dirait-on ?

On repérait en lui l'étranger.

On verrait en elle la dépravée.

Les hurlements d'encouragement autour d'elle, Qalandars ou Kings, furent soudain autant de cris de menace. Son épaule la brûlait, elle voulait se coller à celle de Jef, tanguer à son rythme. Des vers de Parveen Shakir s'immiscèrent entre eux.

Si tant est que je sois condamnée,
À vivre dans une jungle,
Et si c'est certain que dans toute jungle,
Les loups me guettent,
Alors pourquoi ne pas choisir ma jungle.

Elle ne savait pas si elle devait plaindre Nazia, se lamenter sur son propre sort, ou céder à la pulsion d'envoyer paître le conservatisme étouffant de son pays. Elle enviait ces bourgeoises qui savaient s'affranchir des loups, grâce à leur éducation occidentalisée acquise à l'étranger, ou ces autres nourries à la lutte politique qui osaient prendre toute leur place. Elle repensa à ces manifestantes aperçues l'autre jour, lorsqu'elle avait rencontré Jef pour la première fois. Ces militantes qui avaient choisi leur jungle.

Mais en prenant le parti de Shaheen, lui qui défiait à sa façon le mutisme officiel, n'avait-elle pas choisi sa jungle ?

Elle colla un instant plus long son épaule à celle de Jef, pesant sur lui, fermant à demi les yeux, et elle sentit qu'il lui offrait de la résistance, il lui répondait, lui offrait sa chaleur, son poids. Elle frissonna… sentir son poids. Elle osait à peine tourner son visage vers lui, on en verrait le feu, l'ardeur, l'envie. Elle sourit devant elle, et elle sut que Jef savait que ce sourire était pour lui.

Elle se laissa à nouveau emporter par le jeu. L'ambiance était bruyante, joyeuse, dénuée de violence, à la fois passionnée et bon enfant.

Après avoir hésité avant d'emmener Jef rencontrer Nazia et son mari, Sara en venait à apprécier cet intermède qui lui nettoyait la tête.

C'était la première rencontre avec du public entre les deux ennemis jurés de la Pakistan Super League depuis le début de la pandémie et les supporteurs des Lahore

Qalandars et des Karachi Kings s'en donnaient à cœur joie. Les 60 000 places du National Stadium étaient loin d'être toutes occupées, restrictions sanitaires obligent, mais les officiers avaient droit à quelques privilèges. Nazia avait récupéré des billets à bon prix au service Liaison & Protocol de la marine.

Sara lançait maintenant des slogans en faveur des Karachi Kings pour ne pas être en reste face aux insultes des Qalandars, essayant de crier plus fort que Nazia, mais elle avait l'esprit ailleurs. Elle n'arrivait pas à se détendre complètement.

Peut-être était-ce en partie l'attitude réservée – trop réservée – du mari de Nazia. C'était la première fois que Sara passait autant de temps avec lui. Imran était un peu plus âgé que son épouse. Rasé de près, il était coiffé d'une casquette des Lahore Qalandars que Nazia l'avait forcé à mettre, ce qui n'étonnait pas Sara. Nazia avait toujours adoré les casquettes. Sara se souvenait de celles d'officier de la marine qu'elles portaient toutes les deux quand elles étaient enfant, à défiler au pas pour le plus grand plaisir des adultes. Imran avait l'air moins enchanté de jouer au supporteur, mais en fidèle fils du Pendjab, il se sentait obligé de soutenir l'équipe de Lahore.

Imran était officier navigateur à bord de la frégate *PNS Zulfiquar* et vivait le plus clair de son temps sur le navire. Nazia parlait peu de lui. Sara mettait ça sur le compte de la pudeur. Ou de la frustration. Sans doute car Nazia ne sentait pas qu'elle vivait pleinement sa vie d'épouse, toujours cantonnée dans le quartier des célibataires à la cité, aux côtés de Sara, en attendant d'emménager avec Imran. Quand ? Sara évitait de lui poser la question. À vrai dire, elle évitait en fait toutes les questions d'ordre privé ou intime avec Nazia. Si on les présentait souvent comme des amies d'enfance, Sara savait bien que cette amitié avait été fabriquée dans un certain dessein, voilà vingt ans. Elle s'était habituée à fréquenter et supporter Nazia, sans pouvoir se départir d'un fond de suspicion. Concernant Imran, elle savait seulement qu'il venait du Pendjab, comme Nazia. Et comme elle, il venait selon toute vraisemblance d'un de ces coins du Pendjab qui fournissaient depuis des siècles ses bataillons de soldats aux armées indienne, britannique et maintenant pakistanaise. Elle en avait touché deux mots à Jef, pour s'assurer qu'il tienne sa langue en leur présence.

Le troisième arbitre rendit enfin sa décision. Il confirmait la précédente.

Nazia hurla de plus belle, retrouvant sa rage.

– *Kamina ! Kamina !*

Sara reprit son rôle de supportrice impliquée dans le match et rit aux éclats. Elle toucha le coude de Jef, montrant son carnet.

– "Minable", deux fois. L'arbitre vient de confirmer que la balle n'a pas touché la jambe du batteur de Karachi.

Nazia passa son bras devant Sara pour attraper le poignet de Jef qui prenait des notes.

– Monsieur Jef, c'est de la triche absolue ! Notez ça aussi ! Ces voleurs d'arbitres n'ont pas utilisé la technologie ultra-edge pour vérifier avec le son qu'il y a bien eu impact de la balle sur la satanée jambe de cet escroc sans toucher sa batte ! Soi-disant que la machine est en panne faute de maintenance avec la Covid, n'importe quoi ! Notez, scandale !

Elle se remit à crier de plus belle, avec les autres supporteurs de Lahore.

Sara s'amusa de voir Jef jouer le martyr.

– Ultra-edge ? Il faut vraiment que je note tout ça ?

Au moment de la pause, Nazia partit leur chercher des boissons. Le calme était revenu. Jef profitait du silence relatif pour questionner Imran, qui lui répondait poliment, heureux d'aider un journaliste étranger.

– Je ne pensais pas croiser autant de femmes dans l'armée, notait Jef.

– Je sais que dans votre pays on a une image parfois rétrograde du Pakistan, mais regardez, vous avez vu le comportement des femmes dans les tribunes ? On ne peut pas dire qu'elles ne sont pas libres et libérées, n'est-ce pas ? Elles ont toute leur place dans la société pakistanaise.

– Je n'écris que sur les pêcheurs et le cricket, dit Jef avec un sourire modeste, mais j'avais l'impression, en vous observant, que vous m'encouragiez pas les Qalandars avec autant de passion que votre épouse, voire même que vous trouviez que Nazia criait… un peu trop ?

Imran sourit à son tour.

– Elle a raison d'en profiter quand elle est ici. Chez nous au village, ce serait peut-être plus difficile…

– Au village, c'est-à-dire ?

Sara tendait l'oreille. La conversation prenait un tour intéressant. Imran paraissait à l'aise pour parler en l'absence de Nazia.

– Oui, vous savez, nous venons du Pendjab, les traditions sont un peu plus… Disons que Karachi est très libéral comparé à là d'où nous venons.

– J'ai entendu ça sur Karachi, mais ce n'est pas un peu cliché ?

– Regardez Sara, dit Imran en tendant la main vers elle. Elle a vingt-sept ans, et toujours célibataire. Alors que Nazia et moi, on savait depuis l'adolescence qu'on allait se marier. Et vous voyez, vous sommes ensemble, c'est solide, nous sommes impatients de fonder un foyer, d'avoir des enfants, et ce sera bientôt possible, je termine mon service sur le *Zulfiquar* dans un an, et je prendrai ensuite un poste plus sédentaire, ou du moins avec des missions en mer plus courtes.

– Donc Nazia et vous venez du même village.

– De la même famille, même, nous sommes cousins.

– Vraiment ?

– Je sais ce que vous allez penser, mais c'est la famille au sens large. Tenez, regardez, je vais vous montrer.

Il sortit son téléphone et montra une photo de groupe.

– C'est chez nous, au village, Jarmot Kalan, dans le district de Rawalpindi. J'espère que vous pourrez venir le visiter. Ce n'est pas très grand, mais nous sommes tous très liés.

– C'est un de ces endroits où beaucoup d'habitants sont militaires sur des générations, précisa Sara pour Jef, il y en a pas mal autour d'Islamabad et de Lahore. Je ne savais pas que tu venais de ce village aussi, il a très bonne réputation dans l'armée…

Imran se redressait, il était fier. Il tourna aussi le téléphone vers Sara. Ils regardèrent tous les trois ensemble. Imran commençait à nommer les personnes présentes, citant leur lien de parenté. On voyait beaucoup d'hommes en uniforme de gala, de toutes les armes. Nazia et Imran se tenaient au centre, ce devait être pour leurs noces, Abdul Sattar était là, à côté, près de sa fille, avec la mère de Nazia aussi. Du côté d'Imran, des hommes en uniforme, les femmes se tenaient derrière.

– Qui sont les hommes à côté de toi, je ne vois pas de femme, tu n'as plus ta mère ?

Sara avait tenté de conserver le ton le plus neutre, mais elle venait d'identifier Pervez Mansur. D'un coup d'œil, elle vit que Jef aussi l'avait reconnu.

– Par la grâce de Dieu, ma famille m'a entouré après la mort de mes parents. Ma mère est morte au moment de ma naissance, et mon père a été tué en opération dans le Cachemire. Que Dieu rende grâce à mon grand-oncle qui m'a pris sous son aile. C'est lui qui a tenu à ce que je devienne officier dans la marine, et pas dans l'armée de terre, pour ne pas être envoyé sur ce front. Que le sang des enfants de Jarmot Kalan nourrisse tous les confins de la nation, que sur toutes nos frontières un enfant de Jarmot Kalan soit à son poste, que l'ennemi sente le sang de notre clan et qu'il fuie notre fureur ! C'est le serment de Jarmot kalan. Mon oncle a autant le sens de la famille que de la patrie.

– Quel oncle ?

– Pervez Mansur, c'est un oncle par alliance de mes parents, mais il s'est conduit en père pour moi, et en fait pour tout le monde dans le village, c'est notre patriarche. Le père de Nazia lui doit beaucoup aussi, Pervez est aussi l'oncle éloigné d'Abdul, mais elle n'aime pas que j'en parle. D'ailleurs la voilà, parlons plutôt de cricket, c'est nettement plus gai que toutes ces vieilles histoires de famille !

Imran rangea son téléphone et partit à la rencontre de Nazia pour l'aider avec les boissons.

Sara regardait Jef, pesant les conséquences de ce qu'elle venait d'entendre.

– C'est donc par ce maudit officier des renseignements que Nazia a su que je vous fréquentais. Raison de plus pour nous méfier.

Le match reprit, c'était maintenant au tour de l'équipe des Karachi Kings de lancer, les Lahore Qalandars devaient remonter 151 points, mais Sara n'écoutait plus les cris des supporteurs.

Sous prétexte d'expliquer à Jef ce qui se déroulait sur le terrain, elle se remit à mi-voix au français, que ni Imran ni Nazia ne maîtrisaient.

– Quand Nazia est tombée malade, elle était promise à Imran depuis des années déjà, chuchotait Sara à l'oreille de Jef. Je ne le connaissais pas lui, mais je savais son existence.

Une clameur du stade étouffa la voix de Sara. Le lanceur de Karachi venait de détruire le guichet défendu par Lahore, éliminant le batteur. Nazia rouspétait, Sara crut bon de manifester sa joie, avant de se repencher à l'oreille de Jef, essayant par le même mouvement de capter son odeur. Elle tendait parfois la main vers la pelouse, comme si elle expliquait un mouvement de jeu. Jef continuait à prendre des notes, pour ne pas éveiller les soupçons du couple.

– La maladie de Nazia s'est déclarée au retour d'un séjour dans son village, peu de temps avant son mariage avec Imran. Et c'était aussi à la veille de présenter sa candidature pour devenir officier. Nazia était désespérée. Moi aussi, d'ailleurs. Depuis que nous étions toutes petites, nous avions grandi avec cette idée de défiler devant nos pères dans nos beaux uniformes blancs, mais la maladie de Nazia ruinait ses espoirs. Quinze ans de rêves partis en fumée.

Cette fois-ci, le batteur des Lahore Qalandars vint taper la balle en la déviant vers sa gauche à hauteur d'homme. Un chasseur des Karachi Kings essaya de se jeter pour l'intercepter avant qu'elle ne sorte de la pelouse, mais il échoua à quelques centimètres près, roulant sur lui-même, accompagné par un tumulte de déception. Les batteurs de Lahore enchaînaient les runs et les points.

– J'ai su que le père de Nazia, Abdul Sattar, était venu supplier mon père pour qu'il soigne Nazia, que ça sauve son mariage et sa carrière. Vous avez compris maintenant de quel genre de famille il s'agit. Ils ont l'armée dans le sang. Il était impensable que Nazia soit déclarée inapte. Ça aurait été une forme de déshonneur pour Abdul Sattar, pour Nazia évidemment, elle me le disait, pour Imran aussi j'imagine, même si je ne le connaissais presque pas. Après avoir vu cette photo, je comprends que pour Mansur lui-même, le grand patriarche, c'était sans aucun doute impensable que Nazia n'intègre pas l'armée.

Un nouveau lanceur des Karachi Kings s'avançait, sous les applaudissements.

Sara garda un instant le silence. Jef se tourna vers elle. Elle baissa les yeux.

– Mais mon père a refusé de la soigner. Je ne sais pas pourquoi. Ou plutôt je pense que c'était une histoire de fierté blessée, cette vieille histoire qui devait remonter aux pressions que mon père avait subies pour laisser partir Abdul à Cherbourg en 2001. Ce que je sais, c'est que même si Nazia n'est pas innocente dans cette histoire, elle ne méritait pas ça. Ensuite, il s'est passé quelque chose, que j'ignore, Nazia a bénéficié d'un traitement, elle a pu intégrer la marine.

Le batteur des Lahore Qalandars venait de frapper d'un coup magistral, la balle partit dans les airs vers leur tribune pour se fracasser à quelques mètres devant eux, au milieu des spectateurs, arrachant des cris de victoire à Nazia.

– Six points ! Six points !

Sara regardait Jef dans les yeux, qui devait sentir sa tristesse. Délicatement, il colla son bras au sien.

– Et ce même jour, où je suis moi aussi devenue officier, mon père a quitté la marine pour partir à Mubarak village. Et jamais, jamais je n'ai compris pourquoi…

26

Cherbourg.
4 mai 2022. L'heure des transferts.

Il était anormalement tard ce mercredi soir pour être à l'extérieur, en tout cas pour lui. Marc Dacian gravit les marches menant à la villa d'un pas lourd qui ne tenait pas seulement à ses vieilles blessures aux membres inférieurs. Ces pas lui coûtaient. En fait, il n'avait pas imaginé en être capable.

Pendant toutes ces années, Claude Kerral avait symbolisé à ses yeux la compromission. L'abandon. La trahison. La blessure aussi, car Claude avait été son plus cher ami.

Ensemble, ils avaient écumé les bars de Cherbourg, dragué les mêmes filles avant de se caser, joué au foot à l'arsenal. Ils avaient démarré ensemble à DCN. Ils avaient monté leur premier périscope ensemble. Le genre de chose qui ne s'oublie pas. Contrôle de l'usinage. La première leçon, quand Claude avait remarqué qu'il fallait polir, car l'usinage n'était pas assez lisse. Depuis ce moment, ça avait été une sorte d'émulation entre eux, à qui trouverait le détail pour améliorer la bête. Embarquement du carénage, du tube de périscope qui devait traverser la coque, passer dans le palier, être relié à la suspension attachée aux deux vérins. Des jours et des jours, l'œil fixé sur l'infime, la blague jamais loin, le sérieux chevillé au corps. L'embarquement du mât et de la tête du périscope, c'était le bonbon.

Avec le temps, Claude et Marc s'en étaient fait une spécialité, surtout de cette tête indépendante qu'il fallait poser sur le haut du tube, cette tête qu'on voyait quand le sous-marin était en immersion, car c'était une des opérations les plus délicates. La tête, c'était fragile, ça coûtait une fortune, bourrée d'électronique, avec les périscopes récents qui contenaient plus d'électronique que d'optique. Ils s'en étaient fait un devoir à partir du jour où ils avaient fait une connerie.

C'était la deuxième fois qu'ils devaient poser une tête. Tout était calé, l'outillage spécial en place, un palan ad hoc avec son système de poulies, pour que la tête se présente bien verticale au-dessus du tube. Marc avait un stylo dans la poche de sa combinaison. Claude et lui étaient à la manœuvre au-dessus du joint plein qui bouchait le tube en attendant d'y fixer la tête. Ils venaient d'enlever le joint, et Marc, en tant qu'électronicien en charge, effectuait le contrôle électrique pour s'assurer que tout était correct. En se penchant, son stylo en plastique était tombé pile dans le petit trou. Claude avait jugé qu'il n'y avait aucun danger à laisser le stylo, mais un gars de l'équipage avait vu ça et leur avait dit sèchement de ressortir le mât. Des jours de boulot ! Ils avaient dû redébarquer la tête, ressortir le mât pour l'envoyer en atelier afin d'en sortir ce fichu stylo et recommencer toute l'opération. Claude et Marc n'avaient jamais oublié la leçon. Ils étaient devenus les plus célèbres perfectionnistes de l'arsenal. Se posant des colles en permanence, inséparables, les barbecues du dimanche et tout le reste. Jusqu'à l'attentat.

La porte s'ouvrit. Claude Kerral se tenait devant lui.

– Qu'est-ce que tu fiches ici ?

Marc avait cessé de compter depuis quand ils ne s'étaient pas vus. Parlé. Il n'avait pas l'intention de lui tomber dans les bras, de jouer le sketch des retrouvailles. Trop de ressentiment accumulé depuis trop longtemps.

– J'ai parlé avec Jef dans la journée.

Claude serra les mâchoires. Il devait se demander si Marc venait lui dire ça pour blesser son orgueil de père.

Il devait crever d'envie de lui demander comment son fils allait, mais la fierté l'emportait. Abruti. Marc, dans sa position, aurait sûrement fait pareil. Une paire d'abrutis.

– Il va bien. Toujours à Karachi. Mais tu es au courant. Poinvot vient de passer chez moi. Vous vous parlez.

– C'est toi qui as foutu ça dans le...

– Ça suffit ! Tu vas pas me répéter le même sermon que Poinvot. Jef trace sa voie, il n'a besoin ni de toi ni de moi pour savoir ce qu'il veut. Toi, en revanche...

– Quoi, moi !?

– J'ai parlé avec Shaheen aussi. Tu te rappelles du capitaine Shaheen Ghazali, Karachi ? 2002. Août 2002.

Cette fois-ci, Claude Kerral garda le silence. Il venait de prendre un coup.

– Entre...

Il s'effaça pour laisser passer Marc. À regret. La cuisine était tout de suite à droite. Claude la lui montra. Marc s'installa sur un tabouret haut. Claude servit deux cafés, resta debout. Sur ses gardes.

– Qu'est-ce que tu as foutu à Karachi en 2002 ?

– On a repris le boulot, qu'est-ce que tu crois ! Surveillés comme pas deux, pour notre sécurité bien sûr. On était coincés dans le Dockyard. Et on a fait le boulot, point barre. C'est pour ça que tu es venu ? Je te signale que les sous-marins ont été mis à l'eau il y a quinze ans et qu'aucun n'a coulé, si tu t'inquiètes.

– C'est ça, joue au con. Tu sais très bien de quoi je veux parler. Shaheen, il t'a remis des documents à l'époque. Il t'a fait confiance, parce que tu étais mon ami.

– Tu fais vraiment chier. Tu vas faire un scandale à la cérémonie ?

– Je ne sais pas. Ce que je sais en tout cas, c'est qu'on va entendre Shaheen. Il est temps qu'on entende un Pakistanais, tu ne crois pas ?

– Tu fais une erreur. Tu le regretteras.

– On verra. Mais pose-toi la question : qu'est-ce que voudrait ton fils ?

Claude tira un tabouret haut et s'assit.

– Alors, Shaheen ?

– Oui, il m'a remis des documents DCN dont il ne savait pas quoi foutre. Il ne voulait pas que ça tombe entre les mains des renseignements pakistanais. Parce que ce n'était pas à la loyale. Parce qu'il pensait que si ça tombait entre de mauvaises mains, sans l'expertise nécessaire, ça finirait mal. Ça le brûlait. C'étaient des descriptifs internes, sur les brèches, les portes coniques.

– Tout ce qui était ultra confidentiel.

– Et qui, en principe, n'était pas concerné par le transfert de technologie.

– Pour ce qu'on en savait.

Claude haussa les épaules.

– Tu l'as vu, le contrat, toi ? Non, pas plus que moi. On savait ce qu'on avait à savoir, point barre. Et on transférait ce qu'on nous disait de transférer, basta.

– Tu en as fait quoi ?

– Qu'est-ce que tu crois ? J'ai remis ça à la DCN en rentrant à Cherbourg. À Poinvot.

– Tiens donc.

– Il a fait partie des gars qui ont pris en main les choses pour limiter les dégâts collatéraux de l'attentat. Ces documents, que je n'étais pas censé avoir en ma possession, m'ont permis de convaincre Poinvot et les patrons qu'il fallait respecter cette partie du contrat, que les Pakistanais n'étaient pas dupes, qu'il fallait arrêter de les prendre pour des cons.

– Et après ça, ils ont vraiment tout transmis ?

– On a transféré beaucoup… Mais je ne suis plus reparti à Karachi.

– Pourquoi tu as pris le parti de la direction ensuite ? Pourquoi tu nous as divisés, les parents des victimes, les survivants, ces mensonges, ces faux-semblants ?

– Pour protéger la boîte. Les emplois. Tu peux me dire ce que tu veux, j'étais en paix avec moi-même. Je savais qu'il fallait que quelqu'un prenne ce genre de décision.

– Quitte à perdre ton meilleur ami ?

– Mon meilleur ami. Et mon fils…

27

Karachi.
5 mai 2022. Trois jours avant la commémoration.

Au petit matin, Jef descendit demander au gardien de lui acheter les journaux. Il était quasi certain maintenant que l'homme informait les services secrets de ses déplacements, mais il n'en avait cure pour l'instant.

Marc l'avait réveillé d'un appel crypté un peu plus tôt. Lui racontant brièvement ce que son père lui avait confié la veille. Son choix de privilégier la compagnie au détriment de Jef le rendait triste. Ce qui le rendait le plus triste, c'était – à la réflexion – que son père ne lui ait rien dit. Qu'il l'ait jugé quantité négligeable. C'est ça que Jef avait sans doute ressenti au fil des ans, qui l'avait peut-être rapproché de Marc. Son père s'était retranché derrière une certaine froideur. Marc, lui, n'arrivait pas à exprimer sa chaleur. Et la nuance entre les deux, la vraie distance de l'un et l'humanité bridée de l'autre, ça faisait une sacrée différence au fil des ans. Que son père se démène avec ses cas de conscience, s'il en avait, ça n'intéressait pas Jef.

Il feuilleta les journaux. Les informations se suivaient et se ressemblaient. Si loin de ce qu'on trouverait à la une de *La Presse de la Manche*.

Le nouveau Premier ministre pakistanais remerciait l'Arabie saoudite pour un prêt de trois milliards de dollars. Un éditorial s'indignait que les assassinats de journalistes pakistanais, quelque 80 meurtres en vingt ans, restent sans conséquence dans l'immense majorité des cas. Une moto piégée qui visait le Frontier Corps avait blessé trois soldats des gardes-frontières et tué deux passants au bazar

Cheetkan à Panjgur, poussant le ministre du Baloutchistan à s'insurger contre les éléments antinationaux. Il s'agissait du septième attentat contre les forces de l'ordre dans cette région que le Pakistan se devait de pacifier à marche forcée afin de ne pas mettre en danger l'accord qui le liait à la Chine pour le corridor économique qui débouchait sur le port chinois de Gwadar, sur la côte baloutche. Un article évoquait bien sûr le match des Karachi Kings contre les Lahore Qalandars, que Karachi avait remporté par dix-sept courses. Il sirotait son thé en s'attardant sur les photos de stars pakistanaises en robes longues scintillantes qui avaient raflé des prix au cours d'un festival à Dubai. Il se demanda si Sara portait l'uniforme ce matin, en mission de traduction, ou chez elle au carré des officiers de la Cité navale. Il ressentait la pression de son épaule. Sa proximité lui manquait.

Il lui envoya un SMS. "*Besoin urgent d'aide à la traduction de poésie ourdoue.*" Il n'attendit pas longtemps.

Est-ce la vie ou bien est-ce un tourbillon ?
Et c'est des mains de cette vie que nous mourrons.

Le même auteur. Le même questionnement. Pourquoi ces vers plutôt que : "*Ah ne pleure pas sur ta vie, qu'en as-tu vu ? Attendons qu'un de Ses désastres ne ruine nos espoirs.*" Un tourbillon. Était-ce ce qu'elle ressentait ? Poème mystique apparemment. C'est lui qui le devenait. Et ça parlait de mains. De mains. Et désormais, mains, ça voulait dire effleurement, frissons, rickshaw, soubresauts.

Rendez-vous aujourd'hui même, 5 mai, dans un peu plus de trois heures. Pourrait-il compter sur Gulzar, alors que sa camionnette était surveillée ? Sans doute pas, d'autant que le contrebandier ne devait pas passer tous les jours à Karachi. Il appela un prof de l'Alliance française avec qui il avait échangé plusieurs fois à la cafétéria. Justement en mal de distractions, celui-ci accepta avec empressement de l'emmener au Urdu Bazar avec un chauffeur.

Il repensait à la conversation qu'il avait eue avec Marc à propos de Shaheen. D'où lui était venue cette idée que Shaheen pouvait avoir des comptes à régler ? Avec qui ? Le capitaine avait une réputation irréprochable. Jusqu'à cette faille dans son comportement : soustraire à la connaissance de ses compatriotes des documents confidentiels de la DCN. En tant que Français, Jef devait s'en réjouir, sans doute. Il avait après tout grandi dans cet environnement à Cherbourg où la vente d'armes faisait bouillir la marmite de la moitié de la ville. Cela pouvait-il compliquer son article sur l'amitié entre les deux hommes, avec cette toile de fond nébuleuse sur le motif réel de l'attentat ? Ou l'enrichir, en la complexifiant ?

Pour le principe, il fit un tour du Urdu Bazar avec le prof de français avant de partir de son côté, reconnut quelques-uns des vendeurs qui lui rendaient son regard discrètement, mais, Jef en était sûr, qui surveillaient aussi les alentours, les clients suspects, les yeux qui traînaient trop. Jef avait emporté le recueil de poésie bleu qu'il tenait ostensiblement à la main. Plus comme un prétexte à se rapprocher de Sara.

Comme auparavant, elle le trouva sans qu'il la voie venir. Elle lui lança du regard une injonction à le suivre, alors qu'il aurait voulu lui parler tout de suite. Qu'avait-elle en tête ? Il espérait surtout revoir Shaheen le plus tôt possible. S'il voulait publier son article pour l'édition du 8 mai, à temps pour la commémoration, il lui restait des questions en suspens pour compléter ce qu'il avait déjà rédigé. L'histoire des documents était en partie éclaircie, mais cette évocation d'une ou de plusieurs cassettes l'intriguait.

Comme l'intriguaient des questions d'un autre ordre. D'une dimension propre à donner le tournis à un journaliste qui, comme lui, n'avait jamais eu d'autre ambition que l'information, le terrain, le reportage, en en assumant les aspects besogneux les plus terre à terre, le travail parfois ennuyeux, filer l'info la plus insignifiante afin de s'assurer de sa justesse. Pas d'effets de manche ou de manchette, mais des petits pas discrets dont on tire fierté, en solitaire, cette fierté ouvrière, Jef se voyait comme ça, un ouvrier de l'info, un maillon d'une chaîne de production dont on attendait qu'il rende son article au format et à l'heure, sans en attendre d'autre satisfaction que de savoir qu'il avait fait ce qu'il devait faire, sans attendre lauriers et tapes dans le dos. Des heures que personne ne reconnaîtra, ne verra. Un côté moine-soldat qu'il trouvait beau. Il avait déjà eu l'occasion de constater que les journalistes de cette trempe se reconnaissaient entre eux. Sans avoir besoin d'expliquer. Et maintenant, peut-être à cause de l'ambiance livresque du Urdu Bazar, Jef craignait de trébucher.

Marc lui avait demandé un jour comment se débrouillait un journaliste qui n'arrivait pas à prouver ce qu'il voulait avancer. Il écrit des romans, avait lancé Jef par bravade, sans en croire un mot. Rien n'était plus éloigné de lui. Marc ne l'avait plus lâché. Tu veux dire quoi, que la fiction est un alibi pour journalistes paresseux ? Ou incompétents ? L'œil malicieux de Marc n'avait rien enlevé au trouble de Jef.

Il n'était ni poète ni romancier. La poésie, pour ce qu'il en savait, était la langue, le rythme, l'exploration, un absolu détaché des contingences morales qui lui semblait mal s'accorder à cette quête de réel qui le fascinait et suffisait à satisfaire ses aspirations. Il écarta ces pensées. Il devait se concentrer. Shaheen. Rien que Shaheen.

Il perdit Sara un moment dans le labyrinthe des échoppes, et la retrouva quelques instants plus tard après avoir reconnu un des vendeurs, celui à la barbe poivre et sel bien taillée, aux cheveux mi-longs coiffés en arrière, habillé d'une chemise à carreaux qui détonnait. Sara faisait semblant de se passionner pour un manuel scientifique de l'autre côté de la planche qui servait d'étal. Jef la rejoignit. Il attendit qu'elle prenne un nouvel ouvrage sur l'étagère qui tapissait le fond de la boutique pour prendre celui à côté et effleurer sa main. Elle la laissa traîner quelques secondes. La chaleur l'envahit aussitôt. Il combattit son trouble. Il lui restait des zones d'ombre à éclairer.

– Trop de choses m'échappent. Vous avez parlé de cassettes, de documents que Shaheen détient. Les documents ont été rendus aux Français, je le sais. Mais cette cassette ? C'est quoi ?

Elle retira sa main, le fusilla du regard.

– Je n'en sais rien. Et c'est vrai. Je me doute qu'elle est importante, car elle est importante pour Shaheen et j'ai confiance en son jugement. Et je sais qu'elle existe, car cela fait des années que le colonel Mansur la cherche, et que c'est sans doute parce qu'il ne l'a pas trouvée qu'il continue à nous surveiller de loin.

– Comment le savez-vous ?

– Parce que l'appartement de Shaheen a été fouillé de nombreuses fois. Parce qu'à cause des rapports d'amitié entre Shaheen et mon père, l'habitation de mon père à Mubarak village aussi a été fouillée, ainsi que le dispensaire. Et qu'il continue à exercer sa pression, par exemple en envoyant ses marionnettes islamistes comme l'autre jour.

– Et chez vous ?

– Si la question est de savoir si la cassette est chez moi, la réponse est non. De toute façon, au sein de la Cité navale, sans bonne raison, il n'oserait pas fouiller. Trop de militaires qui ne partagent pas leurs manières et leurs idées. Mais je sais que Nazia, quand elle vient chez moi, a les yeux qui traînent.

– Nazia ? Je pensais que c'était votre amie. C'est ce que m'a dit votre père. Vous aviez l'air de bien vous entendre au match hier.

– Vraiment? Mon père me croit naïve. C'est l'un de nos contentieux. Comme si je n'avais pas compris le petit jeu de Nazia depuis si longtemps. Elle est devenue mon amie quand nous étions enfant sur ordre de ses parents, à l'époque où son père, ce serpent d'Abdul, intriguait pour se faire envoyer en France, sans qu'il en ait l'aptitude médicale.

– Pourquoi êtes-vous restée son amie, alors?

Sara haussa les épaules.

– Elle n'est pas méchante, vous l'avez vue hier. C'est plutôt une pauvre fille, sous influence. Elle m'amuse parfois avec son air coincé, et puis avec elle à mes côtés, c'est moi que les hommes regardent, comme elle le dit toujours…

Elle lui envoya un regard amusé.

– Plus sérieusement, je me suis prise de pitié pour elle quand elle est devenue malade, à l'adolescence, au retour d'un séjour dans son village. Comme je vous le disais hier, mon père, d'abord, a refusé de lui obtenir des passe-droits pour les médicaments au détriment d'autres patients.

– Et vous ignorez pourquoi il a finalement cédé.

– Mais ce que je sais, c'est que c'est à peu près à ce moment que Mansur, l'officier des renseignements, est réapparu dans notre vie de façon encore plus… envahissante. Envahissant, à harceler Shaheen et mon père, à poursuivre ses fouilles, mais sans aller plus loin. Comme s'il était conscient d'une ligne rouge à ne pas franchir.

– Aller plus loin, comme quoi?

– Comme ce que font les agents de l'ISI avec les séparatistes et les militants baloutches par exemple, que l'on retrouve parfois sur le bord des routes avec des trous de perceuse dans le crâne…

– Et vous ne pensez pas que Mansur agit de sa propre initiative? C'est tout de même bizarre que ce soit toujours lui qui vous harcèle depuis tant d'années…

Sara resta sans réponse, ce qui ne lui ressemblait pas. Elle reposa son livre.

– Même procédure que l'autre jour pour partir d'ici.

Elle fit demi-tour sans lui laisser le temps de répondre. Il remit son livre en place et se jeta dans le flot de passants qui déambulaient dans le bazar.

28

Karachi.
5 mai 2022. L'heure des poètes vagabonds.

Quand Sara et Jef furent assis dans le rickshaw, presque à l'abri des yeux du monde, il hésita à laisser sa main traîner. Celle de Sara était sagement posée sur le sac en travers de ses genoux.

– J'espérais rencontrer Shaheen.

Elle resta silencieuse.

– Pourquoi m'avez-vous raconté tout ça maintenant ?

– Parce que Shaheen vous a visiblement choisi.

– Choisi ?

– Il s'est confié à vous. À ma connaissance, c'est la première fois. Peut-être vous voit-il comme sa dernière chance de transmettre sa vérité.

– Et vous pensez que cette cassette a un lien avec l'attentat ?

Sara fit une moue. Elle ferma les yeux.

Ces quelques-uns qui ouvrent la bouche,
Ne sont-ils que des mécréants.
Fais arracher leurs langues !
Fais-les étrangler !
Voici ce que je lui ai dit
Ceux qui maniaient la langue,
Leurs gueules ont bien été fermées.
Il y a la paix dans la société.
Quelle différence !

– Habib Jalib, un de nos poètes vagabonds.

– C'est une façon de me dire que je pose trop de questions ?

– Pourquoi tout ramener à vous ? Jalib est resté un dissident toute sa vie. Mon pays est compliqué. Un pays de mollahs et de militaires aux pouvoirs exorbitants, mais un pays aussi qui voit naître et qui nourrit des Habib Jalib. Montrez-moi le recueil que vous a laissé Shaheen.

Il le lui tendit. Elle commença à le feuilleter.

– Ahmed Faraz. Le poète de la déchéance pakistanaise. Vous avez de la chance, il est en ourdou et en anglais.

Le rickshaw s'enfonçait dans des quartiers obscurs où l'épaisseur de la fumée voilait la misère de l'habitat. Ils approchèrent d'un endroit violemment éclairé qui tranchait avec les environs. Ça ressemblait à un monument, une mosquée peut-être, mais de facture étonnante, avec une chambre haute et rectangulaire décorée de motifs géométriques blanc et bleu et coiffée d'un dôme rayé vert et blanc surmonté d'une pointe dorée. Le bâtiment était décoré de banderoles, de guirlandes d'ampoules et de drapeaux. Une foule se pressait à ses abords.

– C'est le sanctuaire de Hazrat Syed Abdullah Shah Ghazi, un saint soufi, protecteur de Karachi. Ma mère m'y emmenait quand j'étais petite.

– Shaheen aussi y venait ?

– Pas à ma connaissance. Mais nous n'y entrons pas. Nous allons juste nous fondre un instant dans la masse pour perdre nos éventuels suiveurs.

Ils descendirent du rickshaw, poursuivirent à pied quelques minutes, croisant des regards qui les dévisageaient. Ils s'éloignèrent du monde et retombèrent dans l'obscurité, loin des lampions vifs du sanctuaire. Un coupe-gorge. Ils longeaient maintenant un terrain vague envahi de déchets où les milans et les corbeaux cherchaient en vain des restes. Des gamins piétinaient la décharge à la recherche de fils ou de métaux. La mer de sachets et d'emballages plastique égayait de ses couleurs bigarrées les immeubles lépreux qui entouraient le terrain. Ils passèrent devant trois hommes assis sur une planche posée sur des parpaings, regards vides. Jef ignorait où il se trouvait. Il tentait d'oublier ses lectures sur les quartiers de Karachi soumis aux gangs ou aux groupuscules djihadistes d'obédiences concurrentes.

Ils franchirent un portail ouvert dans la façade d'un immeuble de trois étages et débouchèrent sur un jardin intérieur. De petits garages en délimitaient l'espace. Une cinquantaine de personnes se tenaient en cercle dans le jardin qui ne devait son nom qu'à un arbre en pot au milieu de la terre battue. Un homme parlait à l'assemblée. Il ne parlait pas, il déclamait. Il récitait.

Sara toucha la main de Jef pour l'inviter à la suivre jusqu'au groupe. Il suivit la main de Sara. Ils se firent une place entre des spectateurs qui s'écartèrent sans cesser d'écouter la poésie. Sara traduisit.

> *… d'autres veulent ma tête.*
> *Encore d'autres,*
> *Qui s'élancent,*
> *Pour m'arracher le manteau.*
> *L'étau se resserre.*
> *Le dernier combat avec la mort est sur le point d'être livré.*
> *Sans soutien,*
> *Seule dans l'arène,*
> *Le visage enfoui dans les cheveux…*

L'homme poursuivait.

– C'est de Parveen Shakir, encore. Je n'y avais pas pensé jusqu'à maintenant, mais elle est morte l'année où a été signé le contrat des sous-marins. Je me demande si un poète y trouverait matière…

– Que faisons-nous ici ? Mon temps est compté.

Jef s'en voulut aussitôt d'être aussi abrupt. Sara hocha la tête.

– Shaheen m'a demandé de vous y amener.

Jef regarda les spectateurs un par un, cherchant le capitaine Ghazali, sans l'apercevoir.

L'homme laissa la place à une femme. Sara écouta un moment et traduisit.

J'ai peur quand,
Quelqu'un passe à côté de moi,
Quand les volets claquent au vent,
Quand je m'aperçois qu'une voiture blanche,
Fait des allées et venues,
Quand un taxi stationne dans la rue,
Ou quand un homme passe sans avoir peur.

– De Zeshan Sahil.

– C'est triste.

– Karachi est triste. Sahil a vécu la descente aux enfers de Karachi, où on vit de façon quasi permanente dans la violence.

– Vous voulez dire qu'un attentat ne pèse pas plus lourd qu'un autre ? Que Shaheen et votre père ont eu tort d'attacher tant d'importance à celui de la DCN de 2002, que les Pakistanais, eux, connaissent cet état de peur en permanence ?

– Pensez ce que vous voulez.

Toujours pas de Shaheen. Un nouvel orateur s'avançait. Un vendeur du Urdu Bazar que Jef reconnut sans hésiter. Celui à barbe blanche et aux cheveux coiffés en arrière, vêtu d'une chemise à carreaux. Il sortit un livre d'une poche intérieure. Il commença à déclamer, s'interrompant parfois pour regarder les spectateurs et capter leur attention. Il poursuivit, laissant ses yeux s'attarder sur Sara et Jef. Et planta son regard sur eux avant de poursuivre.

Vous êtes fou depuis toujours et les fous ont ce vice :
Mettre le feu à leur demeure pour illuminer la ville
Mon cher ! Sans force que vous êtes,
Qui vous a conseillé de mener ce combat ?
Se faire mater en tentant de mettre en échec les rois ?

– C'est de Ahmed Faraz.

Jef réalisa alors que le libraire tenait entre ses mains le même livre que le recueil que Shaheen avait laissé au Urdu Bazar lorsqu'ils s'étaient séparés, ce même petit recueil dont l'homme aux yeux de corbeau avait pris en photo la couverture lorsqu'il l'avait fouillé devant sa guesthouse. Il attendit que le libraire laisse la place au suivant et se leva. Sara le regarda, intriguée, mais l'imita. L'obscurité commençait à tomber sur l'assemblée. Jef et Sara contournèrent le cercle. Jef s'approcha du libraire qui s'était mis en retrait. Il lui présenta le recueil de poésie. Le libraire regarda longuement Jef, et tendit le sien. Jef le prit. mais le libraire ne le lâcha pas. Il plantait ses yeux dans ceux de Jef, avec une intensité dérangeante. Il finit par lâcher, prenant l'exemplaire que lui tendait Jef. Puis il reprit sa place dans le cercle.

Jef et Sara restèrent en retrait, le long des portes de garage. Personne ne semblait s'intéresser à eux. Sara le regarda, écarquillant les yeux. Jef lui répondit de la même manière. Il ouvrit le recueil. Passé les premières pages, le livre avait été creusé, afin d'y cacher une petite cassette vidéo.

29

Karachi.
5 mai 2022. Plan-séquence.

En ressortant de la mushaira qui allait se poursuivre une partie de la nuit, Sara et Jef s'arrêtèrent sous le porche qui ouvrait sur le terrain vague. Shaheen s'était donné beaucoup de mal pour que cette cassette parvienne entre les mains de Jef en toute discrétion. Il était évident que Shaheen voulait qu'elle sorte du Pakistan. Ou qu'au moins son contenu soit connu en dehors du pays des purs. Sara semblait suivre le cours de ses pensées.

– Je ne sais pas ce que contient cette cassette, mais Shaheen doit penser qu'il lui est impossible d'en révéler le contenu ici. Il a vu sa chance quand vous êtes arrivé à Karachi, vous, l'ami de son ami Marc, et le fils de cet autre Français en qui il a eu confiance. Ça doit vouloir dire que le temps de votre retour vers la France est arrivé. Plus vous resterez ici, plus vous serez en danger.

Jef s'extirpa de ses réflexions, réalisant, peut-être en même temps que Sara, ce qu'elle venait de dire. Le moment de leur séparation approchait. Ils se regardèrent. Ce fut elle qui la première se pencha vers lui pour l'embrasser. Ils se prirent l'un l'autre par la nuque, passant leurs doigts fébriles dans les cheveux de l'autre, perdant leur souffle à ne rien manquer de l'instant. Le monde explosait, Karachi se vidait, tout disparaissait, le parfum de Sara envahissait la planète, ses lèvres décuplaient l'éternité.

L'écho de pas résonna. On approchait.

Ils s'écartèrent. Cœur battant, air groggy, face à face. Ils se mirent en marche d'un même pas d'automates.

Plus un mot. Jef goûtait ses lèvres, respirait doucement par le nez pour s'enivrer du parfum de Sara. Il savait qu'elle faisait de même à ses côtés. Ils rejoignirent les abords du sanctuaire, toujours animé.

Depuis cinq minutes, le monde avait changé. Les lumières étaient plus vives. Les sons plus assourdis, plus nets aussi. Jef retenait sa respiration, ventre noué. Un rickshaw. Il fallait bouger. Ils se mirent en route. Leurs doigts se trouvèrent dans l'instant. Au Pakistan, on ne s'embrassait pas en public. Jef l'avait compris d'instinct, il suffisait de s'imprégner de l'atmosphère de la rue de Karachi. Qu'importe. Le contact de la main de Sara valait cent baisers.

– Où allons-nous ?

Sara le ramenait à la réalité. Il regarda l'heure.

– L'Alliance française.

Elle ne posa pas de question, indiqua la direction au conducteur. Ils remontèrent bien trop vite l'avenue Khayaban-e-Iqbal vers le nord sur deux kilomètres et demi jusqu'au carrefour Teen Talwar. Sara descendit et le laissa à regret poursuivre seul les trois cents derniers mètres en rickshaw vers l'Alliance.

Elle rejoignit les jardins dix minutes plus tard, s'installa à la terrasse du restaurant Côte Rôtie, commanda un thé et se plongea dans la lecture du *Monde*, comme convenu.

Jef l'avait vue s'installer de loin, pendant que le professeur de français fouillait dans l'armoire du matériel à la recherche d'une caméra pouvant lire du mini DV. Il revint triomphant au bout de cinq minutes et laissa Jef dans sa salle de classe vide à cette heure.

Jef attendit quelques secondes que le couloir redevienne silencieux et introduisit la cassette dans la caméra, des écouteurs sur les oreilles.

L'enregistrement durait une trentaine de minutes.

Il démarrait par des images filmées au sein même de la Cité navale de Karachi, passait devant le poste de garde, sortait de la cité et suivait une avenue pendant quelques minutes pour arriver jusqu'à une imposante bâtisse. La caméra s'attardait un instant sur un panneau indiquant qu'on se trouvait au Beach Luxury Hotel. Des gardes à l'entrée saluèrent le porteur de caméra, en souriant à l'objectif, preuve qu'ils le connaissaient ou étaient rassurés par sa mise. La caméra continuait, resta à la réception où le porteur de caméra demandait en anglais les journaux du jour. Jef reconnut la voix de Shaheen. Le réceptionniste commença par saluer le caméraman. Ainsi qu'une autre personne. Shaheen n'était donc pas seul. Il filma, s'attarda sur les titres de une, zoomant sur les dates, afin de dater sa venue. Tout n'était qu'un long plan-séquence. Il remercia, prit la clef qu'on lui tendait et s'engagea dans l'ascenseur, appuya sur le bouton 3, et quelques instants plus tard ouvrit la porte de la chambre 311. Il posa la caméra sur le rebord de la fenêtre qui montrait la vue sur la pelouse et la baie. La personne qui l'accompagnait restait invisible, silencieuse, muette. Pendant quelques minutes rien ne se passa. On voyait parfois des oiseaux noirs traverser l'objectif. Des milans sans doute, des corbeaux aussi. On entendit frapper à la porte. La caméra fut tournée vers la porte. Jef reconnut le caméraman, le capitaine Shaheen Ghazali, en uniforme, qui ouvrait et s'effaçait pour laisser entrer un homme en civil. Le visiteur, à la stature plus épaisse, enleva ses lunettes de soleil. L'homme aux yeux de corbeau.

Il avait l'air en colère. Lança des mots durs à Shaheen, qui ne se démonta pas et reprit aussitôt le visiteur en lui disant de parler en anglais. Pervez Mansur jura une dernière fois – Jef devinait qu'il s'agissait d'un juron – avant de passer à l'anglais. Shaheen fit s'asseoir l'officier des services de renseignements face à la caméra. À ce stade, il n'était pas sûr que ce dernier fût conscient qu'elle tournait. Shaheen avait pris soin de l'orienter vers la chaise où Mansur s'installait, l'air mauvais.

Les trente minutes suivantes furent parmi les plus étranges qu'il fût donné à Jef d'entendre. Le film avait été tourné en continu, sans doute pour lever les soupçons de montage et de manipulation.

Il n'était pas juriste, mais ça pouvait s'apparenter à des aveux sur le rôle que Pervez Mansur, en tant qu'officier de la Naval Intelligence œuvrant pour l'ISI, avait tenu en coulisse pour forcer la main des Français récalcitrants au transfert de certaines technologies. Si on en croyait l'hypothèse de Shaheen. C'était la confirmation de ce que ce dernier avait confié de vive voix à Jef au Urdu Bazar. Jef, en commençant à entendre la confession de Mansur, s'était pris à rêver d'une révélation fracassante sur l'attentat lui-même. Quel scoop il aurait pu ramener à Cherbourg ! Quel cadeau à Marc ! Ces aveux étaient d'une autre facture. Mais de façon indiscutable, ils confirmaient le rôle que certains agents des services secrets pakistanais avaient tenu. Sur ordre de qui, à quel niveau ? Impossible à dire. Il dessinait une toile de fond, peignait une atmosphère de défiance, cette fois-ci dans la bouche d'un acteur de l'intérieur, loin des discours rassurants et apaisants dont les dirigeants pakistanais avaient assommé les Français au lendemain de l'attentat.

Shaheen relançait parfois Pervez Mansur. Il lui posa franchement la question des commanditaires de l'attentat. L'officier lui jeta un regard noir. Shaheen insista.

– Si je vous dis qu'ils sont morts, me croirez-vous ?

Une façon de tracer une ligne rouge.

– Cela veut dire que vous savez qui ils étaient ? Le bureau des affaires afghanes de l'ISI ?

– Avant de répondre à ces questions, et puisque je pars du principe que ce témoignage n'a de valeur qu'en continu, je tiens à préciser une chose, à ceux qui écoutent ça.

Mansur s'adressait directement à la caméra. Il prit un ton martial. Il n'avait accepté de répondre aux questions du capitaine Shaheen Ghazali que sous la pression.

– J'assume tous mes actes, car ma conscience a la pureté de mon pays et les méthodes de Ghazali pour m'amener ici sont indignes d'un officier pakistanais ! Et vous – il pointait du doigt le visiteur muet et silencieux –, vous, que la honte vous emporte !

– Gardez votre morale pour vos comparses, répliqua sèchement Shaheen. Ceux qui doivent savoir sauront, ceux qui doivent juger jugeront.

Mansur bouillonnait, mais n'en dit pas plus sur les méthodes du capitaine Ghazali. Il aurait aimé étrangler Shaheen, mais les deux hommes, hors caméra, avaient dû passer un pacte, et quoiqu'il leur en coûtât à l'un et à l'autre, ils s'y tenaient.

Le récit de Mansur, ponctué des questions de Shaheen, avait repris.

L'agent ne révélait aucun nom. Celui qui avait activé la bombe à distance demeurait inconnu. Ainsi que son pedigree. Un membre d'un groupuscule islamiste téléguidé par les tentaculaires services secrets pakistanais, l'ISI, comme il en existait à foison ? L'information la plus tangible, aux oreilles de Jef, était que Pervez Mansur et son équipe avaient reçu un ordre exprès de se tenir prêts le 8 mai au matin dès les premières heures. Ils disposeraient d'un court laps de temps pour mener à bien des fouilles dans les affaires des Français avant l'arrivée du personnel de la DCN. Mansur affirmait qu'il n'était pas au courant de l'attentat lui-même, mais il n'était pas difficile de déduire de l'ordre qu'il avait reçu d'un supérieur de l'ISI que quelque chose allait se passer ce 8 mai au matin.

Quand l'entretien fut terminé, Mansur se leva et, sans demander son reste, quitta la chambre.

Shaheen prit la caméra. Le jour était tombé, l'éclairage de la chambre renvoyait sur la fenêtre le reflet de

Shaheen cherchant le bouton pour arrêter l'enregistrement. Un mouvement de caméra attrapa au vol le reflet d'une autre silhouette sur la fenêtre, celle du visiteur muet et silencieux, avant que la caméra s'arrête. Jef revint en arrière. Aucun doute, il s'agissait de Firaq, le docteur Zafar, le père de Sara.

Jef enleva les écouteurs. Il rangea la cassette dans le livre.

Sara lisait toujours *Le Monde*, relevant parfois la tête. Elle le cherchait. Il se dit qu'elle avait l'air un peu inquiète, mais que son beau visage ne trahissait toutefois aucune faiblesse.

Jef avait cru naïvement que l'existence d'une cassette pouvait contribuer à révéler la vérité sur l'attentat. C'était tout simplement surestimer la position de Shaheen. Jef en avait oublié ce qu'il était venu chercher à Karachi. Non pas des révélations, ni la vérité, mais une histoire d'amitié qui tournait peut-être au tragique.

Ce que la cassette révélait vraiment tenait à la scène qui se déroulait devant ses yeux, le lien entre Mansur et Shaheen. Le contenant, plus que le contenu. Jef s'était aveuglé. Comment Shaheen avait-il obtenu d'un officier des renseignements qu'il vienne avouer face caméra son rôle dans cette affaire, ce qui allait à l'encontre de tout ce que l'on imaginait d'un agent secret ? Pourquoi un officier supérieur des services secrets d'un pays où lesdits services secrets étaient tout-puissants n'était-il pas en mesure de faire taire ce maître-chanteur que devait être Shaheen à ses yeux ? La véritable information tenait à cette confrontation physique entre ces deux hommes. À ce rapport de force inversé.

Mais que faisait Firaq dans cette chambre ? Que devait-il dire à Sara ? Que savait-elle ?

Jef remercia le professeur de français et joua l'étonné de voir Sara à la terrasse du restaurant. Ils devaient reprendre leurs distances, et cela leur coûtait à tous les deux. On ne pouvait pas les voir partir ensemble.

– J'aurais besoin d'aide pour la traduction demain…

Elle comprit et partit la première. Jef se força à rester assis. Le voyant seul, le professeur de français le rejoignit, ce qui donna une contenance à Jef. Il opinait aux lamentations du prof qui vivait mal son séjour pakistanais. Pour raison de sécurité, il pouvait à peine sortir de l'Alliance, il y travaillait, y dormait, y retrouvait jour après jour les mêmes collègues aussi déprimés que lui. Jef s'en foutait. Il salua le prof qui le remercia de l'avoir écouté.

Il quitta l'Alliance, marcha les quelques centaines de mètres jusqu'au carrefour Teen Talwar et au-delà à sa guesthouse, la main plongée dans sa besace, sur le petit livre bleu. Le court trajet entre le restaurant de l'Alliance et sa guesthouse suffit à le convaincre d'une chose. Les aveux de Mansur n'auraient aucune conséquence au Pakistan. La mainmise de l'armée et des services sur la société pakistanaise était tellement intégrée par tout le monde que sûrement rien ne pourrait émouvoir les Pakistanais. En France, en revanche, l'écho serait tout autre. Jef en était là de ses réflexions lorsqu'il arriva devant la guesthouse. Des hommes l'attendaient. L'informateur qui devait travailler au restaurant avait fait son travail. Les agents l'encadrèrent et attendirent. Jef n'essaya pas de passer. Il se maudit. Il aurait dû cacher la cassette à l'Alliance. Quelques minutes plus tard, le 4x4 de Mansur s'arrêta près d'eux.

– Je vois que vous n'avez pas encore écouté l'appel du pays.

– Ça ne saurait tarder.

– Vraiment ? Vous avez trouvé ce que vous étiez venu chercher ? Donnez-moi votre sac.

Un des hommes s'empara de la besace de Jef sans attendre qu'il obtempère. Les deux autres le fouillèrent au corps. Mansur ouvrit la besace. Il sortit un vieux paquet de cigarettes que Jef avait oublié. Il l'ouvrit, parut déçu, prit le recueil de poésie, sembla se plonger dans l'observation approfondie de la couverture bleue.

– Je vois que vous vous accrochez…

Jef hésita sur l'attitude à adopter. Mansur ne devait pas découvrir la cassette.

L'agent de l'ISI posa le livre sur le capot de son véhicule, continua à explorer le sac de Jef.

L'officier jouait-il sa tête ? Menait-il une croisade personnelle ou bien la divulgation du contenu de la cassette pouvait-elle causer du tort à d'autres que lui ? Jef brûlait d'envie de questionner l'officier, mais l'autre saurait aussitôt quel danger il représentait. Ce qui ne serait pas sans conséquences.

Mansur mit sa main sur le recueil.

– Vous a-t-on appris que les Pakistanais étaient férus de poésie ?

Il fixa un long moment Jef qui était sur le point de se liquéfier.

– Vous nous prenez pour des brutes, bien sûr.

Mansur s'empara du recueil, le pouce sur la tranche. Il hésitait, se concentrait. Se retint de l'ouvrir. Récita, de mémoire.

Mouchoir dans une main,
Épée dans l'autre.
C'est ainsi qu'est fait le Pachtoune.
Il aime ceux qui l'aiment.
Il frappe ceux qui le frappent.
Il est prêt à tout.
Brûlant et rougeâtre comme le soleil des montagnes.

– "Il est prêt à tout. Brûlant et rougeâtre comme le soleil des montagnes", répéta-t-il. C'est un extrait de Ahmed Faraz. Vous le trouverez dans ce recueil. Tenez, regardez donc vous-même, vous l'avez en anglais, il s'appelle "La danse khattak".

Mansur tendit le recueil. Jef l'ouvrit, couverture tournée vers l'agent. La cassette lui brûlait les yeux. Il opina, comme s'il venait de vérifier la récitation de Mansur, referma aussitôt.

– Vous devriez le méditer aussi.

Mansur était satisfait de son effet, et donna le signal du départ.

30

Karachi.
6 mai 2022. La loi du mort-kilomètre.

La jeune femme scandait son récit par de brèves impulsions qui mettaient en mouvement ses mains, ses hanches. Le reste du corps ne paraissait pas bouger, mais la musique traditionnelle indienne emportait maintenant ses pieds fins qui piétinaient les planches de bois avec hargne. Puis la douceur reprenait le dessus, les mains filaient comme un vol d'oiseaux suivant des vents harmonieux, les yeux de la danseuse semblaient fascinés par la chorégraphie de ses propres doigts qui emmêlaient cette histoire millénaire de révolte paysanne dans l'Inde ancestrale, d'amour et de désir, de dévotion et de spiritualité. Les yeux de la danseuse, surtout, happaient l'attention de Jef. Ils exprimaient à la vitesse de la lumière la peine, l'espoir, la colère, la révolte, la séduction, l'humour, le sérieux, toute cette gamme d'émotions qu'il avait vue défiler dans les yeux de Sara depuis qu'il la connaissait. Depuis quoi, une semaine ? Ses grands yeux qu'il s'était promis de ne plus épier pour ne pas s'attirer les foudres de la lieutenante, ses grands yeux si expressifs et irrésistibles. Il se plongeait dans ceux de la danseuse sans état d'âme et sans aucune retenue.

– C'est bon, on peut y aller ? On dirait que vous allez la manger toute crue.

Sara le tirait par le bras. Air boudeur. Jef s'extirpa du spectacle et des centaines de personnes qui communiaient avec la jeune danseuse de bharata natyam. Jef et Sara s'étaient mêlés aux participants du festival de littérature de Karachi qui accueillait dans l'enceinte du Beach Luxury Hotel écrivains, éditeurs, lecteurs et autres adeptes d'une vie culturelle si souvent corsetée par les innombrables contraintes religieuses. Le monde présent leur assurait un relatif anonymat, y compris pour un étranger, et Jef avait pu réserver sans s'attirer d'inutiles questions la chambre 311, celle où Shaheen avait obtenu les aveux de Mansur six ans plus tôt.

Il avait hésité avant de donner rendez-vous à Shaheen à l'hôtel. La veille, il était resté songeur après le départ de l'officier des renseignements. Avait-il laissé tomber ?

Au petit matin, en s'esquivant par la sortie de derrière, Jef avait presque été étonné de ne pas voir un sbire de Mansur surveiller cette issue. Gulzar, en tout cas, était au rendez-vous. Depuis que la saison de pêche était terminée, le tenancier de la petite échoppe de Mubarak village se consacrait plus sérieusement à son activité de contrebande qui réclamait une présence plus régulière à Karachi. Gulzar lui avait raconté subir souvent les humiliations des contrôles des garde-côtes qui montaient leurs barrages mobiles même des kilomètres à l'intérieur des terres, comme le jour où il avait été arrêté avec Jef. Même si cette fois-là s'était distinguée par la présence d'agents des services secrets, ce qui était plus rare. Gulzar était d'autant plus dans le collimateur qu'il faisait par ricochets les frais de la surveillance dont Firaq était l'objet.

La présence d'un public important avait servi à convaincre Shaheen Ghazali d'accepter de quitter son appartement et un lieu de rendez-vous autre que le Urdu Bazar. Jef ne savait pas très bien ce que la rencontre dans cette même chambre pouvait donner.

Pour les besoins de son article, il voulait se rendre sur le lieu de cette confession vidéo, de la même façon qu'il avait visité tous les lieux importants de son histoire. Les abords de l'hôtel Mövenpick, ex-Sheraton, ne lui avaient pas inspiré grand-chose, si ce n'est une sécurité maximale, des murs opaques tout le long de la rue, à la place des façades ouvertes sur la ville, de lourdes herses mobiles, des barrières de sécurité anti-voitures bélier, des fouilles systématiques et des hommes en armes, des caméras de surveillance partout. Jef pensait sentir vibrer la tragédie qui s'y était déroulée vingt ans plus tôt, mais il n'émergea que cette même vision contrastée qui l'habitait depuis son arrivée à Karachi, une exposition de misère qui laissait de marbre les clients. Il n'avait pu observer qu'à distance le Dockyard et la Cité navale, tout au plus pour en décrire les aspects de forteresses lourdement gardées.

Il récupéra la clef et rejoignit le premier la chambre 311. Les autres, Sara et Shaheen, devaient suivre à intervalles réguliers, s'échappant du festival pour s'enfoncer dans les corridors de l'hôtel. Sara parut troublée quand elle frappa à la porte et que Jef s'effaça pour la laisser entrer. Jef sut ce qu'elle avait en tête, car il pensait à la même chose. Shaheen n'allait pas tarder. Elle s'avança vers la fenêtre qui donnait sur la baie aux mangroves. Une passerelle donnait sur un embarcadère parallèle à la berge où un bar couvert de toiles accueillait des festivaliers. Sara paraissait absorbée par la vue. Elle tenait son téléphone à la main, attendant un message d'arrivée de Shaheen.

Jef s'approcha. Il posa ses mains sur les épaules de Sara, elle ne bougea pas. Il l'embrassa dans le cou.

Un signal de message sur le téléphone.

Sara se retourna, lança l'appareil dans un coin de la chambre avant de jeter ses bras autour de Jef. Ils s'embrassèrent, comme Jef n'avait jamais embrassé. Ils prenaient le visage de l'autre entre leurs doigts, se mordaient les lèvres, s'embrassant à nouveau. Jef le premier réagit aux coups frappés à la porte. Il caressa le visage de Sara, embrassa ses yeux, la caressa encore, s'écarta pour aller ouvrir.

Shaheen avait l'air nerveux, stressé. Il vit le téléphone par terre, étonné, mais ne dit rien. Il s'avança à son tour vers la fenêtre.

– Rien n'a changé. Ou presque. Il y a moins de mangroves… Mais si vous m'avez fait venir ici, c'est que vous avez obtenu la vidéo et que vous l'avez visionnée.

– Sara ne l'a pas vue. Je lui en ai raconté les grandes lignes. J'espère ne pas avoir commis d'impair.

L'espace d'un instant, Jef se sentit coupable. Pas vis-à-vis de Shaheen. Mais il n'avait rien révélé à Sara de la présence de son père pendant l'enregistrement des aveux, ni des accusations que Mansur avait proférées envers lui, sans savoir en quoi Firaq Zafar aurait dû avoir honte. Allait-il le regretter ?

Shaheen regardait autour de lui. Il semblait sincèrement intéressé par ce qu'il voyait.

– Quand j'ai interrogé Mansur ici, je n'ai même pas fait attention à la décoration de cette chambre. Les meubles ont-ils changé, les couleurs, la disposition ? Je n'en sais rien. Sans doute n'étais-je pas moi-même tellement à l'aise dans le rôle qui allait être le mien…

Rideaux et coussins aux tons chauds étaient assortis, ainsi qu'un tissu jeté en travers du lit double. Une petite table ronde était encadrée de deux fauteuils confortables. Shaheen s'assit dans l'un d'eux. Il paraissait soudain fatigué. Sara s'assit sur le lit, ramassa son téléphone. Jef prit place de l'autre côté de la table.

Puis le silence se fit. Jef avait mille questions à poser à Shaheen, mais il avait déjà compris qu'il obtiendrait peu de réponses. Il était venu écrire un article sur une amitié à distance entre deux hommes qui s'étaient connus dans des circonstances exceptionnelles, des hommes qui l'un et l'autre étaient restés prisonniers d'une injustice qui vingt ans après les faits continuait à les ronger, mais aussi à les rapprocher. Une histoire d'amitié qui reposait sur des suppositions. Marc, là-bas, était-il toujours dans le même état d'esprit ? Lui et Shaheen n'étaient plus en contact direct depuis des années, et pourtant ils restaient accrochés à une certaine image de leur amitié. Et s'ils se trompaient ? Si leurs routes avaient divergé depuis longtemps ? Et s'ils s'étaient mépris dès le départ ?

Shaheen devait savoir que nulle vérité n'éclaterait au Pakistan. Avait-il cru que Marc la ferait éclater en France, et que, par un effet boomerang, elle éclaterait à Karachi ?

– J'avais placé mes espoirs dans la justice française, admit Shaheen quand Jef lui posa la question. Je pensais qu'elle serait capable de percer le mur du silence et du secret élevé mon pays. Mais ma déception a été grande quand j'ai vu que ce qui intéressait les Français, ce n'était que cette histoire politico-financière franco-française. Je ne jette pas la pierre à Marc. On regarde d'abord devant sa porte.

– La loi du mort-kilomètre…

Shaheen regarda Jef bizarrement.

– Une espèce de loi non écrite du journalisme. On écrit d'abord sur ce qui se passe devant sa porte. Un attentat à Karachi avec 50 morts aura autant de place qu'une agression au couteau à Heidelberg que la voisine qui se tord le pied en traversant la route à cause d'un trou pas réparé par la voirie.

– La loi du mort-kilomètre, oui, ça doit être ça aussi pour la justice.

– Comment avez-vous obtenu le témoignage de Pervez Mansur ?

Shaheen regarda à nouveau la chambre, comme s'il essayait de reconstituer l'atmosphère d'il y a vingt ans.

– Je l'ai forcé à venir.

Shaheen prit le temps de mesurer son effet. Il devait savoir que Jef ne s'attendait pas à une telle réponse.

– Abdul Sattar informait les services de renseignements de la marine où travaillait son oncle par alliance, Pervez Mansur. Un échange de bons procédés. Le lien familial garantissait le sérieux de l'échange d'informations et la protection des intérêts de chacun.

– Mais ça n'explique pas comment vous l'avez amené à témoigner.

– Quand Nazia est tombée malade, il y a sept ou huit ans, ça a été un drame.

– Je sais, Sara m'a raconté ça l'autre jour. Elle avait été choquée que son père refuse d'abord de la soigner, même si le père de Nazia, quinze ans plus tôt, avait fait pression sur lui pour être envoyé à Cherbourg.

– Pressions exercées par Mansur. Le certificat médical pour Abdul Sattar, sous peine d'empêcher Sara de devenir officier quand elle serait grande.

Jef avait du mal à accepter que cette menace latente ait pu peser tant d'années, en sourdine.

– Qu'est-ce que quinze ans quand on parle de familles de militaires qui se cooptent depuis des générations, qui s'assurent que ceux de leur clan tiennent leur place. On arrange les mariages au Pakistan, dès l'enfance parfois, et vous pensez que ces gens ne seraient pas capables de planifier une carrière, quand l'identité du clan repose dessus ?

Sara jeta un regard triste à Jef. Il aurait voulu la prendre dans ses bras.

– Firaq Zafar a vécu avec cette épée de Damoclès toutes ces années, jusqu'à ce que tu sois brevetée officier, Sara. Je peux te le dire maintenant, il a souffert tout le temps, sans jamais rien montrer, avec une abnégation qui m'a toujours impressionné.

Sara avait les larmes aux yeux.

– Et du jour où je suis devenue officier, il a quitté la marine pour partir à Mubarak village. Et je n'ai jamais compris pourquoi…

– Il avait une autre bonne raison de partir…

Cette fois-ci, c'était Shaheen Ghazali qui avait du mal à parler, la gorge serrée.

– Vous me demandiez, Jef, comment j'avais amené Mansur à m'avouer son rôle le jour des attentats… Quand Nazia est tombée malade, à la veille de son mariage avec Imran et de présenter sa candidature pour devenir officier, Firaq m'a rendu visite. Il m'a raconté qu'Abdul Sattar était venu le trouver, suppliant, larmoyant, se traînant presque à genoux, homme de si peu d'honneur, pour l'aider à soigner sa fille. N'importe quel autre médecin de la Cité navale aurait pu la soigner tout aussi bien que lui, mais ce serait devenu officiel, et Nazia n'aurait pas pu devenir officier. Il lui fallait donc un médecin qui garde le silence, un médecin qu'il connaisse. Le premier réflexe du docteur Zafar a pourtant été de refuser.

– Et je lui en ai voulu, dit Sara, le regard perdu par la fenêtre.

– Ensuite, Abdul Sattar est passé aux menaces. Zafar, dans le temps, avait fini par accepter de trafiquer son dossier médical pour qu'il puisse partir en France. Du point de vue d'Abdul Sattar, quinze ans plus tard, cette compromission de Zafar, qu'elle fût exercée sous la pression ou pas, suffirait à jeter le discrédit sur lui et sa famille. Le pauvre docteur, qui est la droiture même, était bouleversé. Et il est venu m'en parler, car moi seul pouvais comprendre son cas de conscience et partager son désarroi, comme il l'avait déjà fait quinze ans plus tôt quand il avait subi les pressions pour laisser partir Abdul Sattar en France.

Sara et Jef attendaient la suite, qui ne venait pas. Shaheen était gêné. Sara se redressait, elle devait sentir qu'il s'était passé quelque chose qui concernait son père. Elle se leva. Que se passait-il dans sa tête ? Depuis tout ce temps, elle avait toujours respecté Shaheen pour le combat qu'il avait mené, pour son acharnement. Reprochant à son père, silencieusement ou pas, de ne pas être à la hauteur de Shaheen, de s'être retranché à Mubarak village, d'avoir fui l'arène.

Le simple fait que Sara se dresse devant lui suffit à ébranler Shaheen. Il finit par lever les yeux sur elle.

– J'ai réussi à convaincre Firaq que nous tenions là une occasion unique. J'avais mon combat en tête. Depuis des années, je découpais des articles de journaux, à la recherche du moindre indice sur l'attentat de 2002. Toutes ces années, tu m'amenais les journaux, Sara, je découpais, je découpais, je cherchais. Je demandais à des officiers ce qu'ils avaient vu, on me fuyait, j'en parlais à des journalistes d'ici, certains avaient cherché aussi, ils étaient menacés, eux n'étaient pas protégés par un uniforme, comme moi. Un amiral pakistanais a été condamné pour corruption, a même dû rembourser des millions. D'autres officiers ont été condamnés pour la même chose. Vous savez, quand on parle de ce que vous appelez en France "l'attentat de Karachi", ou "l'affaire Karachi", les Pakistanais le nomment "le scandale des sous-marins", pour ces histoires de pots-de-vin. Les morts ne sont même pas évoqués. En tout cas, tout était retombé. Ça ne menait nulle part. Quand Firaq m'a raconté cette histoire avec Abdul Sattar et Nazia, moi, j'ai vu au-delà, j'ai vu le capitaine Pervez Mansur, leur parent, le patriarche de cette famille militaire, si attaché à l'honneur du clan. Et j'ai vu le moyen, enfin, de l'atteindre.

Cette fois-ci, Shaheen baissa les yeux.

– J'ai parlé avec Firaq, qui a parlé avec Abdul Sattar, qui a parlé avec Pervez Mansur, qui est venu s'asseoir à votre place quelques jours plus tard.

Sara parla d'une voix blanche.

– Qu'avez-vous dit à mon père pour qu'il arrive à convaincre un officier de l'ISI de venir témoigner contre son corps ?

– Firaq vous l'expliquera, s'il le souhaite. Je ne trahirai pas son amitié. Il m'a fait confiance. Je l'ai déçu. Et son retrait à Mubarak village est aussi le résultat de cette déception. Mais il est resté droit, il faut que vous le sachiez, Sara. Cette histoire nous dépassait tous, il l'avait compris.

31

Karachi.
6 mai 2022. L'heure de la chambre 311.

Shaheen repartit le premier.

Jef savait. Il ne reverrait plus l'ancien officier, l'ami de Marc.

D'autres noms se bousculaient. Nazia et son père Abdul. L'oncle aux yeux de corbeau. Ou peut-être l'appellerait-il milan, tant l'officier planait au-dessus de cette affaire depuis si longtemps sans jamais sembler fatiguer, à la façon de ces rapaces qui étendaient en silence leurs ailes sur Karachi au crépuscule. Tout, tout ce qui l'éloignait de son histoire, de Marc et Shaheen. Ou pas. Il sentait ça, aussi. Tout se tenait. Sara et son père l'en rapprochaient.

Jef devait retourner voir le docteur Firaq Zafar. Sa relation avec Shaheen tournait au tragique. Comme celle entre Marc et son père ? Dégâts à long terme de cette saleté d'attentat, jamais tiré au clair. Il faudrait qu'il cherche chez les poètes de Karachi. Eux, mieux que quiconque, devaient avoir hurlé et gémi le drame des vies percutées et oubliées.

Sara aussi restait plongée dans ses pensées. Jef s'avança vers elle. Il saisit sa main, la baisa et la garda dans les siennes. Elle était troublée, mais ce chaste baiser n'y était pour rien et Jef le savait. Elle pensait à son père, à cette issue triste dans laquelle il s'était emmuré, là où le bon docteur avait été mis au pied du mur. Emmuré vivant.

Jef entoura Sara de ses bras, la serra fort. Dehors, des milans tournoyaient au-dessus de la baie aux mangroves.

Il s'imprégnait de la respiration de la jeune femme, inspirait avec elle, expirait avec elle. Ouvrait les yeux comme elle, les fermait comme elle.

– Je dois retourner à Mubarak village.

– Je t'accompagne, lâcha Jef sans réfléchir.

– Rien ne t'y oblige. C'est une histoire entre mon père et moi.

Sans s'en rendre compte, ils étaient passés au tutoiement.

– Peut-être pas. Plus maintenant.

Ils s'embrassèrent. Se cherchèrent. Basculèrent. Emportés.

Pas à pas, doigt à doigt, murmure à murmure, lèvres à lèvres, caresse à caresse, souffle à souffle.

Emportés. Basculés. Perdus. S'embrassèrent.

Sara repartit la première. Temps oublié.

Jef resta assis un long moment sur le lit. Sa main sur l'empreinte du corps de Sara. Il la caressait, avec la même émotion.

Sara avait accepté qu'il vienne à Mubarak village à une condition. Qu'il l'accompagne d'abord jusqu'à une école à la sortie de Karachi, sur la route.

Il la retrouva une heure plus tard, après s'être éloigné des employés et gardes de l'hôtel, sur Moulvi Tamizuddin Kha Road, et monta rapidement à bord de sa vieille Volkswagen.

En route, elle lui raconta. Son regard glissant presque par hasard sur les ombres-adultes attendant des ombres-enfants, sous l'œil de l'autre côté de la rue d'ombres-soldats. Ces ombres projetées par un éclair brutal et soudain. La bourrasque de l'explosion, le dernier voyage des ombres. Un défilé d'ombres sur lesquelles elle ne parvenait pas à faire la lumière pour les tirer du néant.

Jef réalisa que cet attentat, que Sara évoquait par touches impressionnistes, comme si elle n'osait pas y poser de mots crus, était celui qui avait tant ébranlé

Marc le jour de l'attentat au couteau de Heidelberg. Celui des enfants. Des écolières.

Ils roulèrent le plus souvent en silence, attentifs à la circulation, au vol des milans, aux flammèches puantes, aux cohortes de regards vides d'avenir. Jef était resté dans la chambre 311, avec le vol des milans qui poussaient vers lui les effluves de Sara après l'amour, son odeur qui l'enivrait maintenant. Il essayait de ne pas penser à l'attentat, à celui qui aurait pu lui voler Sara.

Après quelques kilomètres, elle stoppa. Elle invita Jef à descendre. Il comprit que c'était là où avait eu lieu l'attentat qui avait causé la mort de vingt et un enfants. En voyant les stigmates de la catastrophe, en imaginant Sara passant le long de cet enfer, il sentit ses yeux se mouiller. Il se retint. De l'autre côté de la rue, des Rangers étaient barricadés derrière des blocs de béton et d'acier. Des hommes vinrent les contrôler et fouillèrent la voiture avant de se désintéresser d'eux. La clôture qui séparait la cour de l'école de la rue était toujours éventrée. Des photos et des guirlandes étaient accrochées à ce qui en restait. Beaucoup de portraits d'enfants. Une femme se tenait là, accroupie, prostrée, au bord du cratère causé par l'explosion de la voiture piégée.

Sara fut prise de sanglots. Puis elle se mit à pleurer sans pouvoir se contrôler. Jef n'avait pas vu cette réaction venir. Il hésitait à la prendre dans ses bras. La femme leva les yeux sur eux, et en un instant comprit, sans doute au regard de Jef. Que penseraient ces militaires si un étranger enlaçait une Pakistanaise, en pleine rue ? Elle se mit debout et prit dans ses bras Sara, qui s'écroula contre elle. Des Rangers regardaient dans leur direction, sans qu'on puisse deviner leurs pensées. L'un d'entre eux s'avança, lourdement armé, regard dur, doigt sur la gâchette de son fusil-mitrailleur. Il sortit d'une poche de son treillis un mouchoir en papier qu'il tendit à Jef, lui faisant signe de le donner à Sara. Il montra la femme du menton, qui avait pris le mouchoir et essuyait les yeux et le nez de Sara. *Ammi Jaan, Ammi Jaan.* Il retourna à son poste de garde, observant les alentours.

Sara remercia la femme, et lui caressa la tête. Elle la prit à son tour dans ses bras et la serra fort, en lui murmurant à l'oreille *Ammi Jaan, Ammi Jaan.* La femme, drapée dans un shalwar, tête couverte d'un voile vert parsemé de fleurs, s'écroula à son tour en pleurs contre Sara qui avait retrouvé son calme. Ses grands yeux étaient voilés de tristesse. Elles restèrent un long moment comme ça, puis la femme remercia Sara en lui caressant la joue avant de reprendre sa position accroupie au pied de la clôture, face au cratère, prostrée. Sara s'assit à côté d'elle. Jef l'imita.

– Depuis l'attentat, cette femme est connue dans tout le Pakistan comme *Ammi Jaan*, "maman adorée".

Sara prit la main de la femme.

– Une des photos de l'attentat était celle du téléphone mobile de sa fille qui sonnait dans les décombres, avec le portrait de la fillette et le nom de *Ammi Jaan* qui s'affichait. *Ammi Jaan calling*, appel d'Ammi Jaan. C'est elle qui essayait d'appeler sa fille. Elle ne savait pas qu'elle était déjà morte. Cette photo et cette histoire ont bouleversé le pays.

Jef regarda mieux la femme. Il se rappelait, quand il avait appris la nouvelle de cet attentat de la bouche de Marc, les railleries de Greg. Les journaux français, à l'époque, avaient évoqué l'attentat. On avait parlé du nombre de victimes, qu'il y avait beaucoup d'enfants, et mis l'accent sur les groupes fondamentalistes sunnites qui harcelaient les minorités, qu'elles soient chrétiennes ou musulmanes. Les journaux avaient évoqué également la piste de talibans décidés à mettre la pression sur le gouvernement pakistanais. Des chiffres et de la géopolitique. La loi du mort-kilomètre. Pas de visages, pas de portraits, pas de récits de vies suspendues. Pas d'identification possible. Jef sortit son carnet et son stylo.

– J'aimerais lui poser quelques questions sur sa fille.

Sara commença par fusiller Jef du regard. Puis s'adressa à la femme, qui sans la moindre question, commença à parler. Après un moment, Sara mit sa main sur la sienne, puis elle traduisit à Jef. La fillette, Sanaya, avait treize ans quand elle avait été emportée par l'explosion. Elle avait deux frères et trois sœurs. Elle voulait devenir dessinatrice de mode, étudier à Londres, que ses modèles défilent à New York. Elle s'occupait souvent de sa petite sœur en rentrant de l'école parce qu'elle, sa mère, n'avait pas de temps pour elle, elle travaillait à faire le ménage chez une dame qui habitait Clifton, qui passait la moitié de l'année à Karachi et l'autre moitié à Londres. La dame avait promis de voir ce qu'elle pouvait faire pour Sanaya, tant elle la trouvait douée. Elle l'avait même laissée dessiner les coussins de son petit salon. Elle voulait croquer la vie et le monde, comme cette jeune graphiste de Heidelberg. Son père, conducteur de rickshaw, était inconsolable, il n'avait pas retrouvé le sourire depuis la mort de Sanaya.

Elle, la mère, venait tous les jours passer un petit moment ici à l'heure de la sortie de l'école, même si l'école n'avait pas réouvert. Elle entendait les bruits de la cour, de la récréation, se les imaginait en tout cas. Elle ne savait pas qui avait pu poser ces bombes, c'était le mal. Elle parla encore un moment, puis elle se leva, entraînant Sara et Jef. Elle montrait les photos d'autres écolières. Elle commença à les nommer, à les décrire, telle brillait en mathématiques, celle-ci récitait de la poésie avec une mémoire que son professeur avait louée, et telle autre était souvent malade. Elle ne s'arrêtait plus.

Elle traversa la rue et s'avança vers les Rangers, s'assurant que Sara et Jef suivaient toujours. Elle prit à témoin le soldat qui avait donné un mouchoir à Jef. Le soldat hocha la tête. Plusieurs de leurs camarades avaient été tués. Il rameuta les autres gardes. Un à un, ils nommèrent les soldats tués, racontèrent ce qui les avait poussés à porter l'uniforme, quelle famille ils laissaient derrière eux, en quoi ils croyaient, qu'ils étaient fiers de protéger l'école, qu'un des Rangers tués avait sa fille dans cette école, et que tous s'étaient cotisés pour offrir un peu d'argent à sa veuve afin que la fillette poursuive l'école. Sur les auteurs de l'attentat, ils ne voulaient rien dire, reprenant leur attitude de soldats. Mais les auteurs ne resteraient pas impunis, qu'il en soit sûr. Et ils continueraient à tenir leur poste, qu'il en soit sûr aussi.

Jef noircissait son carnet. La femme finit par partir. Jef pensa la suivre, mais Sara le retint. Mubarak village les attendait.

Ils restèrent quelques minutes à regarder passer les voitures, les rickshaws et les petites motos chargées d'enfants.

– Quand cet attentat a eu lieu, j'étais à Cherbourg, en France. C'est Marc, l'ami de Shaheen, qui m'en a informé. J'en ignorais tout.

– Quand cet attentat a eu lieu, j'étais là, dit Sara en montrant du doigt un pont. C'est Gulzar et mon père qui m'en ont informée avant de faire nettoyer le sang sur la portière. J'avais voulu en ignorer tout. Maintenant, je suis comme cette femme, j'entends les bruits de la cour de récréation, et un grand silence aussi. C'est bizarre, je n'entends pas le bruit de l'explosion. Juste les rires des fillettes et un silence. C'est bizarre parce que, avec ma fenêtre fermée, je ne pouvais pas entendre ces rires, et qu'après l'explosion il n'y a pas eu de silence, mais des cris, tout de suite, et eux, je les ai bien entendus.

– Je venais d'écrire sur un attentat qui avait eu lieu en Allemagne, de faire le portrait d'une blessée qui habite dans ma ville, à Cherbourg. Sur les réseaux sociaux, des gens critiquaient les journalistes occidentaux qui n'écrivaient pas sur cet attentat de Karachi. Je me souviens que certains les traitaient de hipsters de la tragédie, pour la façon vertueuse dont ils critiquaient la couverture médiatique pour se hisser au-dessus de la mêlée, du genre tu vois, moi, je me préoccupe de souffrances et de morts dont tu n'as jamais entendu parler. Et puis il y a eu cette histoire quand la tour Eiffel s'était éclairée aux couleurs de l'Allemagne. Sur les réseaux, des gens se demandaient si la tour Eiffel allait aussi s'éclairer aux couleurs du Pakistan. Ça avait été le cas, j'avais vu des photos sur Twitter, avec la tour Eiffel verte et jaune.

Sara secoua la tête.

– Vraiment ? Je me souviens, moi, que cette histoire de tour Eiffel avait énervé tout le monde ici. Parce que ça n'a jamais été le cas. D'abord, les couleurs du Pakistan, c'est vert et blanc. Et la photo qu'un petit malin avait publiée sur Twitter en disant que les Français pensaient aux Pakistanais avec cette photo à l'appui, c'était celle des couleurs de l'Afrique du Sud, des années plus tôt, apparemment pour la coupe du monde de Rugby. Comment c'était, déjà ? La loi du mort-kilomètre ? J'aime bien cette expression… Elle ne ment pas. Elle ne donne pas de faux espoirs.

32

Mubarak village.
6 mai 2022. L'heure des casquettes.

Plus la vieille Volkswagen de Sara approchait de Mubarak village, plus sa nervosité grandissait. À ses côtés, Jef semblait absorbé par le paysage quasi désertique et austère. Pensait-il à son article ? À elle ? Sa barbe avait poussé. Avec ses cheveux bruns et son teint maintenant bronzé, ses yeux bleus cachés derrière ses lunettes de soleil, il pouvait presque passer pour un Pakistanais. Si on ne s'approchait pas trop.

Si Sara avait été seule dans la voiture, elle aurait ri d'elle-même. Jef, une allure de Pakistanais ? Essayait-elle de se convaincre qu'il trouverait sa place dans la société pakistanaise, qu'il pourrait s'y faire, s'y adapter ? Auprès d'elle ? Elle, une officière de la marine, qui deviendrait aussitôt suspecte par cette fréquentation d'un étranger.

Devrait-elle se contenter de ces sensations volées, de ces attouchements électriques dans un rickshaw ou un stade de cricket ? De ce drap de la chambre 311 trop vite froissé ? S'en satisfaire, pour le reste de ses jours ?

Mieux valait rire de cette idée absurde d'un Jef à l'allure pakistanaise, rire à s'en épuiser, pour ne plus avoir la force d'en pleurer. Elle devait se faire à cette idée, elle n'était ni une de ces bourgeoises occidentalisées et sûres d'elles, ni une de ces militantes politiques prête à renverser toutes les barricades.

Ils passèrent un barrage des garde-côtes au même endroit que l'autre jour. Les gardes ne s'intéressaient qu'aux véhicules venant dans l'autre sens. On leur fit signe de passer vite. Sara craignait de voir Mansur surgir de derrière la baraque, mais il n'y avait ni agent de l'ISI ni minibus chargé de militants islamistes prêts au coup de poing.

Depuis la rencontre avec Shaheen au Beach Luxury Hotel, tout lui donnait le tournis. Les révélations de Shaheen, l'ombre sur le rôle de son père, présent et en même temps absent lors de la vidéo avec Mansur. Et encore les caresses de Jef, la détresse d'Ammi Jaan.

Pourtant, une image s'imposait, qui n'avait rien à voir avec tout ça. Ou qui peut-être était à l'origine de tout.

Une vieille image.

Sara et Nazia défilaient au pas cadencé, droites comme des I, engoncées dans des semblants d'uniformes que sa mère leur avait cousus, riant à en perdre le souffle. Des robes et des foulards blancs taillés dans un vieux drap, des chemises blanches qu'elles mettaient d'habitude pour les cérémonies à l'école, et, le plus important, une casquette. Une casquette blanche avec des dorures et une visière en plastique noir, cadeau qu'elles avaient toutes les deux commandé en suppliant avec des mimiques incroyables pour leur anniversaire, à quelques jours d'intervalle, au printemps. En 2002. Vingt ans déjà. Peu de temps avant cet attentat devenu l'Attentat, avec un grand A, en tout cas pour Shaheen et Firaq.

C'est Firaq qui les avait trouvées au bazar derrière l'hôpital. Défiler ensemble, elles l'avaient fait depuis des mois déjà, depuis la première année à l'école primaire, mais la casquette leur donnait un air tel qu'elles s'y croyaient pour de vrai. Elles étaient entrées dans une nouvelle dimension. Elles riaient, reprenaient leur sérieux, retrouvaient un pas appliqué en une chorégraphie qu'elles répétèrent jusqu'au coucher du soleil ce jour-là. Nazia et Sara. Bien sûr, Sara, dès son plus jeune âge, avait su d'instinct qu'elle et Nazia n'appartenaient pas au même monde. Abdul, le père de Nazia, était un officier marinier et, à ce titre, la famille n'était pas logée à la Cité navale, mais dans des blocs d'immeubles de la marine en ville. Le leur, *Sabir SRE*, se trouvait juste en face de l'entrée principale de l'hôpital de la marine où travaillait Firaq, PNS Shifa, à cinq kilomètres de la Cité navale.

Sara se souvenait de ce jour précis, le jour des casquettes comme elle disait, la première fois où elles avaient fait le tour des pelouses qu'entourait la résidence où habitait Sara avec ses parents. Ce jour où elles s'étaient juré, comme un jeu alors, de devenir officières. Ce jour où Sara était comme toujours passée devant la mosquée, où elle avait remarqué l'homme aux yeux de corbeau qui discutait avec d'autres hommes, parmi lesquels le père de Nazia.

Ce jour-là, celle-ci était sortie de l'école avant elle, comme souvent, Sara avait erré un peu avec son cartable, mais les deux fillettes s'étaient retrouvées, et elles avaient défilé, défilé encore et encore, jusqu'à ce que leurs jambes ne les portent plus. Elles défilaient fièrement, menton presque à l'horizontale, pour impressionner les marins, les mères, les officiers mariniers, les jardiniers et les autres officiers qui les encourageaient sur le bord de la pelouse. Pour le père de Nazia, qui souriait, et jetait parfois un regard vers l'homme aux yeux de corbeau qui ne souriait pas, mais paraissait regarder d'autant plus. Pourquoi ce souvenir était-il si figé dans sa mémoire ? Elle l'ignorait. L'intensité de cet homme quand ses yeux s'étaient posés sur elle ? Ce qu'elle savait, c'est qu'il s'agissait de l'un de ses souvenirs d'enfance les plus nets. Comme si elle était née en tant qu'individu avec ce regard noir sans fond posé sur elle. Sans en comprendre la signification. Et elle se demandait maintenant si cette route chaotique qui la menait à Mubarak village ne l'y conduisait pas.

Qu'aurait-elle dû comprendre alors ? Que Nazia était devenue son amie sous la pression de ses parents, parce que son père voulait se faire envoyer à Cherbourg sans en avoir l'aptitude médicale ? Nazia ne pouvait pas être tenue responsable pour ça. Que dans leur monde de classes, un sous-officier comme Abdul Sattar ne pouvait pas fréquenter un officier comme Firaq Zafar ? Qu'un militaire originaire du Pendjab, réservoir à militaires au patriotisme belliqueux, avait du mal à parler la même langue qu'un natif de Karachi, la mégapole ourdophone du Sud plus ouverte sur le monde ? Que le rêve ultime d'Abdul Sattar devait être que sa fille devienne officière, qu'il prenne enfin sa revanche sociale sur ce système de caste qui ne disait pas son nom ? Sara rejetait tout ça. Ses parents, Firaq et Asma, l'avaient élevée dans une autre idée des relations entre les humains. Pour eux, les classes n'existaient pas.

La Volkswagen cahotait sur la route et approchait du dispensaire. Elle s'arrêta enfin, laissa la poussière retomber, profita du nuage ocre qui les isolait pour prendre la main de Jef. Qu'avait-il dit, qui l'avait blessée, que le temps lui était compté ? Ne comprenait-il pas que son temps à elle était plus compté encore ?

Jef l'attira vers la mer. Elle se laissa entraîner. Ça lui laissait un peu de répit avant d'affronter son père. Le vieil homme presque aveugle tenait sa place sur la plage. Il avait survécu, par la grâce de Dieu. Jef lui avait acheté à manger et à boire. Le vieux prit le tout sans cesser de regarder vers la mer. Car il la voyait, Sara en était sûre. Elle réalisa qu'elle ne connaissait pas le nom de cet homme. Waqar Suleiman, lui apprit Jef. *Waqar*, dignité… Elle prit le temps d'y songer. Gagnant quelques secondes. Mais le temps était passé. Elle s'attendait à voir Gulzar sortir de son échoppe, comme il le faisait d'habitude, mais personne ne sortit.

En haut du petit sentier, en revanche, son père patientait, les observant, elle et Jef. Devinait-il que Jef et elle s'étaient aimés dans une chambre d'hôtel ? Ou bien Shaheen l'avait-il prévenu ? Ou bien était-ce là seulement son attitude habituelle ? Distante, lointaine. Sara, mieux que quiconque, aurait dû le savoir. Pourtant, depuis quelques jours, elle n'était plus sûre de rien.

Ou, plutôt, elle savait qu'en faisant l'amour avec Jef, elle s'était sentie libre. Plus que libre, en harmonie avec ce qui la taraudait depuis des années, la façon de se détourner de cette pression sociale. Où cela la mènerait-il ?

Elle remonta le chemin mêlé de sable et de terre battue, dépassant l'échoppe, vers le dispensaire, mais son père descendit à leur rencontre. L'air grave, comme toujours. Shaheen lui avait parlé. Sara le sentit. Il fit un signe du menton, en direction de l'échoppe. Ils y entrèrent tous les trois. La pièce était vide. Firaq s'assit près du baby-foot. Sara, par réflexe, s'assit en face. Marquant une distance qui n'échappa ni à son père ni à Jef qui vint à ses côtés. Sa présence près d'elle lui donna de la force.

– Nous avons vu Shaheen. Au Beach Luxury Hotel.

– Je sais. Dans la chambre.

– Oui, dans la chambre. Et Jef a visionné la vidéo où il y fait parler Mansur. Il a vu que tu y assistais.

Firaq ne nia pas.

– Dans la vidéo, intervint Jef, Mansur paraît vous accuser de quelque chose, il ne dit pas quoi.

Sara cacha sa surprise. Jef ne lui en avait pas parlé.

– Vous êtes venus m'accuser ?

Le ton de son père était à peine amer.

– Shaheen t'a convaincu de quelque chose qui a forcé un officier de l'ISI à témoigner à son corps défendant. Ce n'est pas rien. Tu sais bien que je ne t'accuse pas. Mais j'ai le droit de savoir. Tu sais pourquoi.

Son père prenait sur lui.

– Et lui, il a aussi le droit de savoir ?

– Non, il n'a pas le droit, mais il doit savoir. Lui seul pourra sortir cette histoire d'ici, de ce pays.

– Et de nos têtes, lâcha-t-il dans un souffle.

Pour la première fois depuis longtemps, Sara eut l'impression que son père lui parlait vraiment.

– De nos têtes, acquiesça-t-elle.

– Shaheen parlait de confiance. De confiance trahie ?

– Non, pas trahie.

Son père lâchait prise.

– Je sais que c'est l'impression qu'a eue Shaheen longtemps, qu'il s'en est terriblement voulu. Mais Shaheen a agi dans l'intérêt supérieur de…

Son père cherchait ses mots et, visiblement, il était troublé de ne pouvoir compléter sa phrase.

– De l'honneur de la marine, j'imagine. Du nôtre. De ce qui restait à sauver… En 2015, je suis allé voir Shaheen. Abdul, le père de Nazia, était venu me trouver un peu avant, et cela m'avait profondément perturbé. Je ne pouvais me confier qu'à Shaheen, qui connaissait ma situation et qui partageait mes convictions.

– Et en qui tu avais confiance…

– Ton amie Nazia était tombée malade, c'était peu avant son mariage avec son cousin, le neveu de Mansur, et peu avant le concours d'officier que vous deviez passer l'année suivante, ensemble évidemment, comme vous vous l'étiez promis. C'était une sale maladie, qui dans son cas exigeait un traitement lourd pour être efficace rapidement. En suivant la procédure normale, comme ils ne se fiaient pas aux médicaments locaux, il fallait importer des médicaments et, en tant que médecin, il fallait pouvoir certifier que seul ce médicament étranger pouvait la soigner, pas un quelconque substitut fabriqué ici. C'est la procédure normale à l'hôpital PNS Shifa, là où je travaillais, précisa-t-il pour Jef. L'administration de l'hôpital devait valider cette prescription, et si nous n'en disposions pas dans notre pharmacie, il fallait remplir un formulaire supplémentaire pour l'achat de ce médicament fabriqué à l'étranger, et c'est seulement alors qu'on pouvait fournir le médicament importé. Mais dans les faits, il faut connaître un médecin bienveillant, car nos compatriotes font rarement confiance aux médicaments locaux, ils préfèrent ceux importés, qui sont considérés comme plus sûrs et plus efficaces. Toute cette procédure, si on l'avait suivie, aurait condamné la candidature de Nazia pour inaptitude médicale car sa maladie aurait été connue. Le père de Nazia est venu me supplier…

– Et tu as d'abord refusé. C'est le peu que j'ai compris à l'époque, et je t'en ai voulu.

– Il y a vingt ans, j'avais dû céder face à Abdul Sattar, j'avais accepté d'embellir son dossier médical. Quand il est revenu me voir en 2015, il m'a menacé de ressortir cette histoire et de jeter le discrédit sur moi et ma famille. Il a juré que Pervez Mansur bloquerait ta carrière, Sara.

– Alors tu as accepté de t'occuper de soigner Nazia autrement, c'est ça ? Peut-être était-ce malgré tout la bonne solution, pour le bien de Nazia ?

– Si ça avait été aussi simple… Quand j'ai raconté à Shaheen les motifs de la visite d'Abdul, en 2015, il a vu sa chance. Shaheen m'a parlé d'une occasion unique de faire pression sur Pervez Mansur, le patriarche si attaché à l'honneur de clan militaire, comme il disait. Un marché terrible… le traitement médical de Nazia contre les aveux enregistrés de Mansur, officier des services secrets, sur son rôle dans cette histoire. Shaheen m'a convaincu que cet accord valait tous les sacrifices sur l'honneur. J'ai compris que je n'avais aucune prise. J'ai continué à porter cet uniforme sali, à couvrir la maladie de Nazia, à m'occuper de lui fournir ces médicaments par les soins de Gulzar qui se les procurait par des circuits de contrebande, jusqu'à ce que tu sois brevetée en 2016.

– Et le jour même de mon brevet, tu as quitté Karachi pour rejoindre Mubarak village. Je n'ai jamais pu défiler devant toi à la Cité navale en portant ma vraie casquette. Tu n'as connu que celle que tu nous avais achetée à Nazia et moi quand nous étions enfants.

Firaq secoua la tête d'un air triste.

– Ce n'est même pas moi qui les avais achetées… C'est Mansur, et il me les avait données pour que je vous les offre. Peut-être savait-il ce que ces innocentes casquettes feraient de vous des amies liées à vie par le même objectif. Il manipulait Abdul, au nom de l'esprit militaire du clan, afin qu'Abdul pousse sa fille dans ton ombre, il savait ce qu'il faisait, c'est son métier. Parce qu'à travers toi, il me manipulait moi, un médecin qui occupait une place centrale pour les affectations à l'étranger, parce que, en envoyant Abdul en France, il en faisait un informateur sur le projet Agosta et un espion des Français, et sans doute pour d'autres raisons qui m'échappent. Et si ça se trouve, en mettant en place son emprise il y a si longtemps, peut-être ne savait-il même pas à quoi cela lui servirait. Mais ces gens-là conspirent comme ils respirent.

– Pourquoi ne m'as-tu rien dit ?

– Pour que tu traînes un sentiment de culpabilité toute ta vie ? Tu as grandi comme une jeune fille forte et indépendante, et ce que tu as obtenu, tu ne le dois qu'à toi-même, sois-en fière. Tout ce que je viens de te raconter n'efface rien de tes mérites. Et aujourd'hui tu es adulte, Nazia est victime de tout ça. Si je t'avais raconté dès l'enfance ou l'adolescence, c'est toi qui aurais grandi comme une victime, et que serais-tu aujourd'hui ?

Puis le silence s'installa à nouveau. Ils restèrent ainsi, chacun plongé dans ses pensées. Sara n'avait rien à dire. Deux enfants entrèrent dans l'échoppe en coup de vent, ils parlèrent en même temps, débit rapide, gestes saccadés. Sara traduisit pour Jef.

– Le barrage des services de sécurité a été renforcé avec des hommes de l'ISI. Mansur est de retour.

33

Mubarak village.
6 mai 2022. L'heure de Gulzar.

Les enfants, mission accomplie, s'étaient installés de part et d'autre du baby-foot et commencèrent une partie, concentrés sur leur jeu.

Sara regardait son père, que la proximité de Mansur ne troublait pas plus que ça. Trop habitué sans doute à l'ombre de l'officier des renseignements.

– Les médicaments de Nazia arrivent grâce à la contrebande de Gulzar, en provenance du Golfe. Ça n'a jamais empêché Mansur d'organiser des contrôles au barrage pour maintenir la pression, façon de me rappeler que je devais continuer à honorer ma promesse. Celle que Shaheen m'avait convaincu de tenir.

Son père finit par se lever.

– On m'attend au dispensaire. Gulzar devrait bientôt revenir avec des médicaments que nous donne la fondation Wazir pour ici. Il m'a téléphoné, il était heureux, il y a enfin les anti-inflammatoires pour sa femme, elle souffre tellement.

Sara se leva à son tour. Elle prit les mains de son père. Il eut un simple geste du menton, évitant son regard, et se retira. Blessé à vie.

Sara et Jef retournèrent sur la plage, non loin du vieil aveugle. Il fallait retourner sur Karachi. Le vent s'était levé. Les embruns salés qui lui fouettaient le visage lui firent du bien.

– Shaheen a trahi ou sacrifié son amitié avec ton père pour sauver celle avec Marc. Est-ce que ça en valait la peine ? Quand je le vois maintenant, je n'ai pas de réponse.

Sara se mit à creuser le sable.

– J'ai toujours considéré Shaheen comme celui qui s'était battu pour faire éclater la vérité, sans y parvenir. Pensé que mon père avait failli, alors qu'il avait plié face à la volonté de Shaheen, et gardé le silence, par loyauté.

– Tu penses que Shaheen a eu tort ?

– Non, dit Sara après un temps. Il a eu raison d'essayer. Mon père a fait son choix, lui aussi, il l'assume. Dans mon pays, les choix sans conséquence sont un luxe inaccessible. Mon père le sait, Shaheen le sait, moi aussi. Tu appellerais ça fatalisme… Shaheen a choisi de sacrifier l'intégrité de Firaq pour faire avancer la cause de Marc, car il savait qu'il n'y avait rien à attendre d'une enquête au Pakistan.

– Pour rien ? L'ironie de cette affaire, c'est que Shaheen n'a jamais su comment sortir cette histoire pendant toutes ces années.

– Jusqu'à aujourd'hui.

– Peut-être. Je ne suis pas sûr que ça change quoi que ce soit en France. Quand tu sais que le premier juge qui s'est occupé de cet attentat, Bruguière, a ignoré le rapport d'autopsie de l'auteur présumé de l'attentat pendant des années, alors qu'il montrait clairement qu'il ne s'agissait pas d'un kamikaze façon Al-Qaida, mais d'une bombe commandée à distance…

Ils restèrent un instant plongés dans leurs pensées. De la cabane de Gulzar provenaient les claquements des barres de joueurs contre les bords du baby-foot et les cris des garçons. Le vieil aveugle semblait humer de mystérieuses odeurs marines. Jef songeait à son article. Faisait-il fausse route ? Devrait-il transformer Shaheen en héros de roman ? Au risque de tomber dans le lyrisme, de dénaturer sa vérité, de trahir ? De trahir comme Claude avait trahi Marc, comme Shaheen avait trahi Firaq, comme Nazia avait trahi Sara ? Et lui, Jef Kerral, le chevalier blanc comme le singeait Grégoire, qui avait-il trahi ? Ou qui était-il en train de trahir ? N'avait-il pas trahi Grégoire, justement, en faisait semblant d'être son ami ? Et son père ? Et même Marc, en en faisant un objet d'article ? Allait-il tous les trahir en exposant leur rôle. Même Sara ? Il ne se le pardonnerait pas.

Mais comment Jef serait-il capable d'extraire la vérité ?

Il se posait à nouveau la question, face aux silences des uns et des autres. Fallait-il céder à la tentation d'explorer les silences, de leur donner corps ? Un journaliste sérieux ne se permettrait pas de tels écarts. Mais si c'était la seule façon d'y parvenir ? Donner un supplément d'âme, faire sauter les filtres. Avouer ses frustrations de journaliste ? Pour l'un des derniers articles qu'il avait rédigés, sur cette entreprise britannique à capitaux chinois de semi-conducteurs qui s'installait près de Cherbourg sur fond de polémique, il se souvenait de l'entretien avec le patron de la boîte, un Britannique, ce sentiment que le type était en train de le balader, que les capitaux chinois n'étaient que ça, des capitaux, sans odeur, sans arrière-pensée, cette envie fugace de pénétrer dans son crâne pour voir jusqu'où il le manipulait, savoir s'il ricanait intérieurement de se jouer d'un petit journaliste qui ne saurait jamais le fond de sa pensée. Jusqu'où devait-on faire confiance à ses interlocuteurs en tant que journaliste ? Et maintenant qui ricanait de lui ? Et si la pire des trahisons n'était pas de trahir son propre idéal ?

Sara et Jef quittèrent Mubarak village. Jef l'avait convaincue que, même s'ils se faisaient arrêter au barrage, Mansur ne pouvait rien contre lui. Sara en était moins convaincue. S'il se sentait acculé, l'officier pourrait tenter le tout pour le tout. Elle avait la boule au ventre. Elle ne voulait pas perdre Jef, pas comme ça, pas sur un barrage, pas entre les mains de ce corbeau. Ils arrivèrent près du barrage. Elle repéra de loin la haute silhouette de Mansur. Elle frissonna malgré elle. Quelques voitures faisaient la queue, avançant au pas. À côté, Jef restait calme.

Quand la Volkswagen arriva au niveau de la baraque en parpaings, elle aperçut la camionnette de Gulzar qui venait en sens inverse, de Karachi.

– Voilà où nous en sommes... Gulzar revient avec des médicaments. Ceux-là, on nous les donne, une fondation, car le dispensaire de mon père n'a pas les moyens d'en acheter. Et Gulzar prend tous les risques pour introduire en contrebande des médicaments achetés cher à l'étranger, pour continuer à cacher la maladie de Nazia qui nécessite un traitement long. Et ça n'empêche pas ce porc de Mansur de le harceler. C'est le seul moyen qu'il trouve de nous envoyer ses messages. De nous dire, je suis là...

Mansur s'avança vers eux.

Il enleva ses lunettes de soleil. Sara se demandait s'il connaissait son surnom et que c'est pour ça qu'il les retirait à son approche.

– Monsieur le journaliste français qui s'intéresse tant aux pêcheurs de Mubarak village... Lieutenant...

Il porta mollement la main droite à la tempe. Sara ne lui rendit pas son salut.

– Je vous attendais... Votre court séjour au Beach Luxury Hotel vous a plu, j'espère...

Sara et Jef restèrent de marbre. Évidemment, Mansur disposait d'un informateur à l'hôtel.

Il fit un signe. Plusieurs hommes se jetèrent sur la voiture grise et l'examinèrent sous tous les angles. Ils firent sortir Sara et Jef et les fouillèrent en prenant leur temps, les laissant cuire au soleil.

L'officier des renseignements réglait la circulation, libérant les voitures derrière eux. Il fit de même avec les véhicules venant de Karachi, à l'exception de celui du Gulzar. Le pêcheur n'avait pas l'air d'en mener large. Il avait beau arroser Mansur et ses sbires de bakchichs, tout pouvait basculer soudainement. L'humiliation n'était jamais loin, ou la saute d'humeur, ou la mauvaise foi, tout pour permettre à Mansur de se consoler d'avoir un jour eu à céder au chantage de Shaheen. Gulzar patientait devant la camionnette, lui aussi en plein soleil. Des soldats avaient sorti tout le contenu de sa camionnette sur le macadam. Sara tenta de lui adresser un sourire, mais le pauvre Gulzar ne parvenait pas à lui en rendre un.

– Et quel hasard, la chambre 311…

Mansur faisait durer son plaisir.

– Les draps étaient défaits… Votre père est au courant, lieutenant ? Mais peut-être aviez-vous d'autres sujets de discussion ?

Mansur n'était pas bête. Il avait dû comprendre ce qui se tramait. Il avait peur pour la cassette, seule trace de ses aveux. Il se trouvait entre la Volkswagen et la camionnette. Les autres véhicules avaient juste la place de se faufiler entre eux. Il hurla sur ses hommes, les poussant à fouiller mieux. Jef chuchota à l'oreille de Sara.

– Je n'ose même pas imaginer dans quel état je vais retrouver ma chambre…

– Ne plaisante pas, il peut faire n'importe quoi.

Sa poitrine allait éclater. Retrouver les réflexes d'entraînement. Respirer, fixer un point, penser à pire. Maîtriser sa peur. Pour elle, pour Jef. Pour que leur histoire ne s'arrête pas là. Il semblait plus calme. Peut-être ne comprenait-il pas la gravité du moment. Il s'approcha discrètement d'elle, son épaule toucha la sienne, resta collée, elle sentait son poids, rassurant, elle lui opposa le sien, elle se calma, elle l'aimait, et du simple fait de se dire ces mots, sa peur disparut. Elle crevait d'envie de hurler à la face de Mansur qu'il ne pourrait jamais salir l'émerveillement de la chambre 311, qu'elle avait élevé sa barricade, que son combat serait long, hasardeux, décevant, exaltant, mais que jamais il ne pourrait y comprendre quoi que ce soit.

Autour de Mansur, ses hommes devenaient nerveux, à mesure que leur chef s'impatientait. Les sacs de Jef et

Sara étaient retournés sur le sol. Rien de ce que Mansur cherchait. Il donna un coup de pied dans la besace de Jef.

– Ramassez vos merdes. Alors, petit journaliste français, tu vas me parler de tes pêcheurs ou de ma cassette ?

Jef ne répondit pas. Il avait du cran, ne quittant pas Mansur des yeux. Plus inquiétant, l'officier ne cachait plus son jeu. Il était donc à bout. Et risquait d'aller trop loin. Il s'approcha de Sara. Ses yeux de corbeau flamboyaient, du charbon ardent.

– Et toi, la pute, tu n'as pas honte ? Je devrais te donner à mes hommes. Sale pute à étrangers !

Sara comprit qu'elle avait vaincu Mansur. Il avouait son impuissance, et toute sa haine avec, car il venait de comprendre, inconsciemment peut-être, que Sara lui échappait. Il s'éloigna, marchait à grands pas maintenant, tournait en rond. Il revint vers Sara.

– Et tu vas voir, ton père, le bon docteur Zafar, je vais lui faire regretter d'avoir une fille comme toi.

Il se tourna vers Gulzar.

– Et toi, petit contrebandier de merde, c'est toi qui seras responsable ! Tu es complice.

Gulzar protesta.

– Comment vous pouvez dire ça ? C'est moi qui amène les médicaments de Nazia, je n'ai jamais raté un approvisionnement, vous savez les risques que je prends !

– Ta gueule, espèce de merde !

Il frappa Gulzar d'un revers de main. Les soldats, doigt sur la gâchette, observaient la scène, prêts à intervenir. Ils n'hésiteraient pas une seconde si Mansur leur donnait l'ordre de tirer. L'officier marcha d'un pas vif jusqu'à l'arrière de la camionnette. Il donna des coups de pied dans les cartons.

Gulzar s'élança, Sara l'attrapa de justesse par la manche qui se déchira, mais cela suffit à stopper Gulzar.

– Mais il va détruire les médicaments ! Sara, tu le sais mieux que personne, c'est tellement dur d'en avoir. Et ma femme, elle souffre tant, depuis si longtemps.

Mansur semblait l'avoir entendu. Il se pencha vers l'un des cartons.

– Ta femme, hein… C'est ça qu'elle attend ?

Mansur approchait avec un sac marqué du nom de la femme de Gulzar. Il en sortit une boîte de comprimés, l'ouvrit. Fit un signe à un soldat, lui prit son fusil. Il jeta la boîte sur la route et l'écrasa à coups de crosse. Puis il cracha dessus.

Gulzar poussa un long gémissement.

– Et vous, dit Mansur en se tournant vers Jef et Sara, toujours rien à me dire ?

L'officier jeta une nouvelle boîte au sol et l'écrasa aussi à coups de crosse. Il continua jusqu'à ce que le sachet soit vide. Gulzar s'était effondré contre la camionnette. Il tendit les mains, gémit à nouveau.

– Qu'est-ce que ma femme vous a fait ? Je n'ai pas d'argent, c'est la clinique de la fondation qui me les donne, ça faisait des mois que ma femme les attendait ! Moi, je n'ai pas l'argent pour les faire venir de l'étranger comme vous.

– Qu'est-ce que tu veux que ça me foute ?

Il fit un signe à ses soldats, montra les paquets. Ils se précipitèrent et écrasèrent les cartons de médicaments du dispensaire. Gulzar geignait, effondré, sans force. Sara était ulcérée, Jef bouillonnait à ses côtés, elle le sentait, mais ils ne pouvaient rien faire.

Mansur remit ses lunettes de soleil et fit un geste théâtral.

– Vous pouvez partir.

Il ajouta, sur un ton plus menaçant :

– Mais vous, monsieur le journaliste qui vous intéressez aux pêcheurs, je vous conseille de ne vous intéresser qu'à ça. Vous, lieutenant Zafar, vous êtes peut-être protégée par votre uniforme. Et votre ami Shaheen – il cracha au sol – est une telle loque qu'il peut bien crever dans son coin, il est seul, mourra seul, et sera oublié. Votre père, en revanche, croit toujours qu'il a un rôle à jouer, avec son dispensaire. Alors je vais m'en aller lui dire ce que je pense de cette histoire, et on verra bien s'il ne trouve pas des arguments pour vous convaincre…

Jef aida Gulzar à se relever. Il était tremblant de rage et de désespoir. Elle aurait bien fait de le raccompagner. Mais elle serait plus utile en retournant au plus tôt à la clinique Wazir pour leur expliquer la situation.

Elle s'approcha de la cabine de la camionnette, fut frappée par le regard glacé de Gulzar. Il siffla entre ses dents.

– Cet homme est le mal, il menace votre père, il condamne ma femme, c'est le mal.

– Rentrez à Mubarak village, Gulzar, je vous jure que je trouverai ces médicaments pour votre femme.

Gulzar ne l'écoutait plus, il était toujours en état de choc.

Sara et Jef montèrent dans la Volkswagen et s'éloignèrent lentement en direction de Karachi. Sara surveillait le barrage dans le rétroviseur. Elle vit la camionnette commencer à rouler vers Mubarak village. Le colonel Mansur, au milieu de la route, lui tournait le dos, regardant la Volkswagen s'éloigner, ruminant sûrement son prochain coup. Sara vit alors la camionnette de Gulzar stopper, puis se mettre à reculer, de plus en plus vite. Des soldats jaillirent du poste de garde, faisant de grands gestes. La camionnette percuta de plein fouet Mansur au moment où il se retournait. Elle lui roula dessus. Les soldats s'agitaient, brandissaient leurs armes. Sara s'était arrêtée.

– Gulzar !

Jef se retourna en même temps qu'elle.

Gulzar venait déjà de repasser en marche avant, des soldats frappaient sur le côté du véhicule pour le forcer à s'arrêter. L'un d'entre eux commença à tirer. Sara et Jef virent la camionnette lancée à toute vitesse, elle roula sur la tête de Mansur, ne laissant qu'une bouillie rougeâtre derrière elle. Plusieurs soldats tiraient maintenant. La camionnette zigzagua avant de basculer dans un fossé. Un soldat courut vers le véhicule et tira une longue rafale dans la cabine du conducteur.

34

Cherbourg.
8 mai 2022. Jour de la commémoration des vingt ans de l'attentat.

– Alors, Dacian, vous vous souvenez de notre petite conversation de l'autre jour ?

Poinvot n'avait pas pris le risque de lui tendre la main. Et d'essuyer un refus. Il s'était contenté de le saluer d'un mouvement de tête.

– Vous tenez vraiment à ce que je vous réponde, Poinvot ?

Marc Dacian était venu très tôt ce dimanche matin. Le crachin lui fouettait le visage depuis une heure. Une griffure salvatrice. La commémoration allait maintenant démarrer. Il se sentait inquiet et prêt. Inquiet, après avoir eu connaissance des nouvelles en provenance de Karachi, prêt pour affronter ce qu'il voyait.

Poinvot restait planté là pour l'instant. Il devait penser que Marc allait le rassurer. Mais il n'avait pas envie de lui offrir ce plaisir. Il le laissait mijoter, voyant Poinvot lancer des regards équivoques à un des grands patrons de la DCN visiblement impatient à une dizaine de mètres de là, qui lui-même devait attendre un signal pour rassurer le préfet ou le ministre que tout allait se passer dans le calme et la dignité.

À côté de Marc, d'autres survivants étaient alignés, quelques veuves aussi, et des enfants de disparus. Des salutations dans la retenue. Beaucoup de silences, de hochements de tête. Aucune explication n'était nécessaire entre eux. Tout avait été dit, pensé, exprimé, avec des mots ou non.

Chacun sa mémoire, chacun sa douleur, chacun ses choix.

Vingt ans étaient passés, qui n'effaçaient rien. Au contraire. Les années avaient consolidé les positions de chacun. Ceux qui voulaient passer à autre chose. Ceux qui exigeaient toujours des réponses.

Certains n'étaient pas venus. Avec le temps, on comprenait. On respectait. Par leur absence, ils envoyaient un message que tous les présents déchiffraient.

Tout avait été dit, exprimé.

Les seuls qui restaient enfermés dans le déni se tenaient alignés de l'autre côté de l'allée qui conduisait au monument aux tués de Karachi, sous une forêt de parapluies, ceux que Marc appelait les officiels, pour faire simple. Les patrons de la DCN, des anciens ministres, des ministres en poste, du beau monde. Qui avait sûrement beaucoup pensé, mais bien peu dit, peu exprimé. Les secrets des Agosta 90B restaient enfouis. Tout ce qui s'en était suivi aussi. Les Français n'avaient jamais demandé à ce que l'enquête soit réouverte côté pakistanais. Le statu quo arrangeait tout le monde.

Marc avait reçu un nouvel appel crypté de Jef la veille au soir, très tard. Jef paraissait éreinté. Il lui avait raconté les événements dramatiques de ces derniers jours.

La mort de l'officier de l'ISI surnommé l'homme aux yeux de corbeau avait été présentée comme un stupide accident de circulation dont l'auteur avait pris la fuite. Rien sur l'exécution de Gulzar, un habitant de Mubarak village dont Jef lui avait parlé auparavant, complètement passée sous silence.

Marc avait eu toute la nuit pour y réfléchir. La mort dans ces conditions d'un officier de l'ISI, qui avait eu sa part de responsabilité dans l'opération contre les Français il y a vingt ans, pouvait-elle contribuer à cicatriser les blessures ? Le capitaine de vaisseau Pervez Mansur, tué par un pêcheur contrebandier, quel sens cela donnait-il à tout cela ? Mais en fallait-il un ?

Bien sûr, on pouvait décider que les circonstances de la mort de Mansur étaient liées quand même à l'attentat de 2002. C'est à cause de ses aveux qui lui avaient été arrachés par Shaheen, avec l'aide un peu forcée de ce docteur Firaq Zafar, que Mansur s'était lancé dans cette course folle qui avait provoqué sa mort. Oui, Marc pouvait accepter que la mort de Mansur fût une sorte de réponse. Était-ce pour autant une forme de justice rendue ? Pourquoi pas, après tout, la justice pouvait bien prendre l'aspect qu'elle voulait, tant qu'on y trouvait un semblant de sens. C'était comme pour le reste, à chacun ses choix. Il se souvint d'une discussion avec Jef il y avait deux ou trois ans. Il lui avait dit que la littérature pouvait prendre le relais du journalisme, parfois. Là où une enquête pouvait buter sur l'incapacité d'apporter des preuves pour faire éclater la vérité, la littérature pouvait s'en affranchir et permettre de panser des plaies, de punir les coupables, d'apporter une forme de justice virtuelle, faute de justice des hommes. Leur discussion avait duré longtemps. Marc, en pleine procédure judiciaire contre son ancien employeur, ne pouvait se résoudre à cette approche. Mais tout ça tenait à quoi ? Marc regardait ses amis autour de lui, impassibles sous le crachin, ses anciens collègues, les veuves, les enfants des tués. Chacun avait sans doute sa propre conception de la justice.

Claude Kerral arriva à son tour. Marc vit que le père de Jef – il n'arrivait plus depuis longtemps à penser à lui comme un ami – s'approchait. Il hésita. Allée de gauche, les victimes, les survivants ; allée de droite, les officiels, la DCN. Claude Kerral chercha les yeux de Marc. Les deux hommes se regardèrent un bref instant. Marc resta de marbre. Claude Kerral marqua le coup et prit sa place dans l'allée de droite, près de la stèle et de la petite sono qui avait été installée sous une bâche en plastique.

– Vous êtes dur avec votre ami, Dacian.

– Poinvot, vous n'avez pas l'impression que votre place est de l'autre côté ?

– J'allais m'y rendre. Mais pas de bêtise, Dacian. À propos, vous savez que le tribunal des affaires sociales pourrait bien vous donner raison sur la responsabilité de la DCN. N'allez pas tout gâcher avec un esclandre, les juges pourraient penser que vous êtes dans une forme d'acharnement, cela vous nuirait.

– Vous ne la fermez jamais ?

– Je veux vous aider, et voilà… Sinon, comment va votre jeune ami, le fils Kerral ?

– Allez vous faire foutre, Poinvot.

Poinvot jeta un œil vers la droite, visiblement mal à l'aise, même si Marc voyait qu'il tentait d'afficher une mine nonchalante. De nombreux journalistes locaux et nationaux étaient cantonnés derrière des barrières métalliques face à la stèle, avec à leur gauche les familles des victimes, à leur droite les officiels. Ils balayaient tout. Greg se tenait là-bas, à l'écart, près de la barrière des journalistes, un peu en retrait. La fille de Bertrand, le spécialiste torpilles tué dans l'attentat – elle avait quatre ans à l'époque de la mort de son père –, avait exigé que les journalistes soient au centre, et non comme par le passé derrière le rang des officiels, afin que ces derniers ne puissent pas être tentés d'isoler les veuves ou survivants de la presse. D'où la nervosité de Poinvot. Il jeta un dernier regard à Marc, traversa l'allée et se plaça près de la sono et de Claude. Marc le vit chuchoter à l'oreille de Claude qui hocha la tête en regardant dans sa direction.

Les premiers discours commencèrent. Les officiels vinrent l'un après l'autre prendre place sous la tente, derrière un pupitre équipé d'un micro. Marc et quelques autres victimes et veuves devaient prendre la parole après. Marc réalisa, trop tard, que la DCN avait été assez habile pour placer les journalistes suffisamment loin du pupitre pour que le haut-parleur soit indispensable afin que les orateurs se fassent entendre d'eux. Poinvot, à côté de la sono, contrôlait la situation.

Marc cessa d'écouter les discours pour penser à ce qu'il tenait en main, dans la poche de son manteau.

La veille en fin de matinée, il avait reçu la visite d'un professeur de français arrivé le vendredi de Karachi avec une cassette vidéo de la part de Jef. Jef la lui avait remise avant de repartir à Mubarak village, craignant que la pression de ce fameux officier aux yeux de corbeau devienne telle qu'il finisse par la découvrir.

Marc l'avait écoutée sans émotion, essayant d'oublier qu'il s'agissait de Shaheen se livrant à un exercice de haute voltige face à un officier des services secrets. Attentif à ce que l'enregistrement pouvait dévoiler d'utile d'un point de vue juridique. Ou à la vérité enfin révélée.

Jef lui avait raconté que son journal n'avait pas voulu publier le verbatim de la cassette, car les informations qu'elle contenait ne pouvaient pas être vérifiées. Il devait en revanche publier un article. Son rédacteur en chef lui avait promis une parution en ligne au moment de la commémoration. Marc consulta une fois de plus son portable, mais rien de nouveau n'apparaissait sur le site, à part le live qui relatait le début de la cérémonie et les premières prises de parole.

Poinvot, maître de cérémonie, appelait maintenant Marc à venir prendre place derrière le pupitre. Celui-ci jeta un œil vers sa droite. Greg se tenait toujours là-bas, près des journalistes. Marc s'avança jusqu'à la stèle, s'y arrêta quelques instants, dos à la foule, face aux noms des morts gravés dans le marbre. Un long moment de silence. Il s'installa derrière le micro. Il voyait Poinvot à sa gauche, près de la sono, qui lui souriait, l'engageant à commencer. Claude, à côté de Poinvot, était impassible.

– Nous sommes ici pour honorer nos morts, nos blessés, ceux qui souffrent du manque, d'un père, d'un mari, d'un fils, d'un ami.

Marc continua sur ce registre, évoquant les uns et les autres, parlant du sens de l'amitié, de la solidarité que les années n'entamaient pas. Poinvot hochait la tête, recueilli. Satisfait sûrement. Il avait tant craint l'esclandre.

– Mais le manque de justice est une souffrance aussi. Que le passage des années n'apaise pas.

Il sentit, sans le regarder, que Poinvot se redressait.

– Aujourd'hui, nous honorons nos morts. Mais nous devons aussi honorer ceux qui se battent pour la justice. Nos morts y ont droit. Nous y avons droit. Les coupables courent toujours, au Pakistan comme en France ! Mais j'aimerais aujourd'hui vous raconter l'histoire d'un colonel des services secrets pakistanais, l'histoire d'une parole trahie, et surtout celle de mon ami, le capitaine Shaheen Ghazali…

Marc s'interrompit un instant, le temps de reprendre sa respiration et de capter l'attention de tous.

– Le salaud, murmura Poinvot à deux mètres de lui.

Marc vit Poinvot tendre la main vers la sono. Il allait lui couper le micro. Mais Claude s'interposa. La main du père de Jef s'abattit sur le bras de Poinvot. La scène échappait aux personnes présentes, mais Marc, de sa position, n'en perdait rien.

– Lâchez-moi, Kerral, ou vous me le paierez.

Claude Kerral ne lâcha pas le poignet du responsable de DCN.

– J'ai déjà payé, Poinvot.

Karachi.
8 mai 2022. L'heure d'Ammi Jaan.

Jef reçut le coup de téléphone de Marc au moment où il découvrait son article en ligne sur le site du quotidien normand.

"*Cherbourg-Karachi, vingt ans d'une amitié de sang.*"

"*Secret des autorités françaises, omerta du pouvoir pakistanais, vingt ans après l'attentat de Karachi, les questions restent nombreuses face à la raison d'État, prétexte utile pour couvrir un scandale international. Deux hommes, un survivant français de l'attentat et un ancien officier de la marine pakistanaise, ne s'y sont pas résolus. Récit d'une amitié de tous les dangers.*"

Il commençait par le titre d'un poème ourdou : "*Nous qui fûmes exécutés sur des sentiers obscurs.*" Pointait du doigt les services secrets pakistanais, commanditaires intouchables de l'attentat, admettait l'absence de preuves.

– Il est bien ton article, Jef…

Jef sentait à la voix de Marc qu'il était touché. Mais il y avait autre chose.

– Ça n'a pas plu à tout le monde, tu peux t'en douter. Poinvot, le gars de la compagnie, est venu me voir après la cérémonie, il était hors de lui. Apparemment, un juge pourrait s'intéresser au contenu de la vidéo que Greg m'a aidé à divulguer auprès des journalistes. Je ne sais pas si ça ira jusqu'à une nouvelle commission rogatoire au Pakistan, mais ça fait bouger. Je pense qu'ils commencent à réaliser, vingt ans après, qu'ils n'ont pas suivi la piste pakistanaise, tout simplement…

Il lui raconta l'épisode avec son père et Poinvot autour de la sono.

– Il m'a étonné, ton père.

Marc avait la gorge serrée.

– Claude s'est approché à la fin de la cérémonie. Il m'a tendu la main. Et tu sais quoi, sur le moment, je n'ai pas su quoi faire, sa main me paralysait.

Ce qu'il raconta ensuite à Jef, il ne l'avait confié à personne d'autre. Il parla de l'attentat, dans la carcasse du bus, du collègue près de lui, le visage à moitié arraché, ces soubresauts insupportables, cette vie qui s'échappait, cette main agonisante qu'il n'avait pas prise dans la sienne.

Il avait lentement pris celle de Claude, l'avait serrée, gardée un moment, sous la pluie.

Ils s'étaient regardés, sans rien dire. Chacun était reparti de son côté.

Personne n'avait soupçonné ses larmes.

Pas facile à réparer tout ça. Le temps déciderait.

– Et toi, tu devais rentrer ces jours-ci ?

– J'ai décidé de rester jusqu'à l'expiration de mon visa, encore un peu plus de deux semaines.

Jef regarda autour de lui. Il était assis sur un tabouret d'une modeste cuisine, face à Ammi Jaan qui lui remplissait sa tasse de thé. Par la fenêtre, il voyait des milans tournoyer dans le ciel. L'odeur le dérangeait à peine. Les rares photos de la fille d'Ammi Jaan étaient alignées sur la petite table. Autour d'eux, trois voisines enroulées dans leurs foulards avaient tenu à venir parler de la fillette en apprenant la venue de Jef.

– J'ai réalisé qu'il y avait pas mal de boulot ici. Et puis mon rédacteur en chef me fait la gueule à cause de cette histoire de cassette. Il l'avait refusée, mais maintenant que les autres médias s'en emparent, il m'en veut. Il me gonfle. J'ai proposé à un magazine un dossier sur la loi du mort-kilomètre. Ça les intéresse.

– Tu laisses tomber ton enquête sur l'attentat ?

– Je n'ai jamais enquêté sur l'attentat. C'est lui qui est venu à moi. Lui et les autres. 35 000 victimes d'attentats rien qu'au Pakistan depuis 2001, dix fois moins pour toute l'Europe, Turquie et Russie comprises. Les victimes d'ici sont traitées comme si elles n'étaient que des chiffres dans un grand jeu géopolitique. Comment veux-tu que l'on comprenne ?

– Et tu as la réponse…

– Raconter des histoires. Je pensais écrire sur cette fillette qui voulait croquer la vie… la fille d'Ammi Jaan, Sanaya, qui voulait devenir dessinatrice de mode. Sanaya, et les vingt autres gamines qui ont péri dans l'attentat de l'école il y a deux semaines, tu t'en souviens ? C'est toi qui m'en as parlé le premier. Je vais faire les portraits des Rangers aussi, les neuf Rangers, et les sept enseignants. Et leur famille, ce qu'ils faisaient la veille de l'attentat, ce qu'ils voulaient faire après, tout ce qu'on écrit d'habitude sur les victimes d'attentat chez nous.

– Tu crois que ça intéressera des lecteurs ici ?

– Certains, oui. Ça suffira peut-être. Et puis…

Il releva la tête du téléphone vers les grands yeux qui le regardaient.

– Et puis Sara va m'aider…

Remerciements

Ce roman n'aurait jamais vu le jour sans ma rencontre avec des Pakistanais, certains ayant requis l'anonymat. J'ai en mémoire une conversation à bord d'un rickshaw dans une ruelle encombrée et bruyante de Karachi qui joua un rôle déterminant. La démarche est assez simple. En France on connaît l'affaire, plus ou moins. Karachi rime avec rétrocommissions. Et le point de vue pakistanais ?

Quelques minutes dans un rickshaw donc, quelque part à Karachi, au milieu d'une circulation intense, d'odeurs entêtantes des égouts à ciel ouvert qui traversent les quartiers loqueteux et surpeuplés, de klaxons incessants des petites motos chinoises, des rickshaws, des bus bariolés et des taxis Careem, tandis qu'au-dessus de nos têtes, des milans planent dans le silence d'un ciel voilé de pollution pour veiller à l'intimité de notre conversation.

Pour avoir permis (sans le savoir) cette rencontre, je tiens à remercier, dans l'ordre d'apparition, Jérôme Dejean, libraire, passeur généreux, Martine Herlem Hamidi, alors responsable du Service de coopération et d'action culturelle de l'ambassade de France au Pakistan, Jean-François Chenin, poète et directeur de l'Alliance française de Karachi lors de mon premier séjour en 2016, Shaheen Sheikh, ex-présidente de l'Alliance française qui a eu l'extrême générosité de m'héberger et avec qui nous avons eu de longues discussions passionnantes, Iqbal Bhimla, de l'Alliance française, et plus généralement l'ambassade de

France au Pakistan et l'Alliance française de Karachi, qui m'ont permis de bénéficier d'une résidence d'écriture sur place en 2016, en marge du Festival de littérature de Karachi. Un salut également à Grégoire Brault, directeur de l'Alliance française où j'ai été hébergé au printemps 2022.

Je tiens également à remercier Bina Shah, écrivaine, Hidayat Hussain, traducteur de poésie ourdoue, Amna Mawaz Khan, danseuse classique de bharata natyam et militante féministe, et tous ceux que je ne peux nommer, dont l'engagement et le courage sont de grandes sources d'inspiration et d'admiration.

En France, j'adresse mes remerciements à ceux qui m'ont guidé, comme Laurent Gayer, enseignant chercheur au CERI-Sciences Po, fin connaisseur des arcanes de Karachi, avec qui nous nous sommes retrouvés par hasard là-bas au printemps 2022, à deviser dans les ruelles obscures, seuls étrangers ou presque dans cette mégapole du désordre.

J'ai une reconnaissance toute particulière pour ceux, survivants de l'attentat, qui ont accepté de revenir sur ce terrible événement et de partager, pour certains, leur soif intacte de vérité. Salutations donc à Gilbert Eustache, Christophe Poulidor, Gilles Sanson. Je remercie également Bernard Cazeneuve, ancien maire de Cherbourg et Premier ministre, auteur de *Karachi, l'enquête impossible* (Calmann-Lévy, 2011), et Marc Trévidic, juge d'instruction au pôle antiterrorisme au tribunal de grande instance de Paris, qui a su relancer l'enquête, pour le temps qu'ils m'ont accordé.

Étant entendu que ce livre demeure un roman qui ne prétend pas révéler la vérité (malheureusement), il ne saurait donc engager d'aucune façon les personnes citées.

Enfin un coup de chapeau à celles et ceux qui m'ont accompagné et fort heureusement conseillé dans la phase d'écriture de ce roman, mon agente Anna Soler-Pont, Carla Briner, mon irremplaçable éditrice Anne Marie Métailié, et non moins précieux éditeur Nicolás Rodríguez Galvis, ainsi qu'Anna Marck et Céline Égéa dont, une fois de plus, le stylo rouge n'a jamais tremblé.

Les extraits de poèmes ourdous qui figurent dans ce roman sont issus des ouvrages :

– *Ce soir oppressant n'en finit pas de finir*, traduit par Hidayat Hussain et publié aux Éditions Bénévent, 2011 ;

– *Anthologie de poésie ourdoue. Reflets du Ghazal*, traduit par Alain Désoulières et publié aux Éditions Buchet Chastel.

Ils sont reproduits ici avec leur aimable autorisation.

Cet ouvrage a été composé par
Atlant'Communication
au Bernard (Vendée)

ACHEVÉ D'IMPRIMER SUR ROTO-PAGE
PAR L'IMPRIMERIE FLOCH À MAYENNE
EN SEPTEMBRE 2022

N° d'édition : 0555001 – N° d'impression : 100897
Dépôt légal : octobre 2022

Imprimé en France